살수의 꽃 2

살수의 꽃

2
위대한 고구려의 전쟁

윤선미 장편소설

차례

2권 위대한 고구려의 전쟁

유인	7	수태	139
대승	14	우경의 죽음	151
거상의 꿈	27	전쟁 준비	161
증인	42	아들	180
약지	59	백십삼만 대군	191
잃어버린 시간	72	도강	204
양광	87	수성	216
귀환	96	탈출	232
복수	105	거짓 항복	243
평강의 큰 그림	117	살수대첩	260
두 번째 대결	128	거상居喪	281
		모함	287

✴ 작가 후기　302

유인

 5천의 군사들은 일사불란하게 움직였다. 내가 말을 달리면 흩어짐 하나 없이 따랐다. 그 어느 때보다 신중하게 선발한 그들이었다. 군의 머릿수가 많으면 싸우지 않고도 적의 두려움을 유발할 수 있겠지만 소수 정예란 달랐다. 용맹함은 말할 것도 없거니와 머릿수 대신 의기와 애국을 빙자한 압박이 필요했다.
 '싸울 수밖에 없지 않은가' '기왕이면 최선을 다하라' 하지 않고, '싸워서 이겨라' '네 부모 자식을 노예로 보낼 생각이 없거든 그리하라' '그리해야만 내 나라 내 땅에서 노예가 아닌 백성으로 살 수 있으리라!' 하는 것이 소수 정예를 살 차게 움직이는 방법이었다.
 나는 군사들의 선두에서 수나라 선봉을 후려쳤다. 수군들은 합을 마주칠 때마다 태풍 맞은 낙엽처럼 사방으로 찢어졌다. 비명과 인혈이 빗물에 섞여 사방으로 튀었다. 흥분한 말들이 주인의 시신을 짓밟고 달아났다.

부관으로 선발된 어비루를 비롯해 바우, 달소, 목도루, 장호가 좌우에서 나를 비호하는 한편, 적의 기병들을 무참히 짓밟았다. 나와 함께 세연당에서 수련한 동문들이었다. 그 뒤를 5천의 군사들이 열을 맞춰 따르니, 금세 적의 군열에 금이 가고 마치 길을 터주는 것처럼 갈라졌다.

그들의 사정거리 안에 들어가자 다시 머리 위로 화살이 쏟아지기 시작했다. 더 가까이 갔다가는 온몸이 화살받이가 되어 죽을 것이 뻔했다. 삽시간에 적의 선봉을 후벼 판 뒤 기수를 돌렸다.

"퇴각!"

퇴각하는 아군의 뒤를 적의 기병들이 무서운 기세로 쫓았다. 우리가 수적 열세를 깨닫고 패퇴하는 것으로 안 적의 기세는 전보다 더 뜨거웠다. 두 명의 장수가 내 손에 도륙 났고, 최고의 맹장이라 불리던 하약필마저 꽁무니를 뺐으니 그 분심이 이만저만한 것이 아니었으리라.

"한 놈도 놓치지 마라! 수급을 세지 말고 척살하라!"

하지만 고구려군은 말과 동체 되어 벌판을 달리고, 험지를 타며 훈련받은 강군이었다. 달리는 것만큼은 이골이 났고, 기사라면 따를 자가 없었다. 달리는 말에서 상체만 돌려 화살을 쏘아 버리는 고구려군의 난데없는 공격에, 바짝 쫓던 적의 선두는 엉망으로 뒤엉키기 일쑤였다. 말이 엎어지면서 군사들을 깔아뭉

개고, 뒤따르던 말이 걸려 넘어지고, 다시 그 위로 멈추지 못한 말과 적들이 금세 산을 이루었다. 함성은 곧 비명이 되고 울음소리가 되었다. 그럼에도 적들은 쫓기를 멈추지 않았다. 뒤를 밟기 위해 점점 더 박차를 가했다. 어느새 우리 군에서도 뒤처지는 군사들이 생겼다. 그들은 별수 없이 적의 칼에 베이어졌다. 등 뒤에서 들리는 비명이 아군인지 적인지 구별이 되지 않았다.

드디어 기암괴석으로 산을 이룬 협곡 입구에 닿았다. 임유관까지 오면서 미리 보아 두었던 바로 그 장소였다. 나는 주저 없이 협곡을 통과하기 시작했다. 나란한 말 네댓 마리가 겨우 빠져나갈 수 있을 정도로 그리 넓지 않고 깊은 협곡이었다. 500명의 정예 군사들이 뒤따랐다. 어비루는 나머지 군사들을 이끌고 협곡 앞에서 말머리를 돌려 넓은 길로 비켜나갔다. 적들도 두 길로 갈라져 쫓았다. 나는 굽이진 협곡을 따라 달리며 더 힘껏 박차를 가했다.

나를 따르던 500명의 군사가 협곡을 무사히 빠져나오고 얼마 지나지 않아 적의 군사들 또한 협곡 안에서 꾸역꾸역 밀려 나오기 시작했다. 그 선두에 젊은 장수 하나가 있었는데 깃발에 새긴 이름이 '포유명'이었다. 양량의 친우이자, 부관으로 응양랑장鷹揚郞將의 관직에 있는 장수였다.

그가 협곡을 빠져나와 큰 도끼를 휘두르며 설치는 꼴이 가관이었다. 이번에야말로 공적을 쌓을 최적의 기회라 여기는 듯했다. 하지만 오산이었다. 먼발치에서 한 떼의 군마들이 이들을 지켜보고 있었기 때문이다.

먹이를 노리는 매처럼 조용히 그들을 기다리고 있던 장수 하나가 천천히 활시위를 당기자 어디선가 둥둥 북소리가 울렸다. 그 소리는 협곡 출구를 에워싸고 있는 절벽에 부딪히며 천둥소리처럼 우렁우렁 울렸다. 곧 협곡 위 여기저기에서 비에 젖은 수십 기의 삼족오 깃발이 깃대를 휘감으며 나타났다. 매복해 있던 것은 다름 아닌 우경의 군사들이었다.

적들이 당황해하고 있는 바로 그때,

쉬이이이잉!

우경이 그 포유명을 향해 효시를 날렸다. 포유명의 목통을 꿰뚫은 장쾌한 화살 소리를 신호로 절벽 위에서 수천 발의 화살이 동시에 쏟아졌다.

"복병이다!"

"후퇴하라!"

당황한 수나라 군사들이 협곡 안으로 돌아가려고 했지만, 협곡 내부도 상황이 별반 다르지 않았다. 주몽의 후예들이 살 하나 낭비하지 않고 정확히 적의 숨통을 꿰뚫었으니 안팎 어디에도 살길은 없었다. 비 비린내에 더한 역한 피비린내가 진동했다.

"한 놈 남기지 말고 베어라!"

전투를 지휘하는 우경은 날랜 범과 같았다. 밀려 나오는 적들의 목을 단칼에 베고 화살이 닿지 않는 바위 샅에 숨은 적들까지 한 놈 남김없이 척살했다. 나 또한 지지 않고 적의 살과 뼈가 으스러질 때까지 깊숙이 검을 찔러 넣었다. 그렇게 나와 우경, 고구려 군사들은 마치 개돼지를 도살하듯 수나라 군사들을 일방적으로 도륙했다. 곧 협곡 입구에서부터 출구 밖까지 이어지는 구간에 수많은 적의 시신들이 산처럼 쌓였다.

협곡 안에서의 진퇴양난에 놀란 적들이 기수를 돌려 다시 온 길로 되돌아가려고 했다. 마침 중군에서 따라붙었던 양량이 협곡 앞에 당도했다. 그는 제 군사들의 사지가 된 협곡 앞에서 길길이 날뛰기 시작했다.

"감히 이 야만적인 고구려 놈들이 나를 속여! 감히 나를!"

양량의 노여움이 하늘을 찔렀다.

이때 다시 나타난 것은 이미 달아난 줄 알았던 어비루와 나머지 군사들이었다. 어비루는 부러 양량의 코앞까지 달려 나갔다가 양량을 시위하는 '염태'라는 장수와 맞붙었다. 어비루는 염태를 상대로 선전하는 듯하다가 떼로 몰려오는 적들에게 밀려 다시 패퇴하기 시작했다.

"쫓아라! 고구려 놈들의 씨를 말려 버릴 테다!"

양량의 명이 떨어지자 퇴각하려던 수나라 군사들 모두 합세하여 어비루의 군을 뒤쫓기 시작했다.

적들의 추격은 이후 나흘 동안 이어졌다. 점점 굵어지는 빗줄기 때문에 아군의 퇴각이나 적군의 추격 모두 어렵기는 매한가지였다. 몇 차례나 적이 멈추곤 했는데, 그때마다 내가 혹은 우경이 군사들을 몰고 나타나 적의 중군 혹은 후방을 후벼 팠고,

그렇게 약을 올리다가 도망치기를 반복했다.

양량은 이제 중군에서 빠져나와 선봉에 섰다. 우리 군이 한 차례씩 패퇴할 때마다 양량의 기고만장함은 점점 더했다. 잡힐 듯 잡히지 않으니 약이 바짝 오른 상태에서 곧 잡을 수 있을 거라 교만했기 때문이다. 왕세적과 고경이 그의 뒤를 따랐지만, 더는 그를 만류할 수 없는 지경임에 포기하고 호위하기에만 전력을 다했다.

드디어 요하가 멀리 보였다. 이미 부교는 도새로 박살 난 상태였다. 배를 이용해 피할 수 있었겠으나, 배들은 다른 용도로 쓰였다. 대신 더 이상 도망치지 못할 배수의 진으로 요하를 선택했다. 다행히 우리에게는 요하를 잘 알고 길눈이 밝은 병사들이 있었다.

"엇! 고구려군이 사라졌다!"

갑자기 눈앞에서 흩어진 고구려군을 찾기 위해 수군이 우왕좌왕했다.

"전하! 더 이상의 진군은 아니 되옵니다! 멈추게 하소서!"

"한왕 장사의 말이 맞사옵니다! 이대로 요하를 건너심은 무리이옵니다! 임유관으로 돌아가 보급을 기다리시고, 비가 그친 뒤 다시 추격하시는 것이……"

고경과 왕세적이 한목소리로 간했다.

이때, 수군의 진중에 무언가 묵직한 것이 날아가 떨어졌다. 투석기에 의한 공격인가 싶었을 것이다. 그런데 바위라 하기에는 가벼워 보였기에 양량이 궁금하여 물었다.

"무엇이냐?"

"그것이……."

이를 확인한 병사가 우물쭈물하고 있자, 양량이 당장 가져오라 명을 내렸다. 하지만 그 물체를 목도한 양량은 바닥에 엎어져 대성통곡하고 말았다.

"오오, 이럴 수가……! 이런 찢어 죽여도 시원찮을 놈들, 어찌 이런 짓을……!"

잘린 포유명의 머리였다.

대승

해가 떨어지자 빗줄기는 더욱 거세졌다.

강이식은 요하에 수백 척의 배를 띄우고 불을 환하게 밝히라 명령했다. 이를 고구려군이 도강하기 위해 준비한 군선이라 여긴 양량은, 그 뒤를 치기 위해 어둠을 뚫고 진군을 강행했다. 물론 이는 군선이 아닌, 대부분 급조한 어부들의 나룻배이거나 부교 조각에 기둥만 세운 가짜였다. 그것을 알 리 없는 양량은 오랜 벗의 죽음에 몰입한 나머지 이성을 잃었고, 결코 이 밤을 넘기지 않으리라 외쳤다.

적들은 거센 빗줄기와 빗물에 질척거리는 땅을 밟으며 요하로 향했다. 그들의 횃불이 수십 리에 달할 정도로 길게 이동하는 것을 지켜보고 있는 강이식은 요동성 위에 봉화가 오르는 것을 기다릴 때처럼 미동도 하지 않았다.

'요하에 다가갈수록 수렁은 깊어지리라. 처음엔 발밑에 붙어 질펀하던 개흙이 발목 위로 올라오고 무릎을 넘어 허벅지까지 차오를 때쯤이 되어서야 더는 움직일 수 없다는 사실을 알게 되리라. 단순히 장마 때문에 물이 불은 정도가 아니고, 빠져나올 수 없는 수렁임을 깨달을 때는 이미 늦은 게다. 감히 대고구려를 침공하려 하다니 그 죄과를 톡톡히 치르게 하리라. 이곳이 곧 네 놈들의 무덤이 될 것이니 말이다.'

그 사이 적들의 상황이 척후에 의해 속속 전해졌다.

"수나라 선봉이 요택에 진입했습니다."

적의 선봉은 요택 한가운데에 들어서야 발이 묶였다는 사실을 깨달았다.

"정지! 정지! 뻘이다! 진창이다!"

하지만 우리 군들이 사방에서 요란하게 울리는 나팔 소리와 북, 징 소리 때문에 앞선 선봉의 목소리는 들리지 않았다. 당황한 적들은 속도를 늦추지 않고 전진만 계속할 수밖에 없었다.

"양량의 중앙군도 요택에 진입했습니다!"

드디어 양량의 중앙군마저 요택에 발을 들이밀었다는 소식이 전달되었다.

"배를 잡아라! 절대 놓쳐서는 안 된다!"

"저놈들이 달아나기 위해 꼼수를 쓰는 게다!"

"요하에 우리의 승리가 있다!"

양량은 요하를 건너는 고구려군의 덜미만 잡으면 당장에라도 고구려 땅을 밟으리라, 요하를 건너 본토만 밟으면 고구려는 항복하고 말 것이다, 하는 오만에 빠진 듯 정신없이 군사들을 몰아쳤다. 하지만 양량의 목청은 아무의 귀에도 들리지 않았다. 곧 북과 징 소리는 점점 가까워져 오는데 고구려군들은 보이지 않고 화살비가 이를 대신했다. 화살을 맞고 쓰러지고, 걸려 넘어지고, 밟고 올라서고, 서로 수렁에 빠지지 않기 위해 물귀신처럼 허리 채를 잡아당겼다. 그뿐이 아니었다. 진창을 겨우 빠져나왔다 하더라도 보이지 않는 갖가지 위험들이 기다리고 있었다. 날카롭게 깎인 목채가 바닥에서 튀어 올라 적들의 몸통을 한꺼번에 꿰어 버렸다. 그밖에도 갑자기 날아온 도끼에 얼굴이 잘려 나갔다. 또한 바닥이 훅 꺼지면서 삼지창에 꽂히는 등 미리 설치해두었던 함정들이 끊임없이 살아 움직여 요택과 요택 주변은 금세 아비규환이 되었다.

그 와중에도 양량의 황금 갑옷은 횃불 빛과 이를 반사하는 물빛을 받아 멀리서도, 어둠 속에서도 유난히 그 빛을 발산했다. 미처 요택에 진입하지 않은 적의 후방을 치기 위해 투입되었던 아군의 일부가 갑자기 방향을 틀었다. 양량의 목을 베기 위해 많은 군사와 장수들이 황금 갑옷을 향해 앞다퉈 달려들었다. 놀란 양량은 황황히 갑옷을 벗어 던진 채 꿇어 엎드린 부하들의 등을 밟고 달아났다.

적들이 미쳐 날뛰기 시작했다. 지휘관은 달아나고, 장수들의 명령은 전달되지 않고, 동료들은 보이지 않는 적에 의해 속수무

책 죽어 넘어지는 상황에서 선택은 단 하나뿐이었다. 퇴각 아닌 도주! 적들은 표적이 되는 횃불마저 끈 채 정신없이 달아나기 시작했다.

안유는 퇴각로에 고구려군을 매복시켜 북과 징을 계속해서 치게 했다. 적들은 어둠 속에서 제 편조차 알아보지 못하고 칼과 도끼를 휘두르며 서로를 죽였다. 용케 그 자리를 피해 달아나더라도 길목마다 또 다른 고구려 장수들이 기다리고 있었으니 산목숨이 곧 죽은 목숨이 되는 것은 한 끗 차이였다.

"퇴각하라! 퇴각하라!"

수나라 장수의 목청은 묻혀 버렸고, 나팔수는 살았는지 죽었는지 알 수가 없었다.

강이식은 연태조에게 끝까지 쫓아가 적의 씨를 말리라 명했다. 연태조는 그 지시에 따라 임유관까지 혼비백산 궤주하는 수군을 쫓았고, 굳게 닫힌 관문을 통과하지 못한 적들의 목을 모조리 치고 돌아왔다.

가리야.

밤은 길고도 참혹했다.

적은 끊임없이 밀려들었고 내 칼에 쓰러지는 자들의 억한 비명에 속내 수많은 칼자국을 남겨야 했다. 보이지 않기는 적이나 아군이나 매한가지였다. 그나마 투구에 반짝이는 표식을 달아 서로를 알아보자 했던 강이식의 지혜는 매우 적절했다. 아군은 그렇게 서로를 식별할 수 있었고 그래서 어둠 속에서도 서로의 칼날을 피할 수 있었다.

그러나 사람이 피 냄새를 맡으면 미치광이가 되는가 보다. 눈에 뵈는 것은 적의 목뿐이었다. 수십, 수백의 적을 격살하고 지칠 만도 한데, 오히려 온몸에서 뜨거운 열과 함께 묘한 기운이 솟구치는 것이 아닌가. 내가 죽지 않으려고 적을 베는 것이 아니고, 내가 미쳐 날뛰는 앞에 적이 목을 길게 늘어뜨린 채 달려오고 있다는 생각이 들 정도였다. 전쟁이 아니라면 이게 어디 가당키나 한 일인가? 사람이 사람을 도륙하다니, 적이라고 죽여야 하다니…….

차가운 밤이 많은 적을 죽음으로 인도하는 사이 날이 새고 있다. 어느새 비가 멎고 희뿌연 안개 사이로 대지가 드러났다.

아아, 지평선에 이르는 땅은 모두 붉은 빛이오, 떠오르는 태양마저 붉은 빛깔, 역겨운 피비린내, 발밑에 깔린 것은 땅이 아니다.

설마 이곳에 강이 있었던가? 붉디붉은 주단을 깔아 놓은 것처럼 사방 천지가 시체고 피바다다. 시뻘건 핏물이 요택을 타고 흘러 요하마저 붉게 물들였다. 죽은 머리고, 팔다리고, 뒤엉켜 수습이 불가능한 시신 조각들이 산을 이루고 강을 가득 메웠다. 그 시신 산을 밟는다면 개흙과 강물을 묻히지 않고도 요택과 요하를 건널 수 있을 것만 같았다. 시신 대부분이 수나라 군사들이었지만 그중 고구려군도 상당수 있었다.

인마의 비명에 쫓겨 숨어 있던 짐승들이 어슬렁거리기 시작한 것도 이때다. 굶주린 짐승들이 하나둘 나타나 조각난 시신들로 배를 채우고, 까마귀가 날아들어 드러난 내장을 파먹었다. 핏물 때문에 숨을 쉴 수 없는 물고기들이 떼죽음을 당해 시신 곁에 떠올랐다.

나는 이토록 많은 시신을 본 적이 없다. 나는 이토록 잔혹한 광경 또한 본 적이 없다.

이를 지켜보는 고구려군들의 상태도 온전하다고 볼 수는 없다. 머리부터 발끝까지 온통 피칠갑에 피로와 두려움, 광기로 눈빛만 번들거렸다. 그대로 누우면 시신과 같을 것이고, 서서 버티니 지옥에서 싸우다가 돌아온 야차의 모습 그대로인 게다.

그나마 내가 버틴 것은 이 전쟁이 나의 고구려와 백성들, 내가 충성해야 할 대상, 나의 어머니를 지켜야 하는 전쟁이었기 때문이다. 그리고 너 또한 내가 지켜야 할 사람이 아닌가.

이제 곧 돌아갈 수 있을 게다. 곧.

이 전쟁은 우리의 승리로 끝날 것이 확실하기 때문이다.

**

수나라와의 전쟁에서 고구려는 수적으로 열세한 상황에도 불구하고 대승을 거두었다.

양견은 30만 대군으로 고구려 정벌에 나섰던 같은 해 9월에 모든 군사를 철수시켰다. 기실 철수라기보다 잔존병들의 패주라 해야 맞을 것이다. 요하까지 쫓아온 자들 중 상당수가 죽었고, 겨우 임유관으로 패퇴한 자들 속에 전염병까지 돌아 30만이 넘는 수륙 대군 중 죽은 수가 8할 내지 9할이었다 하니, 전멸에 가깝다 할 수 있었다.

강이식은 적병들의 시신을 모두 모아 불태우라 명했다. 검붉은 불길에 살과 뼈가 타들어 가는 역한 냄새가 검은 연기가 되어 열흘 동안 하늘을 가렸다. 장렬히 전사한 아군의 시신들은 면식이 가능하거나 신분이 확인된 시신들만 추려 소금을 뿌리고 수레에 실어 각자의 고향으로 향했다. 나머지 시신들은 적병과 분리해 태우고 넋을 기리는 제를 올렸다. 모두가 어느 집 가장이고 뉘 댁 아들일 터, 나라를 지키기 위해 전장에서 목숨을 바친 숭고한 죽음이었으니 층하를 둘 필요가 없었다. 그저 전쟁의 참상을 뼈저리게 느낀 자로서 더 이상의 전쟁이 일어나지 않기를 바랄 뿐이었다.

다음날 요동성에서는 성주 부유충이 전승의 최고 수훈자인 대장군 강이식과 장수들을 위해 성대한 연회를 베풀었다. 자리에는 적의 수군을 비사성 앞에서 물고기 밥으로 수장시킨 고건무와 끝까지 적을 따라붙어 임유관 앞을 산송장 밭으로 만들어 버린 연태조도 참석했다.

눈이 째지고 키가 작고 살피듬이 좋은 부유충이 상석에 앉은 강이식을 향해 인사를 건넸다.

"대승을 감축드리오, 대장군. 대장군의 뛰어난 지략 덕에 수의 30만 대군으로부터 요동성과 이 나라를 지켜낼 수 있게 되었으니 이보다 더한 기쁨이 어디 있겠소?"

"이게 어찌 나만의 공이라 할 수 있겠소? 하늘이신 태왕 폐하의 천은이자 모든 장수, 군사, 백성들이 일심으로 이 나라를 지키기 위해 불철주야 싸워준 덕이지 않겠소. 특히 태제 전하의 공을 빼놓을 수는 없을 것이오. 비사성에서 적의 수군을 상대로 이뤄낸 승리야말로 수나라 30만 대군을 무찌를 수 있었던 단초가 된 최고의 공적이라 할 수 있을 것이오."

강이식이 공을 자신에게 돌리자 고건무는 흡족한 표정을 지어 보였다.

"허허. 아군이 승리하였으면 되었지, 전공의 크고 작음을 따지는 것이 무에 중요하겠소. 아니 그렇소, 성주."

"역시 소문대로 무공뿐 아니라 인품도 훌륭하시옵니다, 태제 전하. 큰 공을 세우고도 이를 모두와 나누려 하시니 고구려 백성 모두가 전하를 여느 황족 출신 장수가 아닌, 존경하는 덕장으로 칭송하게 될 것이옵니다. 모쪼록 모두의 노고를 치하하고 승리를 감축하기 위해 부족하나마 조촐한 연회를 준비하였사오니 마음껏 즐기시고 개선장군이 되어 돌아가시기 바라옵니다."

피비린내 가득한 전투에서 벗어난 장수들에게 연회 자리는 가히 극락과 같았다. 꽃 같은 미인들의 체취와 교태에 취하고 술에 젖은 장수들이 잠시 군율에서 벗어나 광인처럼 웃고 개처럼 뒹굴었지만, 아무도 이를 나무라거나 흘겨보는 이가 없었다.

물론 여태껏 유락이라는 것을 즐겨본 적이 없던 나로서는 흥청거리는 분위기에 섞이는 것이 쉽지 않았다. 평강의 주의도 있었거니와 나의 다짐과도 먼 것이었기에 더욱 그러했다. 그저 한시라도 빨리 자리를 털고 일어나 귀향하기만을 바랐다.

"어찌 술을 드시지 않으시오? 젊으신 장수께서 설마 술을 배우지 않으신 겝니까?"

내 옆구리에 달라붙어 채근하는 기녀의 소리에 계노치가 돌아보며 웃었다.

"정말이오, 을 공? 아직 술을 배우지 못했다는 것이 사실이오? 설마 여인도 안아본 적 없다는 소리는 아니겠지?"

장수들의 농이 이어졌다.

"설마 그건 아닐 게요! 나는 열다섯에 동정을 떼었소! 암소만 한 볼기짝을 가진 계집종이었지! 내 장담컨대 세상에 첫 계집만 한 계집은 어디에도 없을 것이야! 암, 그 자리에서 또한 첫술을 마셨으니 그 취흥과 방사의 맛을 떠올리기만 해도 이렇게 다리가 후들거릴 정도니……! 얘기인즉, 여인과 술을 모르면 사내가 아니라 이 말이외다! 하하하하."

"하하하하. 안유 장군 말씀이 맞소. 여인과 술은 뗄 레야 뗄 수 없는 관계지요. 그런데 을 공, 그 표정은 무엇이오? 정녕 아무것도 모른다는 표정으로 보이오만……."

"사내가 여인을 몰라, 술도 몰라? 에잇, 불알 두 쪽이 제 자리에 붙어 있기는 하오? 여보시오, 을 공. 한 번 아랫자락 좀 열어 봅시다!"

"왜들 그러시오? 을 공이 싸우는 것을 보니 결코 계집은 아니던데……!"

장수들의 희롱이 나를 당황케 했다. 하지만 더 이상 계심으로만 들리지는 않았다. 임유관 앞에서 5천의 군사만으로 적을 끌어내고, 협곡에서 수많은 적을 척살했으며, 요택까지 유인해 전멸에 가까운 대승을 이끄는 데 세운 공을 인정함일 것이다. 다만, 스스로 변명한다는 것이 다소 서툴렀다.

"밖에 함께 피땀 흘린 수하들이 걱정되어 그렇소."

부유충이 얼른 말을 받았다.

"걱정 마시오, 을 공. 적을 무찌른 군사들에게 호궤하는 것은 당연지사. 돼지 100마리에 술까지 넉넉히 하여 성안에 주둔한 모든 군사와 백성들이 나눌 수 있도록 하였으니 공 또한 이 자리는 편히 즐겨도 될 것이오."

나는 그저 고개만 주억거릴 뿐, 더 이상 변도 응도 하지 않았다.

이때 갑자기 분위기를 깨는 고성이 들렸다.

"걱정도 팔자구먼! 전장에서의 승리는 곧 장수의 공적. 아랫것들이야 싸우라면 싸우고 죽으라면 죽는시늉이라도 하는 것이 마땅한 일이거늘, 장수가 되어 어찌 그런 시시풍덩한 걱정을 하는가? 하기사 태생이 천출이니……."

고건무였다.

"자리를 함께했다고 뭐라도 되는 양. 소가 뒷걸음질 잘 쳐 쥐를 잡은 꼴인 것을. 한여름에 도새 오고 장마 오는 것을 모르는 이도 있느냐 이 말이야!"

"누이가 망령이 난 게지. 자식이 없으면 없는 대로 살 것이지 서방도 없으면서 양자는 무슨. 아니면 소문이 진짜인 겐가? 귀에 담기도 추잡한 그 소문 말일세."

처음에는 겸양을 떠는 척하던 그의 본색이 술기운이 더할수록 점점 바닥을 드러내고 있었다. 자신이 세운 공이 나의 계책에서 비롯되었음이 심히 못마땅했던지, 내 공을 폄훼하고 평강이 나를 양자 삼은 것까지 트집 잡았다. 다른 장수들이 나를 어쩔 수 없이 인정하는 분위기 속에서도 유독 적개심을 드러내는 것이 그러했다. 그러나 군사들의 사기나 고초를 늘 돌아봐야 하는 것이 장수의 책무가 아닌가. 아랫것들이니, 천출이니, 그들을 걱정하는 것까지 시시풍덩한 일이라 치부하는 따위가 오히려 자신의 위신을 깎는 행위임을 모르는 듯했다. 그 와중에 기녀의 젖가슴과 치마 속을 더듬느라 바쁜 그의 음탕한 행동도 볼썽사납기는 매한가지였다. 그래서 그냥 무시했다. 오히려 처음부터 나를 적대했던 고승은 그의 곁에서 고까운 눈으로 나를 노려보고 있기는 했지만, 더는 시비에 끼어들지 않았다. 몸도 못 가눌 정도로 취한 탓이었다.

보다 못한 강이식이 끼어들었다. 즐거운 자리에서의 흥을 깨지 않으려는 듯 얼른 부유충을 치사하는 것으로 모든 이들의 시선을 돌리려고 했다.

"허허. 성주께서 지나치게 많은 재물을 쓰셨소. 황실에서 보내온 군량으로는 턱없이 부족하였을 터인데 이런 성대한 연회까지 준비하다니……."

그런데 고건무가 다시 말을 챘다. 이번에는 나를 향한 시비가 아닌, 부유충에 대한 칭찬이었다.

"매우 장한 일을 했지, 암. 이 또한 전쟁에서 큰 공적을 거둔 것과 별반 다르지 않을 것이야. 내 황성에 당도하면 태왕 폐하께 아뢰어 큰 상을 내리시라 청하겠소."

"황공하옵니다, 태제 전하. 기실 변방의 성주인 소인이 어찌 이리 많은 재물을 부릴 재간이 있었겠나이까. 평시에도 전방을 지키는 데 쓰이는 인력과 물자를 대느라 일반 백성의 삶과 별반 다르지 않사옵니다. 때문에 소인은 그저 작은 성의를 보였을 뿐이옵니다. 대신 주변국들과 물건을 사고파는 일로 재물을 모은 백성 하나가 그동안 사재를 털어 군량을 보태고 이 연회를 준비한 것이옵기에……."

고족 관리들이 방문하면 부경을 털어서라도 후히 대접해야 하는 것이 지방관의 도리였다. 그러나 부경이 여의치 않거나 제 것이 축나는 것을 싫어하는 탐욕스러운 지방관들은 유지나 거부들을 동원하여 그 역할을 대신하게 했다. 그리고 대가로 판매 독점권을 허한다든가 그 지역에서 일어나는 송사에 뒷배가 되어준다는 암묵적 거래가 성립되었다.

"그자가 누구인가? 사재를 털어 나랏일에 이토록 큰 보탬이 된 자가……."

기다렸다는 듯 하관이 넓은 얼굴에 부리부리한 눈, 얄팍한 입술에 체구가 큰 사내가 불려 나와 고개를 조아렸다. 변방인 요동성에서야 좀체 만나기 힘든 정계의 고관대작들, 거기에 태왕의 이복 아우까지 와 있는 자리였다. 천거를 바라거나 다른 무언가 바라는 바가 있어 자리를 마련한 자일 거라 예상할 수 있었다.

"태제 전하를 뵈옵니다. 사방 천 리 가보지 않은 곳 없이 도부到付를 업으로 먹고사는 미천한 장사치 상두라 하옵니다."

상두. 이 자를 이런 자리에서 만나게 될 줄은 꿈에도 생각지 못한 일이었다.

거상의 꿈

이틀 후, 요동성에 주둔해 있던 고구려군이 귀환길에 올랐다.

수나라와의 전쟁에서 희생된 아군의 수효는 대략 5천에 달했다. 하지만 수나라의 대군을 상대로 거둔 압도적인 승리라는 점과 주변국에 고구려의 위상을 다시금 공고히 했다는 점에서 큰 성과가 아닐 수 없었다. 그뿐 아니라 끈질기게 원의 입조를 종용하며 상국 행세를 하던 양견의 콧대를 무참히 꺾어 놓았다는 것에 더 큰 의의가 있었다. 그렇게 강이식 이하 고구려군들은 당당하게 개선에 임할 수 있었다.

요동성 성주 부유충은 고건무가 가는 길에 태왕께 바치는 진상품을 올려보냈다. 개선 행렬을 따르는 비단 500필과 백미 500석이 그것이었다. 이 또한 상두가 준비한 것들이었다.

"약소하나마 전쟁을 치르느라 큰 손실이 있었을 국고를 충당하기에 일전이나마 보탬이 되고자 하옵니다."

"이번 전쟁으로 요동성이 감내한 노고가 상당했음에도 불구하고 이리 마음을 쏟으니 그 정성을 어찌 마다하겠는가. 그대들의 장한 뜻을 태왕 폐하께 잘 전달하겠네."

고건무는 지난 이틀 동안 부유충과 상두가 베푼 환대와 적지 않은 진상품에 기꺼운 표정으로 화답했다. 전쟁에는 이겼다 하나 전리품이 거의 없는 싸움이었기에 이나마 다행이라 여겼던 것이다. 부유충은 이에 더해 지난 밤 고건무의 심신을 흡족하게 모셨던 기녀까지 안겨 보내려고 했다. 하지만 아무리 허장성세하고 여색을 밝히는 고건무라 할지라도 그것만은 마다했다. 전쟁터에서 기녀를 끼고 돌아갔다가는, 공사 구분이 철저한 원에게 치하는커녕 치도곤을 당할 것이 뻔했기 때문이다.

모두가 말 머리를 돌려 멀어지는데 우경만이 따르지 못하고 내게 말했다.

"덕아, 꼭 개선장군으로 나아가 공적을 나누라는 소리가 아니다. 다만, 전쟁은 너 홀로 치르는 것이 아닌 게다. 너를 기다리는 생모와 대공주 전하 또한 간절한 마음으로 전쟁을 치르고 있음이니 강건함을 보여 안심시켜 드려야 하지 않겠느냐? 적과 방패를 맞댄 이곳의 방비가 걱정되어 자청한 것이라면 내가 대신 남아 주변을 정리한 뒤 돌아가겠다. 나는 기다리는 가족이 따로 없으니……."

"아닙니다, 스승님. 기실 이 지역은 한번 와 보지도 못하고 무수히 얘기로만 듣던 양친의 고향입니다. 꼭 돌아보고 싶었지요. 하물며 스승님께서는 피를 나눈 가족이 없다 하나, 그보다 가르침을 기다리는 많은 제자가 있지 않습니까? 그간 고단한 출정길이 잦으셨는데 모쪼록 휴식을 취하시면서 후학 양성에 힘쓰소서. 궂은일은 소인이 해도 아쉬운 것 없습니다."

전쟁에 이긴 장수라면 누구라도 백성들의 환호를 받으며 개선장군이 되어 황성에 입성하길 바랄 것이다. 그럼에도 나는 그리하지 않았다. 굳이 남아 전방의 방비를 재정비하고 차후 돌아가기를 자청했다. 이에 우경이 염려를 더해 만류하기를 여러 차례. 하지만 완곡하게 내 뜻을 관철했다.

물론 하루라도 빨리 돌아가고 싶었던 것도 사실이다. 나를 전장에 내보낸 후 한시도 단잠을 청하지 못했을 나의 어머니, 나의 무훈 소식을 기다리고 있을 평강, 그리고 이별 순간조차 함께 갖지 못했던 가리를 생각하면 지체할 새 없이 조급해졌다. 그러나 운명처럼 만난 상두를 지나칠 수는 없었다.

거간꾼인 아버지에게 선뜻 은자 오천 냥을 빌려주었다는 자. 아버지가 시신으로 돌아오자 장례식장에 채귀처럼 들러붙어 선친의 모든 것을 빼앗고 어머니마저 취하려 했던 무도한 자. 그 자의 이름을 어머니에게서 귀가 아프도록 들어 왔으니 잊을 리가 없었다.

그러나 한편, 아버지를 믿고 오천 냥이라는 거금을 빌려주었지만, 채무자의 죽음으로 돌려받지 못한 선량한 피해자일 수도 있었다. 전자든 후자든 당장은 관련자라고는 그자뿐이니 그자를 알아보는 것 외에 달리 방도가 없었다.

"을문덕 공?"

부유충이 뱁새눈을 더욱 가늘게 뜨고 나를 뚫어져라 보고 있었다. 황성으로 귀환하는 고구려군의 긴 행렬을 환송하러 나왔다가 발을 멈춘 채 먼 산만 바라보고 있으니 의아했던 모양이다.

"무슨 생각을 그리하시오? 대공주 전하께서 기다리실 터인데 개선 행렬에 끼지 않고 남겠다 한 것을 후회하고 계신 게요?"

"아니오. 잠시 생각할 것이 있었소."

"그럼 이만 들어가시지요. 대공주 전하께서 계시는 황도에 비해 비루하기는 하나 이곳도 꽤나 재미있는 곳이라오."

부유충은 해자를 건너 외성에서 내성에 이르는 동안 요동과 요동성의 역사를 장황하게 설명해주었다. 아무래도 이곳 방비를 철저히 정비하고 오라는 책임이 주어진 것도 그랬거니와, 대공주의 양아들이란 점이 그의 과도한 친절을 끌어내는 이유임이 분명했다. '대공주 전하'를 자주 언급하는 것이 그랬다.

"요동은 옛 조선의 영토였다가 조선이 망하면서 한동안 한나라의 간섭을 받은 적이 있었소."

"알고 있소. 당시 이 성을 한족들이 양평성襄平城이라 불렀다는 기록이 있지 않소."

"그렇소. 아쉬운 것은 태조태왕께오서 한을 항복시키시면서 요동은 물론이거니와 요서 전 지역까지 복속시키셨건만 작금의 상황은 요서를 잃었다는 것이오. 허나 그럼에도 중요한 것이 있소. 지금껏 이 요동성만큼은 그 어떤 외적으로부터도 함락된 적이 없는 난공불락이라는 것이오. 물론 단 한 번이지만 외침에 흔들린 적이 있소만……."

"위대하신 광개토태왕 폐하 치세 때를 말씀하시는 것이오?"

내가 요동성의 역사에 대해 잘 알고 있다 여겼는지 부유충의 눈빛에 반가움이 가득했다.

"잘 알고 계시는구료. 당시 연燕의 마지막 왕 모용희慕容熙에 의해 함락 직전 절체절명의 순간까지 이른 적이 있었지만 결국 몰아낼 수 있었소. 게다가 그렇게 전력을 다해 요동성을 노렸던 모용희가 2년 후 연의 몰락과 함께 참수되지 않았겠소. 요동성을 치면 나라가 망한다, 이 말이 그때부터 돌기 시작한 것이라오."

나는 그의 말을 수긍했다. 그도 그럴 것이 요동성은 장안성과 달리 외적의 침략에 다소 취약한 평지성에 해당되었다. 하지만 외성의 높이만도 99척이오, 성벽은 여러 겹으로 돌을 쌓았으며, 사방 어디에도 내부를 가까이 내려다볼 수 있는 산이 없는 허허벌판에 위치해 있었다. 또한 요하와 합류하기 전 태자하太子河의 지류인 양수梁水가 환류하는 해자 또한 깊으니 공함은 거의 불가능해 보였다. 물론 연나라 몰락의 원인이 요동성과 거란 정벌로 인한 국력 낭비에만 국한되어 있지는 않았다. 모용희의 방탕과 사치, 황후와 후궁인 부씨 자매의 전횡, 무리한 토목 사업 등,

역사적으로 망조 든 나라의 모든 공통적인 악폐를 갖추고 있었기에 망했다고 보는 것이 정확했다. 다만 그만큼 요동성에 대한 부유층의 자부심이 상당하다는 것으로 이해했다.

그래서 물었다.

"그런데 성주, 궁금한 것이 있소."

"무엇을 말씀이오."

"요동이 군사적으로 아주 중요한 곳임에는 공감하오. 최전방이자 대륙으로 향하는 전초기지로 많은 이족들과 지리적으로 면해 있으니 말이오. 그런데 우리 말고 다른 이족들의 입장에서 묻는 게요. 어찌 주변의 많은 이족들이 너나 할 것 없이 이 요동을 차지하고 싶어 안달을 내는 게요? 국경을 넘어야 정벌이 가능한 것은 사실이나 요동성은 말 그대로 난공불락 아니오?"

나의 물음에 부유층이 흡족한 표정으로 설명을 더했다. 나의 관심에 절로 흥이 나는 모양이었다. 물론 몰라서 물은 것은 아니었다.

"요동을 많은 이족이 탐내는 이유야 간단하오. 북방 민족에게는 부동항을 가질 수 있는 요긴목이오, 중원의 국가에게는 신라와 백제를 가로막고 있는 동북 일대 패권국인 고구려를 뚫을 수 있는 관문이기 때문이오. 게다가 이리 중요한 정치적 군사적 요처에 세상의 귀한 물자가 죄다 모여 거래되고 있으니 말이오. 요동에서 찾지 못한 물건은 세상 어디에도 없다, 이런 말도 있지요."

"아, 이제야 이해했소. 세상의 귀한 물자들이 죄다 모여 거래되는 최대의 교역장이다! 즉, 많은 물자가 움직이는 만큼 나라의 근간을 이루는 조세가 많이 들어오는 곳이다, 이 소리구료."

"그야……"

"그렇다면 성주는 참으로 큰 부자겠구료. 재물이 모이는 곳을 직접 다스리는 분이시니……."

나의 말에 또 다른 의도가 있다 느꼈는지 부유충이 대뜸 화를 냈다.

"무슨 말씀을 하고 싶은 게요? 이곳 실정을 보고도 그런 말씀이 나오시오? 이곳에서는 이번처럼 큰 전쟁만 치르는 것이 아니외다! 시도때도 없이 이족들이 국경을 넘고, 밤낮없이 도적떼들이 민가를 급습하오! 매일이 전투고, 전쟁이란 말씀이외다! 그 재원을 충당하기 위한 나의 고충이 얼마나 큰 줄 아시오!"

"뭘 그리 화를 내시오? 농이요, 농! 하하하하!"

나는 그저 흘리듯 웃어넘기며 자리를 떴다. 하지만 의미 없이 허랑한 농지거리를 던진 것이 아니었다. 탐욕스럽거나 여의찮거나, 부유충의 정체를 알아야 상두와의 접촉이 자연스러울 수 있기에 던진 미끼였다. 나를 '재물이나 밝히는 권세가의 양아들' 정도로 알기를 바랐다.

**

"포노가 설치된 노대가 부실하다! 노사들이 부상하면 제아무리 성능이 좋은 포노인들 무용지물 아닌가?"

"성벽을 보수하라! 충차衝車와 투석으로도 뚫리지 않게 겹겹이 쌓아라!"

"요하에 남은 시신들을 모두 거두어 불태우고 주변의 나무와 풀 또한 모조리 살라 전염병이 도는 것을 예방하라!"

"성이 아무리 견고해도 반심 있는 사람 하나, 비틀어진 문짝 하나, 깨진 성벽 돌 하나도 허점이 될 수 있지 않는가? 쥐구멍 하나 남기지 말고 막아라."

나는 매일 성 안팎을 돌며 군사들에게 이모저모를 지시했고, 어비루를 통해 그 결과를 확인했다. 어느덧 요하에 떠다니던 남은 시신들과 핏자국은 거의 사라지고, 전시를 대비하여 요동성 방비에 만전을 기할 수 있게 되었다. 나를 따라 임유관 앞에서 싸웠던 5천의 군사 중 강이식이 남기고 간 100명의 군사들, 그리고 어비루를 포함한 수하 다섯 명이 성군과 백성들을 도와 일을 도모한 결과였다. 하지만 살피고 보수하는 것에서 끝나지 않았다. 책임자를 불러놓고 하나하나 시비를 걸고 꼬투리를 잡았다.

"지난번 황실에서 보내온 군량이 왜 이것밖에 남지 않은 건가?"

"남은 창과 검이 있을 터인데 누군가 빼돌린 것은 아닌가?"

"전쟁을 앞두고 성벽 보수와 포노 설치를 한다는 명분으로 나라에 조세를 내지 않았던 것으로 알고 있는데 어찌 이리 허술한 것인가? 재물이 넘치는 곳이라더니 그 재물이 한 곳에만 고여 있는 겐가? 내 당장 장계를 올려야겠군."

그렇게 책임자들을 잡도리하면서도 부유층에게는 아무런 항의도 하지 않았다. 엄포만 놓았지 장계를 올리지도 않았다. 분명히 이 소리는 부유층에게도 고스란히 전달되었으리라. 이쯤 하면 내가 뭔가 바라는 바가 있어 들쑤시는구나, 눈치챌 것이다. 넉넉히 재물만 쥐여주면 그 어떤 비리도 덮어줄 정도의 야비한 자로 보이리라. 그걸 바라 이토록 집요한 트집을 잡고 있다, 생각할 것이다. 자신이 거둔 세금은 모두 요동성 방비에 쓰고 있기에 사는 것이 일반 백성과 매한가지다 했으니 드러내놓고 뇌사를 쓰지는 않으리라. 상두를 데려와 수습할 공산이 컸다.

예상대로 부유층이 다급하게 연회를 열어 나를 달래고자 했다. 그 자리에 상두 또한 가까이 자리했다.

"을 공, 혹여 서운한 점이 있으셨던 게요?"

부유층이 가는 눈을 더욱 가늘게 뜨며 전에 없이 알랑거렸다.

"서운한 점이라니, 당치 않소. 나는 공무에 사사로운 감정을 싣는 법이 없소."

"공의 황실에 대한 충심을 누가 의심이나 하겠소? 다만 이 사람이 혹여나 을 공의 심기를 거스른 점이 있다면 이 자리를 빌려 너그러이 양해를 구하는 바외다."

"흠흠. 심기를 거스를 것까지야 없고……."

내가 짐짓 점잔을 빼자 부유충은 얼른 나의 곁에 앉아 시중들고 있는 기녀에게 채근했다.

"무엇하느냐? 대공주 전하의 아드님이시자 이번 수나라와의 전쟁에서 가장 큰 공을 세운 을문덕 공이시다. 얼른 술 한잔 올리지 않고!"

"송구하옵니다. 소인 설기라 하옵니다."

곁에 있던 기녀가 공손히 내 잔에 술을 따랐다. 지난 연회 때 고건무를 살뜰히 모셔 넋을 빼놓았던 바로 그 기녀였다. 다시 보니 오뚝한 코끝에 모인 작은 진주알만 한 콧봉, 버찌처럼 작고 오동통한 입술, 핏줄이 투명하게 내비치는 하얀 피부에 풍만한 가슴, 그에 비해 한 줌밖에 안 되는 가는 허리, 새털처럼 가벼운 발걸음까지 '요동성 최고의 미녀'라는 말이 무색할 만큼 장안성뿐 아니라 고구려 어디에서도 본 적 없는 대단한 미색이 아닐 수 없었다. 게다가 초승달처럼 갸름한 눈 끝에 도사린 요기가 예사롭지 않았다.

"행수, 이 자리도 그대가 마련한 것이오?"

일부러 술을 따라 주는 족족 받아 마시다가 거나한 분위기 속에서 상두를 지목해 물었다. 그때껏 말없이 하명만 기다리고 있던 상두가 고개를 조아리며 대답했다.

"급박하게 준비한 자리인지라 소홀한 점이 많을 것이옵니다. 부디 용서하여 주시옵소서."

"아니, 그렇지 않소. 역시 요하 일대를 주름잡는 최고의 거상이란 소문이 허문만은 아니었구료. 전쟁으로 온 천하가 힘든 시국에도 천하의 산해진미를 뚝딱 만들어 낼 수 있는 물자 동원 능력뿐 아니라, 이런 미인까지……. 충분히 흡족하오."

나는 설기를 눈짓하며 옅은 미소마저 지어 보였다.

"황공하옵니다, 을문덕 공. 혹, 또 다른 어떤 것이라도 필요하시면 기탄없이 말씀하시옵소서."

"필요한 것이라? 무엇이든 말이오?"

"여부가 있겠습니까? 원하시는 것이라면 고창국高昌國이든, 천축국이든 어디든 사람을 보내 준비하겠나이다."

"허허. 말만 들어도 고맙소. 그런데 이상한 건 말이오."

상두의 야심 가득한 눈을 가까이 들여다보며 말했다.

"나는 대공주 전하의 양자라고는 하나, 관등도 낮고 연륜도 적은 데다가 정계에 비호해줄 만한 아무런 세력도 없는 사람이오. 그런데 어찌 나에게 줄을 대려는 것이오?"

"줄을 대려 하다니요. 무슨 그런 당치 않은 말씀을……."

부유충이 손사래를 치며 부정하는 반면, 상두는 배포 있게 자신의 속내평을 드러냈다.

"장사치들이 물건 보는 안목만 있는 것은 아닙죠. 크게 되실 분이라 여겨졌기에 이리 자리를 마련한 것이고, 줄이 아닌 친분을 쌓고자 하는 것뿐이옵니다."

"태제 전하를 통해 폐하께 진상품을 올려 보내지 않았소?"

거상의 꿈

"폐하께서 이 사람의 정성을 알아주신다면야 황은이 망극하 겠사오나, 그렇지 않다 하여 소인이 감히 무엇을 바라겠사옵니까? 이는 백성 된 도리를 다한 것일 뿐, 다른 뜻은 없었습지요."

말하자면 고건무를 통해 태왕에게 보낸 진상품은 당연한 의례를 다한 것일 뿐이다. 무엇을 바라서도 도모해서도 아니 되기에 만약을 위한 기름칠 정도로 깔아 놓고, 정작 필요한 부분은 나를 통해 취하겠다, 하는 소리로 알아들었다.

"그래서 나를 통해 행수가 얻으려는 것은 무엇이오?"

"바로 하문하시니 허심탄회하게 말씀 올리겠나이다. 소인, 선대로부터 요동에 터를 잡고 장사하여 많은 재물을 쌓았사옵니다. 하오나 배움이 적고 벼슬을 얻지 못하여 여전히 장사치이고, 일개 백성일 뿐입지요. 재물로 벼슬을 살라치면 하지 못할 것도 없겠지만, 황실과 연이 닿지 않아 지방 구실아치가 고작이니 이를 한탄해오다가 을문덕 공을 만나 희망을 품게 되었나이다."

그 소리에 나도 모르게 미간이 찌푸려졌다.

"그대도 나의 출신이 비천하니 이 자리에까지 오른 것은 가당치 않다 여기고 있는 게요? 아니면 '너'도 되었으니 '나'도 가능하지 않겠느냐, 그런 이유로 희망을 품게 되었다는 소리요?"

짐짓 성을 내는 척하자 부유충은 다시 납작 엎드렸다.

"어찌 감히 소인이 그런 무도한 생각을 하오리까? 다만, 죽어 자식에게 남길 것이라고는 재물과 이름뿐이온데 이름 앞자리에 허울뿐인 관직이라도 달 수 있다면 자자손손 자랑스럽지 않겠사옵니까? 듣기로는 대공주 전하께오서 세상의 인재를 거두어 태왕 폐하의 사람으로 키우는 일로 만금을 출연하신다 들었나이다. 부디 이 사람의 재물을 이용하여 큰일을 도모하시고 대신 말직이나마 자식 대에 부끄럽지 않은 벼슬자리 하나 남기고 가는 것이 소원이오니……."

"역시 나를 통해 대공주 전하를 벗바리로 삼고 싶다 이거로군."

"송구하오나 실인즉, 그러하옵니다."

"참으로 어려운 청탁이오만……."

"무리한 청인 줄 잘 압지요. 거절하셔도 무관하옵니다."

"들어 알고 있겠지만 대공주 전하께오서는 인재를 귀히 여겨 거두시는 게지, 재물이 부족해 욕심을 부리실 분이 아니오. 다만 이번 전쟁에서 사재를 털어 충성한 그대의 노고를 어찌 마다하겠소. 내 대공주 전하, 아니 어머님께 특별히 청하여 행수가 배알할 수 있도록 주선해 보겠소."

"황감하옵니다, 을문덕 공. 원하시는 바를 말씀해주시면 용의 수염이라 할지라도 대령하겠나이다."

상두는 크게 기뻐하며 몇 번이고 큰절을 했다. 하지만 대체 용이 어디 있어 그 수염을 가져올 수 있다는 것인가? 최선을 다하겠다는 소리로 들으면 되었다.

"하하하하! 용의 수염? 그런 게 있을 리가……! 정히 성의 표시를 하고 싶다면 다른 것은 어떠시오?"

거상의 꿈 39

"무엇을 말씀이옵니까?"

"신루지가 필요하오만……."

상두가 잠시 멈칫했다. 난처해하는 빛이 역력했다. 그도 그럴 것이 천금이 문제가 아니었다. 근자에는 어떠한 이유에서인지 근해에 고래가 잡히지 않아 신루지 얻기가 산에서 진주를 캐는 것만큼이나 어렵다고 들었다. 또한 고구려를 다 뒤져도 신루지를 취급하는 이가 몇 되지 않는다는 사실 또한 아는데, 그중 누가 상두와 거래하는지를 알고 싶었을 뿐이다.

"신루지라 하시면……."

"고래기름 말이오. 내 양량을 잡고 나면 그 목숨값으로 신루지를 내라 할 작정이었는데 그자가 수치도 모르고 명광개까지 홀렁 벗어 던진 채 도망치지 않았겠소?"

"이유를 여쭈어도 되올는지요?"

"대공주 마마의 피부에 염이 심해지셨소. 의원의 말로는 신루지라면 이를 낫게 할 수 있다 하더이다."

상두가 냉큼 답을 내지 못하고 있는 것이 영 자신이 없는 듯 보였다.

"천하에 구하지 못할 물건이 없다는 장사치도 무리인 모양이구료. 하긴 황실에서도 구하기 힘든 물건을 어찌 일개 상인이……. 됐소. 그냥 없던 일로 합시다."

이에 상두가 결심한 듯 넙죽 엎드렸다.

"공, 최선을 다해 구해 보겠나이다."

"역시 요동 최고의 거상이오. 아니, 고구려 최고라 하여야 하는가? 하하하하."

나는 큰 소리로 웃어 보였다.

선친의 죽음은 22년 전의 일이었다. 증좌를 찾기란 매우 힘들었다. 아니, 흔적이 남아 있을 리 만무했다. 그래도 일단 상두를 지목하여 일을 도모하기로 했다. 혹 나의 선친이 신루지를 거래한 바가 있다면, 그리고 선친의 죽음과 상두가 관련이 있다면, 하는 가정하에 모든 조사는 시작되었다.

나는 반드시 알아야 했다. 강건했다던 선친이 왜 주검으로 발견되었는지, 신루지는 어찌 되었는지, 은자는 또 누가 가지고 사라졌는지, 이 모든 사실을 아는 자가 누구인지.

증인

막 잠이 들려는 순간, 슬그머니 방문 열리는 소리가 들렸다. 어둠 속 검은 그림자가 천천히 다가왔다. 조심을 다하는 듯했지만, 비단 자락 특유의 사락대는 소리가 금세 내 손에 들린 칼끝에 의해 저지되었다.

"누구냐?"

잠시 대꾸 없던 그림자가 가늘게 떨렸다.

"공, 소녀 설기이옵니다."

칼을 치우자 침상 머리맡에 놓인 등잔에 불을 붙이는 그녀의 모습이 보였다.

"이 시간에 무슨 일이냐?"

"상두 어르신께서 이르셨나이다. 혈기방장한 장수이시니 흡족해하실 때까지 시중을 들어 드리라 하셨습니다."

이 또한 상납과 매한가지로 통상적인 의례에 불과하다는 사실은 알고 있었다. 하지만 그리할 생각이 없었다.

"돌아가라. 행수에게는 내 좋은 대접 받았다, 그리 전하겠다."

"아, 아니 되옵니다. 소녀가 시키는 일을 제대로 하지 않으면 해웃값을 받지 못할뿐더러……."

"내가 잘 말할 것이라 하지 않았느냐?"

"……매질을 당할 수도 있사옵니다."

"뭐, 뭐라? 매질까지 당한다고?"

"……그러하옵니다."

난처했다. 이 시각에 내보내면 금세 이 여인이 내 시중을 들지 않았다 알아챌 것이다. 결과적으로 이 가여운 여인은 해웃값을 받지 못할 뿐 아니라 매질까지 당할 수도 있다 하지 않는가? 굳이 그런 사달을 만들고 싶지 않았다.

"예 있다가 아침에 나가거라."

그리하고 침상에 누웠는데 이상한 낌새에 다시 눈을 뜨게 되었다. 이번에는 더욱 황망한 일이 벌어졌다. 설기가 하얀 알몸으로 곁에 서 있는 것이 아닌가. 붉은 등잔 불빛에 물든 그녀의 낯에 수줍은 듯 내리깐 시선, 살짝 고개 돌린 부드러운 목선이 먼저 눈에 들어왔다. 이어 사뿐히 올라붙은 두 개의 젖가슴과 배꼽으로 이어지는 부드러운 곡선의 끝, 다소곳이 모인 골에 이르러서는 뿌리까지 후들거릴 정도로 육감이 동했던 것 또한 사실이었다.

증인 43

아아, 나도 사내인 게다. 그것도 상두 말마따나 혈기방장하여 아침마다 고의 앞자락을 흠뻑 적시며 진저리치는 보통의 사내인 게다. 아리따운 여인이 그윽한 살내를 풍기며 알몸으로 안아 주기만을 기다리고 있는데, 제아무리 인후한 공자이고 도행한 석가라 할지라도 쉽지 않은 유혹이리라. 하물며 이 자리에서 이 여인과 어떤 일이 일어난다 한들, 혼약한 바 없는 내게 무슨 흠이 될 것이며, 이를 두고 나를 비난할 자가 또 누가 있겠는가. 다만 나의 마음이 문제였다.

"옷을 입어라. 그리하지 않으면 내보낼 것이다."

"어찌?"

"여기 있으라고 한 것은 너를 안겠다는 뜻이 아니다."

"소녀, 더러운 창기라 마다하시는 것이옵니까?"

그녀의 눈빛이 불안하게 흔들렸다.

"더러운 창기였더냐?"

"……공……!"

"사내와 계집의 교합은 자연의 이치이니 지극히 당연한 일이라는 정도는 나도 잘 알고 있다. 만대의 자손을 이어 나가기 위한 근본이라고들 하지. 허나 사내와 계집이 나누는 정이 그저 육신뿐이라면 그게 대체 무슨 의미가 있겠느냐?"

말은 그리하고 있었지만, 여전히 아랫도리가 묵직한 것은 통제되지 않았다. 당장 눈앞에서 나의 근본을 희롱하는 발칙한 계집을 힘껏 끌어안고 싶었다. 뜨거운 계집의 깊은 속살을 파고들어 파정의 순간까지 숨차게 내달리고픈 욕구로 맥이 미친 듯 펄떡댔다. 하지만 그 와중에도 무언가 본능을 강렬하게 억누르는 것이 있었다. 그 생각 저편에 가리가 있음을 어렴풋이 깨달았다.

"송구하옵니다."

설기는 옷을 벗고 있을 때보다 더욱 수치스러운 낯으로 옷을 주워 입기 시작했다.

이때, 방문이 벌컥 열리면서 투구 대신 머리에 헝겊을 둘둘 감은 군사 하나가 들이닥쳤다. 전투 중 앞머리에 화상을 입고 치료 중인 어비루였다. 그는 설기가 반라로 서 있는 것에 놀라 잠시 할 말을 잊고 말았다.

"문덕. 아, 아니, 을문덕 공. 그러니까……."

하지만 곧 입가에 짓궂은 미소를 지었다.

나는 무심한 척, 그보다 그가 가져온 내용이 궁금했던 터라 설기를 내보내는 대신 어비루를 가까이 불렀다.

"찾아냈소."

"직접 만나보겠다."

어비루가 물러나며 목례했는데, 웃음을 참느라 이를 악물고 있음을 보았다.

"좋은 시간 되시오, 을문덕 공."

"망할 놈!"

설기는 그저 고개만 푹 숙이고 있을 뿐이었다.

**

　연회는 다음날도 이어졌다. 주색을 밝히는 부유충의 곁에는 매일 새로운 계집이 매달려 옷고름을 풀었다. 한편, 내 곁에는 설기 혼자 붙박아 놓은 것처럼 자리한 채 극진히 시중들었다. 내가 별말 없이 설기의 술을 받고 있으니 상두로서는 그녀가 제 몫을 톡톡히 해내고 있다 여기는 듯했다.

　한동안 고된 전투를 치르고 난 뒤인 지라, 술이고 노래고 여인이고 그 쉼이 퍽이나 달큰했다. 공사가 다망한 사내들이 어찌 주음에 빠져 그 많은 밤을 지새우는지 조금은 알 것 같았다. 꽃처럼 해사한 여인의 웃음이, 괴이하고 실실한 후주解酒의 은근한 쾌감이, 그간의 긴장되고 고단했던 세월을 유쾌하게 털어버리게끔 했기 때문이다.

　그렇다고 마냥 취해 있을 수만은 없었다. 새벽녘이면 술자리를 털고 바로 일어섰다. 만취를 가장하여 비틀거리면 설기가 겨드랑이에 달라붙어 나를 부축했다. 설기가 침대 끝에 누워 잠이 들면, 자는 척 있다가 몰래 염탐을 다녔다. 어비루가 수족이 되어 미리 정보를 가져왔다.

　상두의 상단 규모가 큰 줄은 알았지만, 예상보다 훨씬 대단하다는 사실을 그렇게 알았다. 요하 인근에서 그를 거치지 않고 교역하기란 불가능할 정도였다. 요동에 오는 주변 모든 족속, 심지어 수나라 장사치들조차 예외가 없었다. 그가 다루지 않는

물품 또한 없었다.

열흘 후, 동해에서 신루지를 싣고 온 우문지라는 선주 하나가 상두의 집에 도착했다는 소식을 접했다. 아버지가 신루지를 찾으러 동해로 갔다면 그를 만났을 수도 있었다. 짐작이 맞기를 바랐다.

**

무겁고 오래되어 삐걱거리는 경첩 소리가 쩌렁쩌렁 울렸다. 상당한 재력가가 살고 있을 법한 으리으리한 기와집 솟을대문 안에서 세 명의 사내들이 말을 탄 채로 나왔.

작은 자루 하나를 안장 앞에 실은 장년의 사내는 검은 낯에 거친 손을 하고 있었다. 양쪽의 두 사내는 가벼운 옷차림이었으나 큰 칼 한 자루씩을 차고 있는 것이 그의 호위인 듯 보였다.

나는 먼발치에서 말을 타고 따르다가 마을 어귀쯤에서 슬그머니 따라붙어 말머리를 나란히 했다. 당황한 호위 둘이 동시에 칼을 빼 들었다. 물론 그들과 싸우는 것이야 큰 문제가 되지 않았다. 그러나 목적이 아니었기에 칼부림은 따라온 어비루에게 맡기기로 하고 당황하는 장년의 사내에게 말을 건넸다.

"동쪽 바다에서 온 우문지라는 선주요?"

"누, 누구요?"

"그대에게 묻고자 하는 것이 있어 따라온 것이니 몇 마디 대답만 해주오."

"뭐, 뭘 말이오? 난 할 말이 없소."

우문지는 몹시 경계하는 듯한 눈치였다. 나는 그에게 철전 한 꿰미를 던져주었다. 그제야 우문지는 내가 그의 것을 빼앗으러 온 것이 아니라는 사실을 깨닫고 두 명의 호위들을 말렸다.

"칼을 치우시게. 이분께서 내게 듣고자 하는 말이 있다 하시지 않는가."

이에 두 명의 호위들은 칼을 칼집에 반쯤 찔러만 둔 채 나와 적당한 간격을 두었다. 내 쪽의 어비루 또한 똑같은 모양새로 나를 시위했다.

우문지가 말했다.

"그래, 먼 타지에서 온 나를 어찌 알고 찾아오신 게요?"

"신루지를 상두 행수에게 전달하고 가는 길이오?"

다시 한번 우문지가 긴장한 표정을 지었다. 신루지를 팔고 거금을 챙겨가는 길이라 호위를 둘이나 고용했을 터, 그 정보를 알고 있다는 것부터가 위협이었으리라. 그러나 굳이 돈을 주고 정체를 확인 후 뺏는 짓을 하는 도둑이라니 이상하지 않은가?

"신루지라면 지금은 없소. 근자에 고래 잡기가 하늘의 별 따기라서 말이오."

"상두 행수와는 오래 거래한 사이요?"

"22년쯤 되었나? 그때 이후 몇 차례 거래가 있었소만……."

시기적으로 정확했다. 나는 22년 전 그들의 거래를 알고 싶었다.

"22년 전 당시 얘기를 소상히 듣고 싶소."

"?"

"난 그대의 신루지나 대금에는 관심이 없소. 꼭 확인해봐야 할 일이 있을 뿐이오."

그제야 우문지는 내가 알고 싶은 것이 신루지가 아닌, 상두와의 관계에 있다는 사실을 눈치챈 듯했다.

"나는 고래잡이 선단을 이끄는 우두머리요. 고래를 잡아서 고기를 파는 일을 주로 해왔소. 물론 지금이야 없어서 못 팔 정도다 보니 부르는 게 값이지만 당시에는 꽤 잡혔고 거래도 성행하였소. 22년 전, 그런 나에게 신루지를 구하러 온 요동 사람 하나가 있었소."

"혹시 그 요동 사람의 이름을 기억하시오?"

"글쎄올시다. 당시 일이야 큰 사고가 있었던 터라 정확하게 기억하고 있소만 이름까지는……."

"큰 사고라니?"

"소상히 말하라 하지 않았소. 일단 들어 보시오."

경계가 풀린 우문지는 당시 일에 무슨 억하심정이라도 있는지 묻지 않은 사설까지 길게 풀어놓기 시작했다.

"나는 달포만 기다리라 하였소. 그 큰 고래의 기름을 짜내는 일이 보통 기술이 아니니 말이오. 나 말고 이 고구려 땅에 신루지를 다룰 줄 아는 사람은 손가락에 꼽힐 것이오."

나는 그가 말한 요동 사람이 내 아버지임을 확신하고 열심히 그의 말을 경청했다.

"여하튼 요동 사람은 쾌히 승낙했고 선금으로 은자 500냥을 내게 주며 요서에 있는 무려성으로 갖다 달라고 하였소. 그래 약속한 기일에 맞춰 신루지를 싣고 가고 있었소. 그런데……."

"그런데?"

"요동성 근처에서 도적을 만나 죄다 털렸지 뭐요."

"도적이라니?"

"복면을 한 십여 명의 산적이었소. 이미 내가 올 것을 알고 있었던 것처럼 길목을 지키고 있다가 신루지를 몽땅 빼앗아 갔단 말이오."

"이미 올 것을 알고 있었던 것처럼 길목을 지키고 있었다?"

"그렇소. 다짜고짜 내 목에 칼을 들이밀고는 신루지를 내놓으라 했으니 말이오. 여하튼 천신만고 끝에 겨우 목숨만은 건질 수 있었지만 물건이 있어야 약속을 지킬 것 아니오. 그렇다고 나도 평생 고래 잡아 팔아먹고 산 상인인데 신의가 있지, 내뺄 수도 없지 않겠소. 할 수 없이 사정 얘기를 하기 위해 무려성의 객잔으로 찾아갔소. 그런데 그자 아닌, 다른 사람이 날 기다리고 있지 뭐요. 바로 상두 행수였소. 내가 선금 500냥을 받고 수결한 체자를 가지고 말이오."

"요동 사람에게 선금을 받았다는 증표 말이오?"

우문지는 고개를 끄덕였다.

"행수는 자신이 그자를 보낸 사람이고 주인이라 하였소. 공사가 다망하여 요동 사람을 먼저 보낸 것이라 하더이다. 할 수 없이 행수에게 사정 얘기를 하고 이미 받은 은자 500냥을 돌려주려 했소. 하지만 행수는 펄펄 뛰면서 화를 냈소. 신루지를 주문한 자와의 약조를 어기게 되었으니 당장 신루지를 내놓든가, 위약금을 내라면서 말이오. 그렇지 않으면 발고하겠다고 으름장을 놓기까지 했소."

우문지는 당시를 떠올리기만 해도 아뜩한지 이마에 식은땀을 흘리면서 긴 한숨을 내쉬었다.

"이틀 동안 행수를 찾아가 빌고 또 빌었소. 다행히 행수가 위약금 300만 더 내놓으면 모든 일은 자신이 처리하겠노라 양해해주었기에 망정이지, 그렇지 않았다면 내 전 재산을 털어 배상해야 했을지도 모르오."

"마음고생이 많으셨겠구료."

"그러게나 말이오. 고래 값도 못 받고, 일꾼들 삯에, 위약금까지 물어야 했으니 말이오. 어찌 되었든 그때의 인연이 아니었다면 굳이 이 먼 곳까지 그 귀한 신루지를 구해 달려오지는 않았을 게요."

"당시 그대의 수결을 한 체자를 상두 행수가 가지고 있었다는 것이 확실하오?"

"정확히 기억하오. 내 딴에 참으로 억울한 상황이었으니 그럴 수밖에."

우문지에게 들을 수 있는 얘기는 여기까지였다.

"고맙소. 가던 길 가시오."

내가 분연히 몸을 돌리려 하자, 이번에는 우문지가 물었다.

"나도 한 가지 물읍시다. 22년 전 일을 왜 묻는 게요?"

"그때 선주를 찾아갔던 요동 사람의 이름이 을비루였을 것이오. 나의 선친이오."

"선친?"

"당시 신루지를 찾아 떠나신 얼마 후 주검이 되어 돌아왔소. 늦었지만 그 이유를 찾고 있는 게요."

그제야 우문지가 고개를 끄덕였다.

"저런……. 전혀 몰랐구료. 그런데 내가 별 도움이 되지 못한 듯하니……."

우문지는 내게 받은 철전을 되던져주고는 일행을 이끌고 총총히 자리를 떴다.

이로써 아버지는 동해에 당도하여 신루지를 찾았던 것이 확실해졌고, 우문지를 만난 것 또한 확인되었다. 그리고 무려성의 객잔에서 그를 만나기로 했지만 만나지 못했으며, 대신 아버지가 받은 체자를 가지고 나타난 상두가 그를 만났다는 사실을 알게 되었다. 즉, 상두는 그 사이 아버지를 만났고, 아버지에게서 체자를 받았을 공산이 크다는 소리였다. 상두가 아버지의 죽음과 직접적인 연관이 있을 거라는 의혹이 점점 확신으로 짙어졌다.

이틀 후 다섯 명의 수하들만 이끌고 무려성으로 향했다. 수나라 군대가 물러간 뒤, 다시 오가기 시작한 돛배를 타고 요하를 건널 수 있었다.

아버지의 시신이 발견되었다던 객잔은 여전히 성업 중이었다. 다만 당시 주인이었던 거란인 노파는 이미 죽었고 대신 조카라는 아낙이 업을 물려받아 운영하고 있었다. 자세한 내막을 알아내기는 쉽지 않은 상황이었다.

허탈한 발걸음을 돌리려는 그때, 어디선가 귀에 익은 노랫가락이 들렸다. 강을 건너려다가 물에 빠져 죽은 임을 그리며 애달파하는 내용의 고구려 노래였다.

요하 서쪽에는 요하의 강줄기를 따라 여러 개의 고구려 군사 거점인 라邏가 있었다. 요하를 건너는 사람들을 통제하고 정찰하기 위해 세워진 곳이었다. 무려성은 그중 하나인 무려라에 속한 성이었다. 여러 나라와 인접해 있는 탓에 고구려인뿐 아니라 거란족, 한족, 돌궐족, 선비족 등 이민족들이 섞여 살았다. 고구려 노래가 별반 이상할 것도, 거란의 노래라고 수상할 것도 없는 그런 곳이었다. 다만 내 어린 시절 어머니가 자주 흥얼거리던 가락이었기에 솔깃했다. 걸음이 절로 소리를 따라 뒷마당으로 향한 이유였다.

중씰한 얼금뱅이 여인 홀로 어설픈 공기놀이에 맞춰 노래를 부르고 있었다. 치맛자락 아래 은밀한 속살을 다 내놓고 퍼질러 앉아 있는 꼴이 온전한 정신은 아닌 듯 보였다. 어려서 열병을 앓아 반편이가 된, 죽은 노파의 딸이라고 어비루가 귀띔했다.

"그 노래는 어찌 아는가?"

내가 거란의 말로 물으니 얼금뱅이 여인이 까맣게 썩은 앞니를 헤벌쭉 벌리며 대꾸했다.

"옛날, 아주 옛날에 배웠지."

"누구에게?"

"고구려인."

다시 조심스럽게 되물었다.

"고구려인? 혹시 을비류라고 아나?"

"을비류? 알지. 내가 을비류, 을비류, 부르면, 오냐, 하고 웃어주었지."

뜻밖에 얼금뱅이 여인이 22년 전 아버지를 기억하고 있었다. 한편, 반편이 말을 믿어야 하나 반신반의했다.

"나에게 만두도 사주고 공기놀이도 가르쳐 주었다. 나에게 친절한 사람은 여태 그이뿐이었지."

"혹시 을비류에 관해 또 기억나는 것이 있는가?"

"왜? 내가 그런 것도 기억하지 못할까 봐? 왜 다들 내 말을 믿지 않지? 난 다 기억한다."

갑자기 여인의 표정이 심각해졌다.

"1년 전, 2층 방에 든 맹상이라는 남자와 같이 온 여자. 사실은 마누라 아니다. 우리 곰 같은 마누라보다 네가 훨씬 낫지, 하면서 입끼리 붙어 쭉쭉 빨고 옷도 벗고 몇 날 며칠 그 짓만 하다가 갔다. 그뿐인가? 10년 전 요 앞에 살던 떼쟁이 막구가 물에 빠져 죽은 일 있지? 난 봤다. 그거 막구가 실수로 미끄러진 줄 아는데, 아니다. 그 집 계모가 '미운 놈' '밥버러지' 하면서 매일 밥도 안 먹이고 매질만 했거든. 그날따라 몇 대 맞고 쓰러진 막구가 일어서지 못하자 물가로 끌고 가 처넣었다."

의외로 얼금뱅이 여인은 기억하는 것이 많았다. 그 말이 모두 사실이라면 아버지에 대해서도 더 많은 것을 기억할 수도 있으리라. 나는 그녀 앞에 무릎을 굽혀 앉았다.

"을비류에 관한 얘기를 더 해 줄 수 있나? 다른 사람을 만났다든가……."

"다른 사람? 흠……. 그러고 보니 그날……."

여인은 눈알을 굴리며 옛 기억을 더듬는 듯하더니 하나씩 풀어놓기 시작했다.

"어머니가 내게 방으로 가져다주라면서 만두와 술 한 동이를 내주었지. 그런데 방 안에서 우당탕 쿵쾅, 싸우는 소리가 들렸다. 내가 놀라서 문을 열고 들어가려고 했는데 쾅! 갑자기 처음 보는 사내가 나와서 만두와 술을 빼앗고 내 발밑에 철전 두 냥을 던져주었다. 그리고 문을 또 쾅!"

"싸우는 소리? 다른 사내가 있었다고? 원래 함께 온 자인가?"

"원래는 없었다. 두 명이 묵으면 하루에 한 냥씩 더 받는데 분명히 처음엔 혼자였다."

"아는 자였나?"

"아니. 난 사내를 몰라."

갑자기 여인이 누가 들을세라 주변을 두리번거리더니 소리를 낮춰 속닥였다.

"엄마가 손님들 방에 들어가면 매를 치겠다고 했거든. 사실 손님들이 날 더 좋아하는 것이 질투 나서 그런 거야. 내가 엄마보다 젊고 예쁘잖아. 손님들이 날 안으면 돈도 한 푼씩 준다. 난 그 돈으로 엿도 사 먹고 떡도 사 먹었지. 엄마 몰래 말이야."

과거 객잔에 든 사내들이 그녀를 겁간하고 입막음 조로 돈 한푼씩 쥐어준 모양이었다. 물론 반편이니 그들이 행한 짓거리의 부당함을 알지 못했을 것인데, 정작 내게는 관심거리가 아니었다.

"그래서? 을비류는 어찌 되었는가?"

얼른 주머니에서 철전 한 냥을 꺼내 여인에게 쥐여주었다. 여인이 베시시 웃었다.

"방으로 오라고? 여기서 묵고 갈 거야?"

"오늘은 그냥 간다. 대신 을비류나 방에 함께 있던 자에 대해 얘기를 해 주면 돈은 더 줄 수도 있다."

여인은 어깨를 으쓱해 보였다.

"없어."

"없다고?"

"죽었거든."

"죽어?"

"을비류가 며칠 동안 방을 나오지 않았어. 내가 궁금해서 방

앞을 오락가락했는데……. 점점 고약한 냄새가 심해지고 파리가 날아다니고 구더기가 문틈으로 기어 나오고……. 토악질이 나서 죽는 줄 알았다. 그래서 참다못해 방문을 열어보았더니……."

여인의 눈이 번쩍 커졌다가 끔찍한 것을 본 양 파들파들 떨었다.

"등에 칼이 꽂혀 있었어. 주변엔 구더기가 바글바글……."

등에 칼이 꽂혀 있었다니 금시초문이었다. 어머니에게 전해 들은 얘기는 이와는 전혀 달랐다. 심하게 부패된 시체를 인도받은 것이라 확인할 방도가 없었다, 시신을 인도한 무려성 관원은 분명 자상, 구타, 독살 등 어떠한 타살의 흔적도 없었다고 했었다. 그런데 아버지 사후 최초의 발견자일 수도 있는 이 여인은 아버지 등에 꽂힌 칼을 보았다고 분명히 떠들고 있었다.

"뭐라 했나? 등에 칼을……! 그것을 정말 보았는가?"

"봤다고 했잖아. 개똥이는 거짓말하지 않아. 아!"

갑자기 여인은 무언가 떠오른 듯 주먹을 내보이더니 약지를 제외한 손가락을 하나씩 펼치기 시작했다.

"하나…… 둘…… 셋…… 넷……. 네 개. 네 개."

"네 개? 뭐가 네 개란 말이지?"

더 물으려 했으나 그러지 못했다. 여인이 벌떡 일어나더니 제 몸을 마구 흔들고 털어대며 오두방정을 떨었기 때문이다.

"저리 가! 더러워! 저리 가란 말이야! 더러운 구더기! 으아아악!"

그리고는 제정신이 아니었다. 바닥을 뒹굴고 꽥꽥 소리 지르며 발작을 일으켰다. 마침 달려온 주인이 여인의 입에 재갈을 물린 채 사지를 끌고 나가 버렸다.

"이 년 또 이런다! 이 년, 더러운 년이 벌레 얘기만 하면 지랄 발광이지."

할 수 없이 어비루와 수하 넷에게 당시 무려성 관원이었던 자와 증좌가 될 만한 것을 모두 찾아보라 명하고 홀로 요동성으로 돌아왔다. 아버지와 마지막까지 함께 있었다는 자를 찾아야 했다. 그자가 아버지와 다퉜고, 그 와중에 칼을 꽂았을 공산이 컸다. 방으로 청해 만두와 술을 나눌 정도라면 아버지와 잘 아는 사람이었을 것이다. 누구인지 확신이 서기 시작했다.

약지

요동성에서의 마지막 날 밤에도 연회가 열렸다. 한창 분위기가 무르익을 무렵 상두가 다가왔다. 손에는 신루지 항아리가 들려 있었다.

"어렵게 구했나이다."

"고생했겠구료."

속에 없는 소리를 하려니 울화가 치밀었다.

다섯 수하 중 바우가 가장 먼저 두 가지 증좌를 가지고 돌아왔다. 그 모든 증좌가 상두를 가리키고 있었다. 눈앞에 서 있는 자가 바로 내 아버지를 죽인 원수일 거라는 확신에 분이 치받쳤다. 손에서 힘이 빠지면서 항아리가 미끄러져 떨어졌다.

"어이쿠!"

놀란 상두가 떨어지는 항아리를 잡으려고 허리를 숙이는 순간, 참다못해 그의 턱을 발로 걸어차고 말았다. 상두는 벌러덩 나자빠져서는 떼굴떼굴 굴렀다. 항아리는 박살이 났다.

놀란 부유충이 들고 있던 술잔을 쏟았다.

"공, 어찌 이러시오?"

나는 지체 없이 칼을 들어 상두의 턱 아래 들이밀었다.

"드디어 원수를 만나게 되니 실로 감개가 무량하구나!"

피범벅인 코를 틀어막은 채 상두가 물었다.

"무, 무슨 말씀이시온지……. 원수라니……? 소인은 그저 선량한 장사치입죠. 누구에게 원한을 산 바 없나이다."

"선량? 매일 연회를 베풀고, 나라에 거액의 진상품을 보내고, 이 귀한 신루지를 뇌물로 쓸 정도의 막대한 부를 정당한 방법으로 축적했다고 말하는 건가? 네 뒤를 캐보니 매점매석에 잠상, 뇌물 상납, 게다가 협작질에 살인까지……! 그 죄가 참으로 크고 많더구나!"

"공, 뭔가 오해가 있는 듯하온데……. 매점매석과 잠상은 그렇다 쳐도 협작질이나 살인은 무엇이옵니까? 결코 그런 일은 없사옵니다."

"22년 전 네가 저지른 짓을 모른다 하는 게냐? 너에게 은자 5천 냥을 빌려 신루지를 찾으러 갔던 을비류를 죽인 것이 너렸다!"

"을……비류가 누굽니까? 소인은 전혀 모르는 이름이옵니다."

"모른다? 사람을 죽여 놓고 모른다?"

"정녕 모르옵니다!"

"이번에 네게 신루지를 전달하고 돌아가는 우문지라는 자를 만났다! 그자는 22년 전의 일을 정확히 기억하고 있었다! 당시 을비류가 가지고 있어야 할 우문지의 수결이 된 체자를 네 놈이 가지고 나타났다고 분명히 말했다! 을비류를 죽이고 네 놈이 그 체자를 빼앗은 것이 아니더냐?"

"소인은 진정 모르는 일이옵니다! 증좌도 없이 왜 소인을 살인자로 모십니까?"

"증좌라 했나? 22년 전 일이니 증좌를 찾지 못할 거라 자신하는 건가? 우문지의 체자라면 그의 말뿐이니 거짓이라 몰아 버리면 된다 치자! 그럼 이건 어떻게 해명할 것이냐? 다행히 이것을 받은 자가 이 오래된 것을 케케묵은 옛 문서함에 잘도 보관해 놓았더구나!"

나는 소매 속에 들어 있던 종이를 꺼내어 펼쳐 보였다. 바우가 찾아온 첫 번째 증좌였다.

"이것이 무엇인지 아느냐? 을비류에게 신루지를 구해 달라 부탁했던 항모라는 거란족 왕족이 신루지를 전달받고 은자를 내줬다는 또 다른 체자다! 여기 이렇게 너의 수결과 함께 '상두'라고 씌어 있지 않느냐? 이래도 부정하겠느냐? 이 체자야말로 네가 우문지의 신루지를 도적질하고 을비류를 죽여 우문지의 수결이 든 체자마저 빼앗은 뒤 직접 거래한! 그렇게 모든 것을 착복했다는 증좌가 아니고 무엇이겠느냐?"

그러나 영악하고 계산이 빠른 요동성 최고의 거상 상두가 종이 한 장에 순순히 자신의 죄를 인정할 리 만무했다. 그는 여전히 죄를 부인했다.

"모함입니다, 을문덕 공! 22년 전, 소인이 뭘 했다고 자꾸 엮으십니까? 소인을 엮어 무엇을 얻으시려는 것입니까? 한두 해도 아니고 22년 전 체자라니, 그걸 아직까지 품고 있다는 것이 말이나 됩니까?"

"내가 가짜 체자라도 만들어 모함하고 있다는 소리냐?"

"성주님! 소인은 아무 죄가 없사옵니다! 잘 아시지 않습니까?"

상두는 이번에는 부유충에게 하소연했다. 당황한 부유충이 물었다.

"을문덕 공, 대체 22년 전 죽었다는 을비류는 누구이며, 대체 무슨 일이 있었기에 그동안 이모저모 수고로웠던 행수를 이리도 모질게 치도곤하시는 것이오?"

"을비류는 나의 선친이시오. 그리고 이 자가 나의 선친을 죽였다는 증좌를 대고 있는 것이오."

부유충은 몹시 놀라는 눈치였다. 더는 묻지도, 상두를 두둔하려 들지도 않았다.

이때, 바우가 잔뜩 겁에 질린 늙은 사내 하나를 끌고 들어왔다. 그가 가져온 두 번째 증좌였다. 이를 본 상두의 낯색이 허옇다 못해 퍼렇게 질렸다.

나는 늙은 사내에게 물었다.

"이름이 무엇이냐?"

"소……소창이라 하옵니다."

"무엇을 하는 자인가?"

"무려성에서 아내와 함께 잡화상을 하고 있나이다."

"22년 전 당시, 너는 무슨 일을 하고 있었느냐?

"무려성의 관원이었나이다."

나는 상두를 가리켰다.

"너는 저자를 아느냐?"

"아, 알고 말굽쇼. 요하 일대에서 저분을 모르는 이가 어디 있겠습니까? 요동성 최고의 거상 상두 어르신 아닙니까?"

"네가 이 자리에서 이실직고하지 않는다면 너를 비롯해 너의 처자식, 그 외 네 일족 모두를 참형에 처할 수도 있다. 대신 자복하면 너의 가족만은 살려주마."

"살려주십시오, 나리!"

소창은 납작 엎드려 모든 상황을 토설했다.

"22년 전 소인이 무려성의 관원으로 입관한 지 얼마 지나지 않은 때였습지요."

그의 진술은 상세하고도 분명했다. 한 사내가 무려성 한 객잔에서 시신으로 발견되었고, 소창이 사건 조사를 맡게 되었다. 이때 상두가 찾아와 타살이 분명한 시신의 사인을 '사인 불명'으

약지 63

로 보고하라 청했다. 상두가 그의 빚을 대신 갚아주고 그의 처에게 무려성 내에서 장사를 할 수 있도록 점방을 내주겠다는 환혹할 만한 제안을 하였기에 그 청을 수락하게 되었다는 것이다.

나는 대노하여 소리쳤다.

"너는 공무를 수행함에 있어 공평무사해야 할 의무를 저버린 채 뇌물을 수수하고 사건을 은폐 조작하였다. 또한 그로 인해 한 사람의 억울한 죽음이 밝혀질 수 있었던 기회를 놓쳐 그 가족의 고통이 지난 세월만큼 지대하였다. 늦었지만 그 죄에 대한 대가를 치러야 할 것이다!"

이번에는 다시 상두에게 대갈했다.

"대체 네 놈은 무슨 연유로 그런 패역을 저지른 것이냐? 천금이 사람의 목숨보다 귀했던 게냐?"

"모두 거짓이옵니다! 무관한 일이옵니다!"

상두는 끝끝내 무고를 주장했다.

"육시를 해서 죽여도 모자랄 놈이 끝까지!"

참을 수 없는 분노가 거친 욕설로 튀어나왔다. 더 두고 볼 것 없이 부유충에게 말했다.

"성주! 상두 이 자는 이곳 요동 사람으로, 귀한 신루지를 도적질한 것도 부족해 무고한 인명을 살상한 흉악무도한 범죄자인 만큼 성주께서 직접 판시하는 것이 온당할 것이오. 허나 22년이나 오래 지난 일이오. 또한 금번 전쟁에 있어 사재를 털어 공사에 공이 있는 자이기에 폐하께 직접 이 자에 대한 처분을 청하도록 하겠소. 이의 있소?"

"없……소이다."

"이 자를 명일 함거에 실어 갈 수 있도록 준비해주시오."

부유충은 나의 지시에 순순히 따랐다.

"당장 이 자를 하옥하라!"

그예 상두는 사령들에 의해 끌려 나갔다.

악다구니를 쓰며 끌려 나가는 상두의 모습 위로 눈물에 짓무르고 허리가 굽은 어머니의 애달픈 모습이 중첩되었다. 어머니의 바람대로 선친의 억울한 죽음을 신원하고 더욱이 그 원수를 끌어다가 법도에 맞는 처벌을 가할 수 있게 되었으니 천만다행한 일이었다. 하지만 여전히 씁쓸하고 원통했다. 죽은 아버지는 돌아올 수 없었고, 어머니는 비통하고 곤궁한 삶을 지고 홀로 유복자를 키우며, 젊은 날을 보내야 했다. 그 세월은 결코 보상받을 수 없었다. 내가 산 세월이 전부 어머니의 뼈를 깎는 고통 속에 빚어진 결과였던 것이다. 상두를 용서할 수 없는 이유였다.

∗∗

다음날 바우를 포함한 101명의 부하와 함께 귀환길에 올랐다. 부유충은 해자를 건너 배웅 나왔다.

"그간 몸 고생, 마음고생 많으셨소. 상두의 일은 나로서도 참으로 점직스러운 일이었소. 그런 패역한 자의 농간에 넘어가 일을 그르칠 뻔하였으니 말이오."

"괘념치 마시오. 그 작자의 의뭉스러운 속내를 어찌 알았겠소. 성주께서 나를 믿어 혈수血讐를 넘겨주셨으니 그저 고마울 따름이오."

"다행히 한사의 원한을 풀게 되었으니 선친께서도 예기치 못한 망종의 서러움을 잊고 구천에서 편히 쉬실 수 있을 거외다."

"고맙소."

부유충과 인사를 나누는 사이, 설기가 술잔이 놓인 은쟁반을 들고 다가왔다. 그녀의 등 뒤로 십여 명의 기녀들 역시 각자 술병과 술잔을 들고 따랐다.

"그간 나눈 정도 정이려니와 가시는 길 고단하지 마시라 술 한 잔 올리겠나이다."

설기는 공손히 술을 따라 내었다. 짙은 솔향이 그윽한 좋은 술이었다.

기녀들 또한 나의 수하들에게 다가가 각자 술 한 잔씩을 따라 주었다. 먼 길을 가야 함에도 군사들의 어깨가 들썩이고 입가엔 미소가 걸렸다. 곧 가족들을 볼 수 있다는 것만 생각해도 그동안의 모든 노고가 눈처럼 녹아내리리라.

"수고 많았다."

나의 말에 설기의 눈가가 금세 붉어지며 말간 눈물이 맺혔다. 잘해준 바도 없고 마음 한 조각 나눠준 적도 없건만, 이리 이별을 애석해하는 여인의 모습을 보니 왠지 짠했다. 하지만 그런

애틋함도 잠시, 곧 상두를 실은 함거를 끌고 귀환길에 올랐다. 상두는 봉두난발한 채였는데 여전히 미타하다 여기는 듯 오만상에 불편함이 그득했다. 그 꼴이 참으로 발칙하여 목에 칼침이라도 놓고 싶은 충동이 불끈했지만 그만두었다. 곧 죽을 놈이었다.

기녀들의 노랫소리가 점점 멀어졌다. 임을 떠나보내는 마음을 담은 이별가가 멀어질수록 마음은 곧장 장안성으로 향했다. 나의 어머니, 평강, 그리고 가리. 곧 만날 수 있다는 사실에 벅찬 그리움이 사무쳤다. 마음이 급해졌다.

"어비루에게 전갈은 보내 놓았겠지?"

무려성에 남기고 온 어비루와 달소, 목도루, 장호를 걱정하며 바우에게 물었다.

"예. 먼저 떠날 것이니 바로 따라붙으라 전갈하였습니다."

"서두르라. 이런 속도로는 고향의 가족들을 만나기도 전에 눈썹이 셀 것이야."

나의 농에 부하들이 웃음을 터뜨렸다.

부하 중 대부분이 나보다 나이가 많았다. 나보다 체신이 큰 자도 있었고, 힘이 좋은 자도 있었다. 산전수전 무수한 전쟁 경험으로 적의 움직임만 보아도 전술이 보인다는 자도 있었다. 그런데 그들 중 나를 어리다거나 경험이 부족하다고 업신여기는 자는 없었다. 오히려 나의 벼락출세를 모함하는 귀족 장수들과는 비교할 수 없을 만큼 순수하고 허물이 없었다. 나 또한 그들을 세연당의 동문들마냥 살뜰히 챙겼다. 서로의 신뢰가 깊으니 그만큼 편편하게 대했다.

"먼저 달리십시오! 소인들도 따라 달리겠습니다!"

"마누라 해산 날이 다 되어 가는데 그때까지는 도착할 수 있겠지요?"

"자네 아이가 우리 걸음보다 빨리 나온다면 훌륭한 장군감 아니겠는가?"

"사내가 아니고 계집이면 어쩝니까?"

"그럼 장군 댁에 시집 보내면 되지 뭘 그리 걱정하나?"

"받아 주실 겁니까?"

"뭐야?"

"하하하하하!"

서로 농을 주고받으며 화기애애하게 전진하는 중에 고개 하나를 넘게 되었다. 수상한 낌새를 눈치챈 것은 바우가 먼저였다.

"공."

주변을 두리번거리는 바우의 시선을 따라가다가 바람도 없는데 풀 소리만 어수선하다는 것을 깨달았다. 이어 뒤따르는 부하들의 비명이 들렸다. 풀숲 뒤에 숨어 있던 수십 명의 군사가 칼과 창, 도끼를 휘두르며 공격해 왔던 것이다. 그들은 모두 수나라 군복에 투구까지 쓰고 있었다.

순간 요동을 밟아본 적도 없는 수나라 군사들이 왜 이곳에 있나 싶은 의문이 들었다. 그러나 그보다 더한 것은 나의 부하들이 왜 칼을 맞고만 있을까 하는 점이었다. 나의 부하들은 임유관 앞에서도 수나라 30만을 상대로 두려움 없이 싸웠던 용맹한 군사들이었다. 그런데 다들 제대로 된 저항 한 번 하지 못한 채 맥없이 쓰러지고 있었다. 심지어 바우는 칼을 맞기도 전에 입에서 피를 토하며 말 위에서 거꾸로 떨어졌다. 그제야 무언가 잘못되었다는 사실을 깨달았다.

"다들 칼을 들라! 정신 차려라!"

말머리를 돌리려는 순간, 무언가 날카롭고 둔탁한 것이 가슴팍에 세차게 부딪혔다. 화살이었다. 다행히 단단하고도 유연한 찰갑 덕에 화살은 꽂히지 않고 튕겨 나갔다. 그러나 곧 머리가 핑 도는가 싶었고 피를 토하며 말에서 떨어지고 말았다. 설기가, 그리고 기녀들이 한 잔씩 따라준 술이 떠올랐다.

'그 술에 독이……!'

이때, 수나라군 하나가 칼을 쳐들고 달려들었다. 키가 작고 그에 비해 아둔해 보이는 체격의 병사였다. 나는 칼을 휘둘러 그를 막아보려 했다. 그런데 아등바등만 할 뿐, 몸은 맘같이 움직여지지 않았다. 칼을 휘둘러도 허공을 베었고, 발을 떼려 해도 무릎이 꺾였다. 다행히 사내는 겁을 먹었는지 멈칫했는데 그 찰나에 몸을 던져 그자와 몸싸움을 시도했다. 그자의 손에 쥐어진 칼을 빼앗기 위해 온 힘을 쥐어짰다. 겨우 칼을 빼앗아 드는 순간, 그자의 손을 보고 깜짝 놀라지 않을 수 없었다.

"하나, 둘, 셋, 넷……. 네 개……!"

무려성 객잔에서 만난 얼금뱅이 여인의 말이 뇌리를 스쳤다.

사내의 왼손에 약지가 없었다.

나는 그자의 면상을 한 대 갈기고 투구를 벗겼다. 악, 소리가 절로 나왔다. 부유충이었다.

"성주!"

하지만 아무런 답을 들을 수 없었다. 대신 달군 듯 뜨거운 쇠가 등을 관통하는 지독한 통증이 온몸을 바짝 경직시켰다. 상두였다. 어느새 함거에서 빠져나온 상두가 헙수룩하게 풀어헤쳐진 머리칼을 이마 뒤로 넘기며 나의 피가 묻은 칼로 나의 몸통을 툭툭 건드렸다.

"그러게 왜 케케묵은 옛일을 들추고 그러시나?"

부유충이 몸의 먼지를 털며 비웃었다.

"대공주만 아니었어도 이놈 벌써 내 손에 죽었을 텐데……."

"성주……?"

혼절하여 멀어져가는 의식 속에서 나를 부르는 바우의 외침이, 부하들의 비참한 단말마의 비명이 어지럽게 뒤엉켰다. 상두와 부유충이 떠드는 소리 또한 물속처럼 울렁거렸다.

"그대가 입을 열면 나 또한 위험해져."

"이들을 다 죽일 생각이십니까, 성주님?"

"모두 죽여야 뒤탈이 없지. 적의 잔병들에 의해 몰살당한 걸로 하면 돼."

대체 무슨 소리를 하는 거냐? 설마 내 부하들을 죽인다고? 안 돼……. 나의 부하들은 죄가 없다……. 건드리지 마라, 나의 부하늘은…….

그러나 소리 되어 나오지 않았다.

**

내 품속에는 은가락지가 하나 있었다.

전쟁이 끝나고 열어보니 하얗던 가락지가 적의 피를 뒤집어쓰고 까맣게 변해 있었다. 그날 나는 그 은가락지의 색을 되돌리기 위해 닦고 또 닦았다. 하지만 닦는 것만으로는 예전과 같은 순백의 색을 얻지 못했다. 안타까운 마음에 새 은 가락지를 사러 나갈까 했지만 이내 그만두었다. 처음 은가락지를 사던 순간에 품었던 순심이 깃든 가락지는, 세상에 단 하나뿐이기 때문이다. 네가 내 세상에 단 하나이듯이.

가리야.

조금 늦더라도 기다리라, 전하지 못하고 온 것이 내내 후회스러웠다. 그래도 기다리라. 전쟁이 끝났으니 곧 돌아갈 것이다. 그때 네가 나를 향해 웃어 준다면 절대 겨를을 주지 않고 청할 것이다. 나의 사람이 되어주련, 나의 찔레향 소녀여?

어디선가 너의 꽃 향이 흘러든다. 가까이 와 있는 게냐? 혹여 나를 찾아온 게냐? 아아, 그런데 어찌하랴? 내가 이리 죽어 있으니. 내가 덫을 놓은 줄 알았더니 이곳이 나를 잡을 덫이었구나.

잃어버린 시간

 삽상한 바람이 연신 수면을 쓸고 지나갔다. 이리저리 한가하게 날아다니는 청낭자 떼도 놓친 넋 나간 시선 끝에 따가운 태양이 이글거렸다. 갑자기 생동하는 입질이 손끝에서 꿈틀했다. 반사적으로 힘껏 잡아당긴 대나무 낚싯대가 한껏 휘었는데, 그 힘이 어찌나 세던지 내 몸 실은 거룻배마저 끌고 갈 성싶었다.
 "으으으랏차!"
 다행히 한참을 밀고 당기는 노련한 솜씨 덕에 지친 고기를 물 밖으로 끌어낼 수 있었다. 성인 남자의 넓적다리만큼 굵고 석 자도 더 됨직한 리어였다. 이미 배 바닥에는 그보다 작은 리어 한 마리와 메새기 다섯 마리, 잡고기 대여섯 마리가 아가미를 펄떡거리고 있었다.
 리어라면 산모의 몸을 보하고 젖을 많이 내게 한다 하여 찾는 이들이 꽤 있었다. 메새기는 흙내가 나지 않아 훌륭한 찜 요리로 많이 쓰였다. 그렇게 리어는 팔아서 쌀을 사고, 메새기와 잡고기는 객잔에서 요리해 손님들에게 내면 되었다. 몇 푼 남으면 그녀를 위한 가락지 하나 사 줄 수 있으려나.

소가 끄는 우거에 생선 소쿠리를 싣고 걷다 보니 북적대는 장거리가 나왔다. 초입의 어물전 주인 왕판이 소쿠리를 받아들었다. 잡은 물고기를 확인하며 커다란 방구리로 옮기던 그가 호기롭게 말했다.

"위명! 오늘은 꽤 잡았는걸! 소화가 좋아하겠어!"

그는 나를 위명이라 불렀다. 거부감없이 나 또한 농을 받았다.

"소화는 아무 수확이 없는 날도 나를 섬길 줄 아는 여자다."

"어이쿠, 어련하시겠나. 자네만큼 팔자가 늘어진 사내가 또 어딨겠나? 나 같으면 그 정도 미인 손에 물 한 방울 묻히는 것조차 아까울 텐데 그런 미인이 벌이하는 동안 이렇게 한가롭게 낚시나 하면서 살고 있으니 말이야. 비결이 뭔가? 절륜한 기술이라도 있는 겐가?"

"……."

"왜 말이 없어?"

"무모하게 놀리는 자네의 그 입을 뭉개 버릴지, 아무 데서나 대가리를 곧추세우는 그 물건을 부숴버릴지 고민 중이다."

"허허, 이 친구 농일세. 농이야."

농이라고는 했지만, 그의 관심은 항상 내가 아닌 소화에게 있음을 알고 있었다. 소화가 아니었다면 내가 잡은 생선을 사주지 않았을지도 모른다. 왕판뿐 아니었다. 농이든 참이든 소화를 본 사내들이라면 그녀의 미모에 대해 무심히 지나치는 이가 없었다.

혹자는 그녀의 한 줌만 한 가냘픈 허리를 가리키며 한나라 성황제의 황후 조비연과 비교했다. 그러나 내 보기에 조비연이 제아무리 미색이라 한들 어차피 아무도 보지 못한 오랜 과거 황실의 여인. 더욱이 황제의 눈을 멀게 하여 국정을 마비시키고 전횡한 부덕한 여인에 불과했다. 그에 비해 모란꽃처럼 화사한 낯에 버드나무 가지처럼 가냘픈 소화는, 나에게 신의가 있고 성품이 온량하며 생활력까지 강하니 역사 속 미인에 견줄 필요가 없었다.

모두들 나를 시기하고 부러워하는 이유가 거기에 있었다. 사내라면 모두가 품고 싶고, 여인이라면 누구라도 닮고 싶어 하는 그런 미인이 아무런 바람 없이 지성을 다하는 지아비가 바로 나라는 사실 때문이었다.

소화는 탁군에서 멀지 않은 바닷가 작은 시골 마을에서 홀로 객잔을 운영했다. 대신 내게 한 척의 거룻배를 사주었다. 배 위에서 고기나 잡으며 소일하라 권한 것도 그녀였다.

"위명, 당신은 4년 전 도적 떼를 만나 온몸이 난자당하는 변을 당하셨지요. 의원은 더 이상 목숨을 부지하기 힘들 것이라 했지만, 성심을 다해 구완한 결과 기적처럼 살아나신 거랍니다. 그때를 떠올리면 지금도 하늘이 무너지고 땅이 꺼질 것만 같아요. 그러니 부디, 엉키고 막힌 어혈이 풀리고 원기가 돌아와 제자리를 찾을 때까지 몸을 정히 하고 쉬세요. 두 입살이쯤은 소첩 혼자서도 충분합니다."

나는 그녀의 말을 따랐다. 몸도 온전치 않았을뿐더러, 도적 떼를 만났다고 하는 4년 전의 기억을 아무것도 떠올리지 못하는 상태였기 때문이다. 무엇을 하던 자인지, 어디서 살았는지, 어떤 가문이며, 부모는 누구인지, 어떤 험한 일을 당했는지, 그 어떤 것도 기억나지 않았다. 그저 중원의 언어를 할 줄 아는 고구려인이라는 것만 어렴풋이 알았다.

그런 내가 왜 적국인 수나라 땅에 와 있는 것일까? 소화는 내가 전쟁통에 수나라군에게 끌려온 고구려인이라고 했다. 다행히 노예로 끌려왔지만, 자신이 돈을 써서 면천시켜주고 함께 살게 되었다고 했다. 그러나 얼마 후 행상을 나갔다가 도적 떼를 만나 피투성이인 채로 발견되었다는 것이다.

'나는 누구였을까?'

온몸을 휘감고 있는 무수한 칼자국을 내려다보고 있으면 언뜻 무언가 떠오를 듯 말 듯 기억의 쇄편들이 잡히곤 했다. 하지만 명료한 것은 없고 불쾌하고 끔찍한 감정이 먼저였다. 그중 가장 견디기 힘든 것은 검을 휘두르는 자들, 피 흘리는 자들, 목이 잘려 나가고 화살에 온몸이 꿰인 자들, 그 와중에 나를 둘러싼 수십 명의 군사와 약지가 없는 사내의 괴기스러운 웃음이었다.

"와아아아아아!"

어느새 걸어 들어온 장 한복판에서 우레와 같은 함성이 들렸다. 모여든 군중들 쪽으로 다가가 보니 한 무리의 재주꾼들이 활쏘기 재주를 부리고 있었다. 이마에서 정수리까지 따가운 햇살 받아 번쩍거리는 무루팍 대가리에, 수염만 덥수룩한 건장한 사내가 활을 잡고 있었다. 계집처럼 곱상한 낯을 한 또래 사내는 멀찍이 나무를 등진 채 서 있었다. 무루팍 대가리가 곱상한 사내를 향해 시위를 당겼다. 곱상한 사내의 발밑에는 이미 늙은 호박과 사과 등이 박살 나 있었는데 다음번 표적으로 작은 호두 한 알이 그 머리 위에 얹혀 있었다.

"저걸 또 맞힌다는 말인가? 100보 밖의 머릿니를 맞혔다는 비위飛衛나 기창紀昌이 아니고서야 원."

"비위나 기창은 전설일 뿐이지."

"설마 호두알 말고 머리통 맞히기 아냐?"

"난 간 떨려서 못 보겠어."

긴장하고 조마조마한 구경꾼들과 달리, 오히려 무루팍 대가리는 담담해 보였다. 곧 허공을 가르는 바람 소리에 이어 호두알이 터져나갔다. 화살은 곱상한 사내의 머리카락 하나 상하지 않은 채 나무에 힘껏 박혔다.

"와아아아아!"

구경꾼들은 더 큰 함성을 질렀다. 있는 자들의 주머니에서 철전이 아낌없이 던져졌다. 무루팍 대가리와 곱상한 사내, 그리고 뒷짐 지고 서 있던 두 명의 또 다른 사내들이 재빠른 동작으로 철전을 주웠다.

이때 군중 속에서 한 사내가 소리쳤다.

"그 정도야 전쟁통에 활 한 번 잡아본 자라면 누구라도 할 수 있는 재주 아닌가?"

무루팍 대가리가 대꾸했다.

"그럼 한 번 해보시든가."

그런데 무루팍 대가리를 도발한 사내는 외팔이었다. 게다가 낮술에 눈알은 풀리고 안색이 붉었다. 취중에 객쩍은 시비를 건 것이었다.

"전쟁통에 활 잡다가 팔을 잃으셨는가? 쯧쯧! 팔이 없으면 발로 해 보시겠소? 그 정도는 전쟁통에 팔을 잃은 자라면 누구라도 할 수 있는 재주 아닌가?"

구경꾼들이 무루팍 대가리의 우스갯소리에 홍소를 터뜨렸다.

"뭐라는 거냐, 이 고약한 고구려 놈들! 감히 우리 수나라에서 그깟 알량한 재주로 백성들을 후려 돈을 빼앗고 있는 게냐? 네 놈들은 적국의 간자가 분명할 것이니 관아에 알려 물고가 나게 할 것이다!"

외팔이의 '고구려 놈'이란 소리에 갑자기 웃음이 끊어졌다. 그들은 고구려에게 대패하여 쫓겨났던 전쟁의 기억 때문에라도 고구려인들을 좋아하지 않았다.

그럼에도 무루팍 대가리는 전혀 아랑곳하지 않았다.

"나는 고구려인이 맞으나, 이미 전쟁은 끝났지 않은가. 과거는 잊고 상호 교류하기로 양국의 황제 폐하께서 허하셨거늘, 적국은 무엇이며 간자는 또 누구란 말인가?"

무루팍 대가리는 그예 거두어들인 철전에 더해 말허리에 매어놓았던 묵직한 주머니까지 끌러 모두 바닥에 쏟아놓았다.

"누구라도 좋소! 이 화살로 30보 밖 사과를 맞힐 수 있는 자가 있다면 내가 오늘 장판에서 번 돈, 아니 내가 가지고 있는 돈 모두를 걸겠소! 족히 300냥은 될 것이오! 50보도 아니고 고작 30보이고 호두도 아닌 사과요! 해볼 만하지 않겠소?"

철전 300냥. 작은 집 한 채를 살 수 있는 돈이었다. 그 소리에 사내 몇이 구미가 당겼는지 어슬렁거리며 앞으로 나왔다. 물론 곱상한 낯의 사내 대신, 탁자를 놓고 사과를 올리니 사람 다칠 걱정 없어서 다들 호기롭게 화살을 당길 수 있었다. 그러나 생각만큼 쉽지는 않은 듯, 아무도 사과를 맞히기는커녕 그 뒤에 서 있는 나무조차 빗맞는 이가 대부분이었다.

그 와중에 이를 보는 내 기분이 묘해졌다.

'저 정도쯤이야······.'

그들의 행동이 가소로웠다.

'눈을 똑바로 뜨고 노리면 50보 아니라, 100보 밖 콩알도 말궁둥이만큼 커 보일 텐데 그걸 맞히지 못하다니······.'

내가 화살을 쏴본 적이나 있었던가? 당연한 듯한 호기가 내 팔을 번쩍 들게 했다.

"나, 나요!"

이때, 그런 나의 팔을 힘껏 끌어내리는 이가 있었다. 배꽃처럼 하얀 낯에 누에나방의 더듬이처럼 가늘고 고운 눈썹을 한 어여쁜 여인이었다.

"소화!"

그녀는 다급하게 내 팔을 잡더니 무작정 무리에서 끌어내기 시작했다. 뒤에서 무루팍 대가리가 불렀다.

"누구요? 누가 하겠다 하였소?"

소화의 걸음은 더욱 단호하게 나를 끌었다.

"소화! 왜 이러는 게요?"

"위명, 이런 곳에 함부로 다니지 말라고 했잖아요!"

"난 그저 왕판에게 고기를 넘기려고 왔다가······."

"앞으로 그런 일은 나에게 맡겨요."

"저기서 활쏘기만 잘하면 돈을 주겠다고 하지 않소."

"다 사기에요! 짜고 치는 속임수라고요! 활도 들어본 적 없는 사람이 무슨······."

소화는 전혀 겨를을 주지 않고 길가에 세워두었던 소의 고삐를 쥐고 앞서갔다. 그녀가 화를 내는 것을 처음 보았기에 난감했다.

**

난무하는 수천 개의 화살, 번뜩이는 칼날, 말이 뒹굴고 목이 잘려 떨어지고, 그 속에 흐르는 피. 검붉은 피가 강이 되어 흐르니 시체가 고명처럼 떠다녔다. 어느새 나를 둘러싼 그림자들, 그들 손에는 칼과 도끼가 들렸고, 한꺼번에 나를 향해 휘둘러지는 무시무시한 살육의 현장!

"아아아악!"

"위명!"

다행히 눈을 떴을 때 내 눈을 가득 채운 것은 소화의 아름다운 낯이었다. 그녀의 걱정 어린 눈 속에 그렁그렁 눈물이 어렸다.

"괜찮아요?"

"또 그자였다……. 그자가 나를 보고 비웃었다. 내 몸은 담금질 당하는 것처럼 뜨거웠다……. 왜 그자는 나를 죽이려고 했을까? 나와 무슨 원한이 있기에……. 나를 죽이려 한 자들은 도적 떼라 하지 않았나? 그런데 그자는 수나라 군사의 갑옷을 입고 있었다."

"꿈일 뿐이지요."

"내가 지금 나로 사는 것인가?"

"당신이 아니면 누구죠? 나와 사는 것이 싫은가요?"

"그런 것이 아니오. 다만, 내가 누구인지는 알아야 하지 않겠소? 이렇게 당신에게 짐이 되는 것은 싫소."

"짐이라뇨?"

"짐이 아니고 무엇이오? 그대는 나를 위해 매일 열심히 일하는데 나는 고기나 잡으며 세월이나 낚고 있지 않소. 객잔에는 나오지도 말라 하고, 사람 많은 곳엔 가지도 말라 하지 않소. 혹, 나를 노리는 자들이 있는 게요? 대체 왜?"

"그만! 그만!"

소화는 침상에 누운 내 품에 안겨 소리 없이 울기 시작했다.

"소화……."

"위명, 나는 그저 당신이 걱정되어……."

나는 조용히 그녀의 눈에 입을 맞추었다. 그녀는 설움이 복받쳤는지 꺼억꺼억 고르지 못한 숨을 토해내다가 흐느꼈다. 할 수 없이 그녀의 호흡이 온전히 돌아올 때까지 말없이 등을 다독였다. 가냘프지만 뜨거운 육신이 내 몸 위에서 흔들릴 때마다 경우 없는 정염이 솟구쳤다. 참지 않고 그녀의 옷자락을 헤집기 시작했다. 박을 갈라 엎어놓은 듯 풍만한 그녀의 가슴을 움켜쥐고 몸속으로 깊숙이 파고들었다. 울음 울던 소리는 금세 교성이 되었다. 그녀는 가느다란 허리를 꺾으며 온몸을 비비 틀었다.

항상 그랬다. 내가 잃어버린 과거에 집착하면 소화는 눈물을 보였다. 자신과의 현실을 부정하는 것으로 여겨 불편해했고 이를 달래기 위해 매번 교합하였다. 황음하지는 않았지만 적절한 방법인 듯하여 나 또한 상습적으로 일어났던 것도 사실이다.

"소화."

관계를 마치고 난 소화는 반짝이는 표정으로 나를 올려다보았다. 둥근 얼굴, 울어도 웃음이 흐르는 갸름한 눈, 오뚝한 코, 그녀의 도톰하고 붉은 입가에 배꽃처럼 하얀 미소가 번졌다. 그녀는 사랑을 받고 나면 꽃처럼 화사하게 피어 그 아름다움이 한층 더했다.

"위명……."

"그대에게 선물이 있소만……."

나는 베개 아래 숨겨두었던 것을 꺼내어 소화에게 건넸다. 그런데 그녀의 반응은 의외였다. 미소를 바랐건만, 표정이 순간적으로 딱딱하게 굳었다.

"이것을 어찌……."

"왜? 마음에 들지 않는 게요? 생선을 팔아 모아두었던 돈으로 산 것이오만……."

"아, 아니에요. 고마울 따름이지요."

그녀에게 준 것은 다름 아닌, 장거리에서 산 은가락지였다. 며칠 그 앞을 지날 때마다 왠지 저것을 꼭 사줘야겠다는 생각에 사로잡혀 사게 된 물건이었다. 그것을 본 소화가 어찌 된 연유로 낯색을 바꾸었는지는 모르지만, 이는 놀라움이지 싫은 내색은 아닐 것이라 여겼다.

나는 얼른 그녀의 눈처럼 하얗고 가는 손가락에 은가락지를 끼워주었다.

"잘 어울리는구료."

그제야 그녀의 낯에 해사한 미소가 다시금 번졌다.

"위명, 죽을 때까지 소첩을 놓지 마세요."

"물론."

"약조해 주세요."

"약조하리다."

어느새 그녀는 내 품 안에 안겨 잠이 들었다. 가끔씩 그녀 또한 나쁜 꿈을 꾸는지 온몸을 가늘게 떨곤 했다. 하지만 어깨를 다독여주면 금세 또 편안한 표정으로 잠을 지속했다. 무엇이 그리 불안한지 알 수는 없었다. 다만 나와 무관하지 않으리라 추측할 뿐이었다.

**

소를 끌고 낚시 가는 길에 멀리서 갈도하는 소리가 들렸다.

"헤이! 물렀거라! 물렀거라!"

소리가 나는 방향에서 번쩍번쩍 달려오는 황금빛이 난사해 눈이 부셨다. 길을 지나던 이들 모두 길가로 물러나 고개를 땅에 박고 엎어졌다. 이어 부복한 이들 사이를 백마 탄 젊은 사내 하나가 흙먼지를 날리며 거침없이 지나쳤다. 황금실로 짠 번쩍이는 비단 복색을 한 것으로 보아 대관이라기보다 황족의 일원인 듯했다. 말을 타고 그의 뒤를 따르는 십여 명의 무사들은 흑건과 흑의 차림이었다.

결코 일개 백성이 황족을 마주해서도, 길을 막아서도 아니 되기에 나 또한 얼른 소를 끌고 길가로 물러나 고개를 조아렸다. 한참을 그리 엎어져 있다가 고개를 들어 보니 말을 탄 무리들은 내가 온 마을로 향하고 있었다.

"쯧쯧. 그예 이 마을까지 온 겐가?"

"누군데?"

"이 나라에서 병상에 누워 계신 폐하 말고 황포를 입을 수 있는 사내라면 또 누가 있겠는가?"

"태자 전하?"

마침 앞서가던 두 명의 지게꾼들이 주고받는 소리를 무심히 듣게 되었다. 방금 지나간 자들이 태자 일행이라는 소리에 놀라지 않을 수 없었다. 태자라면 황상 양견의 둘째 아들 진왕晉王 양광이었다. 여색을 밝히던 첫째 양용이 폐위되고 바로 태자 자리에 오르게 된 자였다. 온유하고 영발하고 금욕적이기까지 하다 하여 독고가라의 신망을 받던 아들이었다. 그런데 얼마 전 독고가라 붕어 이후부터 장안에 이상한 소문이 돌기 시작했다.

"태자께서 이런 작은 마을에는 어찌……?"

"내 요즘 이 마을 저 마을 품을 팔고 다니다 보니 흉흉한 소문이 들려서 말일세."

"흉흉한 소문이라니……? 얘기 좀 해 주시게."

"에에이, 아니지, 아니야. 자칫 입을 잘못 놀렸다간 물고가 날 수도 있어. 난 아무 말도 하지 않았네."

"그러지 말고……. 아무렴 내 자네가 무슨 소리를 한다고 발고할 그런 놈으로 보이는가? 나도 들은 소리가 있어서 말일세."

지게꾼들은 누가 들었을까 두리번거리다가 나를 발견하자 바

뻐 걸음을 재촉했다.

여럿의 입방아에 오르내리던 소문, 누구든 알거나 알려서 신상에 좋지 못할 소문, 쉬쉬하며 비밀로 치부되는 뒷소리, 특히 태자나 황족 일원에 관한 소문이라면 알아도 모르는 척하는 것이 나았다. 소문의 진상 따위 내가 따질 문제도 아니거니와 자칫 입을 잘못 놀렸다가는 지게꾼이 말한 물고 정도가 아니라, 소리도 자취도 없이 사라질 수 있었다. 소문은 소문일 뿐, 확실치 않고 무관하다면 계집종 조잔부리 씹듯 씹어댈 거리도 아니기에 금방 관심을 끊었다.

다시 소를 끌고 강으로 나갔다. 항시 왕판의 집 뒤에 매어놓은 거룻배에 낚싯대를 싣고 천천히 노를 저어 강 한복판으로 들어갔다. 이상하리만치 고기가 잘 잡히는 날이었다. 잡는 족족 배 바닥에 던져놓으니 발 디딜 틈이 없을 지경이었다. 이만큼 팔아 돈이 모이면 소화에게 또 무엇을 해줄까?

그런데, 왕판이 강가에서 다급하게 불렀다.

"위명! 위명, 이 사람아!"

고기가 많이 잡힌 것을 어찌 알았는가 싶다가, 아무리 바빠도 가게를 비우는 일이 없는 사람이 왜 날 찾는가 하여 배를 급히 저어 갔다.

"무슨 일인가, 왕판?"

왕판은 무에 그리 급한지 배가 뭍에 닿기도 전에 강으로 뛰어들어 줄을 당겼다.

"소화가……! 소화가……!"

"뭐?"

잠시 멍해 있었는데 갑자기 숨쉬기 버거울 정도로 염통이 급박하게 뛰기 시작했다. 왕판이 말렸지만 듣지 않았다. 느러터진 소 말고 왕판네 말 한 마리를 거의 빼앗다시피 타고 달렸다. 들은 바 있는 그 소문이 틀렸기를 바랐다.

양광

객잔은 쑥대밭이 되어 있었다. 어찌나 격렬하게 저항했는지 온전한 것 하나 남아 있지 않았다. 요리에 쓰이는 온갖 재료들이 사방에 짓밟혀 있었고, 탁자나 걸상, 방구리, 그릇 등 그 어느 것 하나 제 모습으로 놓여 있는 것이 없었다.

"소화! 소화!"

소화는 보이지 않았다. 대신 이웃의 허리 굽은 노파가 어슬렁거리며 다가왔다.

"쯧쯧, 그러게 계집이 예쁘면 집안에 꼭꼭 숨겨둘 것이지……."

손님이 맡기고 간 장검을 찾아들고 다급하게 다시 말에 올랐다. 말 발자국을 따라 쫓을 심사였다. 객잔을 찾은 손님인 듯 네 명의 사내들이 말을 타고 다가오고 있었지만 상대할 겨를이 없었다. 그중 누가 큰 소리로 외쳤다. 이 또한 돌아볼 틈이 없었다.

소문이 사실이라면 소화를 되찾기란 거의 불가능했다. 소화를 찾으려고 하는 행위 자체만으로도 죽은 목숨이었다.

태자 양광이 여러 지역을 돌며 미색이 빼어난 젊은 계집들을 납치해 간다는 소문이 있었다. 유부녀든, 여염집 처녀든, 유곽의 계집이든 상대를 가리지 않으니 양광이 지나간 자리에 들꽃조차 남아나지 않는다는 말이 돌 정도였다.

끌고 간 계집들의 사후 처리도 참혹했다. 한 번에 여럿을 침방으로 끌어들이는 것은 보통이거니와, 하룻밤을 지낸 계집들은 대부분 그 자리에서 베어버린다고 했다. 독고가라 생존 시, 그녀에게 발각되지 않기 위해 그리 처리해오다가 이제는 재미 삼아 한다고들 했다. 그것이 관련자들의 쑥덕임으로 시작해 장돌뱅이들의 입에서 입으로 전해지던 소문의 실체였다.

강상과 인륜을 져버린 이와 같은 행위에 대해 전하고 듣는 이들 모두 치를 떨었지만, 대국 수나라의 다음 양위를 이을 태자가 하는 일을 누가 감히 거스를 수 있단 말인가. 그가 대외적으로 금욕한 자라 알려졌던 것은, '또 한 명의 성인' 또는 '두 명의 천자'라 불릴 만큼 양견에 대한 영향력과 황권에 버금가는 실권을 장악하고 있던 독고가라를 기망하기 위함일 뿐이었다. 술 취한 양용의 방에 궁녀를 집어넣고 독고가라를 그 자리에 부른 것도 그의 짓이오, 더 나아가 태자비였던 원씨에게 양용과 후궁 소훈 운씨의 관계를 누설하여 마음의 병으로 사망케 한 것도 그의 짓이라는 소문도 있었다. 그리하여 태자였던 양용을 걷어낸 뒤 자신이 태자가 되려는 수작이었을 뿐, 본색은 더할 나위 없이 잔학하고 의뭉스러운 자였던 것이다. 그리고 드디어 독고가라가 죽고 황제 양견마저 와병하니 천하가 제 것인 양 그 본색을 드러낸 것이라 볼 수 있었다.

그 모든 소문이 사실이라면 더더욱 죽는 한이 있어도 소화를 돌려받아야 했다. 그런 성정의 양광이라면 하소연한다고 들어줄 리 만무했다. 군자의 도리니, 백성에 대한 황실의 자애로움이니 떠들어봐야 내 목이 먼저 날아갈 것이 뻔했다.

"문을 열라! 나의 사람을 찾으러 왔다!"

나는 태수의 관사 앞에서 호령했다. 내 손에 들린 장검에서 검붉은 핏물이 뚝뚝 떨어지고 있었다. 관문을 지키던 세 명의 문지기들이 흘린 피였다.

어지러운 소리에 놀란 관원들이 관문을 활짝 열고 밀려 나왔다. 그들은 관문을 벗어나기가 무섭게 내 칼에 맞아 염통이 터지고 목줄이 끊어져 나갔다. 뒤미처 나오던 관원 하나가 휘파람을 불어 주변을 불러 모으려고 했다. 휘파람을 불다 말고 목구멍이 뒤통수까지 뚫렸다. 나는 시체들을 밟고 관문을 통과했다.

창과 칼을 든 관원들이 건물 안에서 꾸역꾸역 몰려나왔다. 나는 그것이 두렵지 않았다. 그 이유가 소화를 지켜내야 한다는 일념인 줄 알았는데 싸울수록 그것이 아니라는 사실을 깨달았다.

분별없이 뛰어드는 관원들의 칼이 보이고 창끝의 흐름이 확연했다. 섬뜩한 기분에 돌아보는 것은 시선 먼저가 아닌, 본능적으로 방어하는 칼 사위였다. 몸이 알아 적의 거동을 읽고 몇 수 앞의 동작을 취했다. 베고 찌르고 자르고 터뜨리고, 동작마다 단말마의 비명이 끊임없이 이어졌다. 나는 마치 굶주리고 미친 짐승처럼 날뛰었다.

'자객이었을까? 장수였을까? 나는 대체 무엇이었을까?'

2층 난간에 살집이 푸둥푸둥한 태수가 모습을 드러냈다. 머리 끝에서 발끝까지 피칠갑을 한 나를 보고 경악하는 눈치였다.

"웬…… 놈이냐?"

"소화를 데려와라."

"뭐란 말이냐? 저런 미친놈을 들이다니! 다, 당장 저놈을 잡아라!"

다시 여러 명의 관원이 나에게 괜한 목숨을 갖다 바쳤고, 드디어 태수 곁에 한 사내가 나타났다. 황포 앞자락을 풀어 헤친 꼴로 나타난 그는, 위로 치켜 올라간 부리부리한 눈, 작은 코에 얇은 입술, 제비 콧수염, 끝이 뾰족한 턱수염을 한 양광이었다.

양광의 손에 소화의 멱살이 잡혀 끌려 나오는 모습을 보자 눈알에서 뜨거운 피가 솟구치는 것만 같았다. 그녀의 옷은 너덜너덜 찢어진 상태였고, 온 얼굴이 시퍼렇게 멍이 들어있었다. 목숨을 걸고 저항하다가 그리된 것이 분명했다.

"위명……."

"소화!"

나는 이를 바드득 갈았다.

양광이 나를 향해 소리쳤다.

"네 놈이 이 년의 서방이냐?"

"그렇다."

"내가 누군지는 알고 온 게냐?"

"남의 여인에게 손대는 추악한 자의 이름을 알아 무엇 하겠느냐? 네 놈이 이 나라 태자라 한들, 내 여인을 건드린 이상 나는 너를 용서치 않을 것이다."

양광이 미친 듯이 큰 소리로 웃었다.

"나를 알고도 저러는 것을 보니 정녕 제정신이 아니로구나! 아니면 계집이 너를 미치게 만들었느냐? 그러하다면 더욱 이 년을 가져야겠다."

양광의 손짓과 동시에 등 뒤에서, 지붕 위에서, 2층 난간 위에서, 본관 안에서 10여 명의 무사가 나타나 달려들었다. 양광의 호위 무사들이었다.

"안 돼요, 위명!"

소화의 울부짖는 소리가 귀청을 찢었다. 하지만 이내 양광의 손에 턱이 잡혀 소리를 집어삼킬 수밖에 없었다.

양광의 무사들은 어설픈 관원들과는 달랐다. 눈빛에서 찌르는 듯한 살기가 칼처럼 살을 에었다. 온몸에서 범접하기 힘든 귀기마저 흘러나와 여간내기라면 피가 얼어붙는 공포 속에 사지가 굳는 극도의 공포를 느낄 수도 있었으리라. 양광이 피를 나눈 여러 정적 속에서 살아남기 위해 키운 살수들이 분명했다.

칼 든 자가 내 염통을 과녁 삼아 힘껏 쑤시는 것을 피하는 사이, 또 다른 칼들이 사방에서 쫓아왔다. 그들이 동시에 내리치는 칼과 도끼날이 허공을 가르며 살벌하게 바닥을 울렸다. 그 와중에 한 놈의 면상을 찍어버렸고, 또 한 놈은 다리 병신을 만들어버렸다. 그러나 상대를 죽이기 위한 무예만을 배우고 자란 살수를, 그것도 10여 명을 오롯이 상대하기에는 무리였다. 그예 나의 손에 들렸던 칼이 부러지고 바닥에 나뒹굴고 말았다. 십여 개의 칼이 일제히 달려들었다. 아슬아슬하게 칼날들을 피해내긴 했지만, 오른쪽 팔의 근육이 끊어지고 허벅지가 깊숙이 베였다.

"그만!"

소화의 비명이었다.

"제발 살려주십시오, 태자 전하! 시키는 것이라면 무엇이든 하겠나이다! 위명의 목숨만은 살려주시옵소서!"

양광은 그녀의 읍소에는 아랑곳하지 않은 채 머리채를 잡더니 목에 단검을 들이밀었다.

"그래, 어디 한번 짖어봐라, 천한 계집! 어디 다시 지껄여봐! 네 서방 놈 살려달라고!"

제 목에 칼이 겨눠졌음에도 소화는 멈추지 않았다.

"사, 살려주십시오, 태자 전하! 위명만은 살려주세요!"

양광의 입가에 광기 어린 미소가 걸렸다.

"들었나? 이 계집이 널 살려달라 한다! 어떻게 할까? 계집을 대신 죽여줄까, 아니면 네 놈 목을 내놓을 테냐?"

"안 돼요, 위명!"

소화가 갑자기 양광을 밀치더니 난간에서 몸을 던졌다. 더는 자신의 존재가 나에게 위협일 뿐이라는 사실을 안 듯 몸을 던져 2층에서 뛰어내린 것이다. 그녀의 동작이 눈알 가득 천천히 들어왔다. 찢어진 옷자락이 나비의 날갯짓처럼 펄럭이며 천천히 아주 천천히 바닥으로 곤두박질치고 있었다. 그녀를 향해 달려가는 그 짧은 찰나, 하늘이 무너지는 듯한 절망과 감당 못할 분노가 한꺼번에 밀려들었다. 또한 언젠가 이와 유사한 상황을 경험했다는 기시감에 놀랐다. 폭포가 떠올랐고 급류에 휘말리는 여인을 구하기 위해 몸을 던졌던 기억이 떠올랐다.

그러나 그런 기억도 잠시, 단단한 돌바닥에 부딪힌 소화의 가늘고 가엾은 육신이 박살 나는 소리가 쩌렁쩌렁 울렸다. 이를 지켜내지 못했다는 자책과 그녀가 죽을지도 모른다는 공포가 엄습했다.

"소화!"

나의 포효는 그저 나만의 의식일 뿐이었다. 기다렸다는 듯 등 뒤에서 서늘한 칼날들이 달려들었다. 좌우에서 시퍼런 창과 도끼가 내 목을 향해 거침없이 날아왔다.

그녀의 희생보다 나를 향한 칼날이 두려우랴? 죽여라! 소화가 없다면 아무 소용없는 이 빈 껍데기를 살린들 무슨 소용이겠는가?

이것만은 알고 있었다. 오래전, 아주 오래전부터 마음에 품고 있던 여인이 있었다. 그것이 이 아름다운 여인일 것이라 여겼다. 소화, 그대가 아니라면 또 누가 있겠는가? 그대가 죽는다면 나 또한 죽은 목숨이다.

그런데 그 순간, 또 다른 이름을 떠올리고 말았다. 가리? 가리는 누구인가? 그대의 또 다른 이름인가? 그 가리라는 이름이 나를 부르는 소리가 왕왕 울렸다.

"문덕아! 덕아!"

그제야 눈이 번쩍 뜨였다. 내가 안고 있는 것은 가리가 아니었다. 그리고 머리 위에서 시끄럽게 악을 쓰는 양광의 목소리가 들렸다.

"저놈들은 또 뭐냐? 저것들은? 저놈들을 당장 죽여! 한 놈 남겨놓지 말고 죽여라!"

나는 죽지 않았다. 주변에 너덧 명의 살수들이 피를 흘리며 죽어 있었고, 네 명의 사내들이 나를 에워싼 채 남은 살수들과 대치했다. 나는 그들을 알고 있었다. 얼마 전 장거리에서 뛰어난 활쏘기 재주를 선보였던 고구려인들. 그들의 이름이 하나씩 떠올랐다. 함께 수학하고 전장을 함께 누볐던 나의 수족과 같은 수하들, 전사들, 그리고 나의 오랜 벗들이여.

"달소! 목도루! 장호! 그리고 어비루! 자네들이 어찌……!"

"늦어서 송구하오, 을문덕 공."

갑자기 벼락이 쳐 꿈에서 깨어나듯 잃어버렸던 기억이 한꺼번에 돌아왔다. 그리고 처연하게 늘어진 채 온몸을 가늘게 떨고 있는 소화와 눈이 마주쳤다.

"설기……."

나는 어비루의 손에서 활과 화살을 받아 들었다. 그리고 주저 없이 양광을 향해 겨눴다.

"양광, 이 개자식! 넌 내 손에 죽는다!"

귀환

화살은 한 치 어긋남 없이 양광을 향해 날아갔다. 그러나 양광은 태수의 뒷덜미를 끌어다 방패 삼은 덕에 죽음을 모면할 수 있었다. 대신해 화살을 맞은 태수의 무거운 몸이 바닥으로 곤두박질쳤고 그사이 양광은 난간 밑으로 숨어버렸다.

이를 쫓기 위해 뛰어오르려는 나를 설기의 음성이 말렸다.

"위명……. 어서 도망……가세요……."

어비루도 살수의 칼을 막아내며 소리쳤다.

"을문덕 공! 어서 먼저 가십시오! 이곳은 우리가 정리하고 따라붙겠소!"

설기를 놓고 갈 수는 없었다. 더욱이 나를 구하러 와준 이들 모두를 위험에 빠뜨릴 수도 없었다. 나는 설기를 번쩍 안고 활짝 열린 관문을 향해 달렸다. 그녀는 뼈도 살도 없이 옷자락만

남은 것처럼 가벼웠다. 두려웠다.

나는 관문 앞에 세워져 있는 여러 마리의 말 중 하나를 잡아 타고 달리기 시작했다.

"소첩을 두고 가십시오. 짐이 되고 싶지 않습니다."

품에 안겨 늘어진 설기가 힘없이 말했다. 대꾸하지 않았다.

꿈속에서 보았던 장면은 모두 사실이었다. 그중 나를 짐승처럼 살육하던 장면에 이르러서는 바드득 소리가 날 정도로 이가 갈렸다.

상두가 선친을 죽인 자라 믿었다. 놈을 끌어다가 자복하게 하고 구족을 멸하리라, 그리하면 구천을 떠도는 선친의 망령과 어미의 모진 한도 풀 수 있으리라. 그런데 요동성 태수 부유충이 그 배후였으리라고는 예상치 못한 일이었다. 이유는 알 수 없었다. 그가 나와 수하들에게 약을 탄 술을 마시게 했고, 귀향길 중간에 매복해 있다가 암살을 시도한 것까지 확실히 기억났다.

잠시 의식이 돌아온 적도 있었다. 깊은 흙구덩이 안에 여러 시체와 함께 뒹굴고 있었다. 모두가 내 수하 고구려 군사들이었다. 세연당 동문이었던 바우의 시신이 눈도 감지 못한 채 곁에 쓰러져 있었다. 분노와 허무함이 미처 나를 일으키기 전에 까무룩 의식을 놓쳤다.

그렇게 또 얼마의 시간이 지났을까? 다시 눈을 떴을 때는 전혀 다른 사람이 되어 있었다. 과거를 잃어버린 채 수나라 땅에서 살고 있었다. 탁군에서 멀지 않은 시골 마을이었다. 설기가 나를 '위명'이라 불렀고, 자신은 '소화'라 말했다. 그녀는 나를 극진히 간호하고 성심을 다했다.

궁금한 것은 왜 그녀가 나를 데려다 살리고, 이후 다른 사람으로 살게 했느냐는 것이었다. 기왕 부유충을 배신하고 나를 지옥의 구렁텅이에서 빼돌리려고 했다면, 장안성으로 갈 것이지 어찌 적진인 수나라였는지도 알 수 없었다.

어느새 전장에서의 부상으로 결국 민대가리가 되어 버린 어비루와 계집처럼 곱상한 낯의 달소, 여우 턱을 한 목도루, 키가 7척에 하관이 발달한 장호까지 무사히 내 뒤에 따라붙었다. 그들이 안내한 곳은 한적한 바닷가였다. 장호가 어디선가 돛배 하나를 훔쳐 와 모두를 태웠다.

그제야 한숨을 돌린 어비루가 눈물을 글썽이며 말했다.

"얼마나 찾았는지 아시오? 반드시 어딘가에 살아 계시리라 믿었소."

어비루를 비롯한 나의 동문이자 네 명의 수하들은 내가 요동성으로 돌아온 이후에도 무려성에 남아 있었다. 그들 중 바우가 제일 먼저 증좌를 찾아 요동성으로 왔고 나머지 네 명은 신루지를 주문했던 항모라는 자를 증인으로 세우기 위해 설득하는 등, 빼도 박도 못할 확실한 증좌를 찾기 위해 지체하고 있었다. 그러나 닷새 후 요동성으로 돌아왔을 때는 이미 고구려 군사 모두가 죽은 뒤였다. 부유충은 귀환길에 수나라 잔병들에 의해 전사한 것이라고 전했다. 진실을 알 리 없는 어비루 등은 눈물을 머

금고 전우들의 시신을 수습해야 했다. 물론 의문점은 있었다. 누구보다 용맹하고 강했던 나의 수하 101명 중 단 한 사람도 살아남지 못했다는 사실, 더해 나의 시신만 보이지 않는다는 것에 의문을 품게 되었다.

어비루는 이 소식을 우경에게 알렸다. 나의 죽음을 비통해하면서도 수상히 여긴 것은 우경도 마찬가지였다. 그는 어비루에게 사건이 일어났다는 야산 주변을 샅샅이 뒤지고 시신의 행방이라도 찾으라고 명을 내렸다. 그렇게 네 명의 수하들은 나를 찾아 요동성을 거쳐 거란과 동돌궐, 다시 요서를 지나 수나라 내부 깊숙이까지 오게 되었던 것이다.

돌궐 출신 한 의원의 제보는 내가 살아있을 지도 모른다는 희망을 품게 한 계기였다.

"한밤중에 한 여인이 나를 찾아와 청했소. 다친 자가 있으니 같이 가달라는 것이었지. 여인이 안내한 곳은 외딴곳에 있는 폐가였는데 그곳에 온몸이 칼과 창에 난자당한 한 사내가 의식 없이 죽어가고 있었소. 체신이 크고 어깨가 넓고 오랫동안 수련한 듯 근골이 잘 발달한 자였지만, 당장 죽어도 이상할 것 없는 상태였기에 포기하라 말했소. 그때 여인이 무릎을 꿇고 애걸하더이다. 제발 살려달라고, 그렇게만 해준다면 은자 100냥을 주겠다고.

처음에는 어차피 죽을 목숨, 금품이나 챙기자는 심사로 최소한의 약전만 내주었소. 그런데 사람 목숨이란 것이 어찌 그리

검질긴지, 원. 밤을 못 넘길 것처럼 열이 펄펄 끓고 기식엄엄하던 사람이 다음날이면 열이 내리고 깊은숨을 쉬면서 평안한 잠을 자고 있더란 말이오. 물론 그렇게 목숨이 위태로운 밤을 무사히 넘긴 다음날이면, 나를 맞는 여인의 낯이 초주검이었소만······."

의원은 그 여인에 대해서도 상세히 기억하고 있었다.

"고운 여인이었소. 내 일평생 그리 고운 여인은 처음이었지. 배꽃처럼 하얀 낯은 모난 곳 없이 부드러웠고, 가는 눈가에 교태가 뚝뚝 흐르니 여염집 아녀자는 아닐 것이라 여겨졌소. 그런데 사내에 대한 정성이 어찌나 극진한지 여러 날 넘게 한 자세로 뉘어져 있었음에도 욕창 한 번 생기지 않았지 뭐요. 묽은 미음과 약물을 달여 의식 없는 사내의 입에 조금씩 흘려 넣어 살게 한 것도 그 여인이었고, 염이 생긴 부위에 거머리를 잡아다가 곪은 피를 빨게 한 것도 그 여인이었소. 그예 두 달 만에 사내가 의식을 되찾는 것을 확인할 수 있었는데 그렇게 며칠 후, 두 사람은 어디론가 사라졌소. 물론 약조한 은자 100냥은 놓고 말이오."

의원은 중요한 단서로, 사내의 숨이 차오를 때마다 다급한 여인이 언뜻 '을 공'이라 불렀다고 했다. 그 여인은 다름 아닌 요동성 기녀 설기였다.

나는 뱃전에 앉아 품에 안긴 설기를 지그시 내려다보았다. 돛배는 순한 바람을 타고 천천히 바다 위를 지쳐갔다.

"어찌 나를 살리기 위해 그리 애를 썼느냐?"

그녀의 입가가 파르르 떨리더니 미소인지 경련인지 모르게 입꼬리가 올라갔다.

"소첩을 사람대우해 주신 분은 처음이었나이다. 모두가 소첩을 한때 갖고 노는 예쁜 노리개 정도로만 생각하며 함부로 대했지요. 그런데 장군께서는 그리하지 않으셨습니다. 사내와 계집이 나누는 정이 고작 육신뿐이라면 무슨 의미가 있겠느냐……. 그리 말씀하셨지요."

"그래서…… 고작 그런 이유로 상두와 성주를 배신하고 나를 살린 것이냐?"

"매일 소첩을 방에 재워주셨지요. 소첩이 혹여 행수에게 매질이라도 당할까, 그리 해주셨다는 사실 알고 있었사옵니다. 하지만 소첩은 행수와 성주가 두려웠나이다. 그들은 공을 잘 모시라 하면서도 일거수일투족을 모두 아뢰라 지시했고, 그리하지 않으면 죽이겠다고 겁박했나이다."

"……."

"그런데 공이 그들의 창과 칼에 찔려 죽어가는 모습을 본 순간 깨달았나이다. 이대로 공을 돌아가시게 한다면 평생 스스로를 용서치 못하고 죄인으로 살 수밖에 없을 것 같았습니다."

"그럼 어찌 고구려로 가지 않고 수나라로 나를 데려간 것이냐? 그리고 왜 내게 신분을 숨긴 것이냐?"

설기는 대꾸하지 못했다. 두부에서 흐르는 피가 뱃전에 흥건히 고였다. 그녀는 의식을 잃은 채 헛소리를 중언부언했다.

"가지 말아요, 위명. 가지 말아요."

"설기야! 정신 차려라!"

나는 그녀가 나에게 했듯 지극정성으로 돌볼 수가 없었다. 돛과 사내 다섯뿐인 작은 돛배 위에서 그녀에게 해 줄 수 있는 것이라고는 찢어낸 옷자락을 바닷물에 적셔 뜨거운 이마의 열을 식혀주고, 식어가는 몸을 안아주는 것뿐이었다.

"어서! 어서 고구려로 가자! 배를 저어라! 어서!"

나의 기억은 이미 온전히 돌아와 있었다. 어머니는 나의 죽음을 어떻게 받아들였을까? 충격이 컸을 터, 혹여 시신이라도 찾기를 바라 비손으로 하루하루 연명하였을 어머니를 떠올리니 가슴이 미어지는 듯했다. 나를 믿고 양어머니를 자처한 평강도, 나의 스승 우경도, 나의 주군인 태왕도, 나의 전사 소식에 몹시 슬퍼하고 있으리라. 어쩌면 가리 너 또한 그러하지 않았을까.

배는 밤에 잠시 방향이 바뀌어 돛을 내렸다가 다시 순풍을 타고 동쪽으로, 동쪽으로 순항했다.

어느새 자욱한 안개 속에서 우련하게 드러나는 그림자가 보였다. 여러 척의 군선이었다. 양광이 수나라의 군선을 끌고 예까지 뒤쫓아 왔는가 덜컥 겁이 났다. 다행히 커다란 돛에 그려진 삼족오가 가슴을 활짝 펴고 다가오는 것을 확인할 수 있었다.

"고구려…… 고구려군이다!"

어비루가 돛배에 오르자마자 날려 보낸 전서구에 대한 답이었다.

"으……을 공……."

의식을 잃었던 설기가 불렀다.

"설기야, 이제 살았다. 고구려군이 우리를 맞으러 왔다. 도성에 가면 너를 낫게 할 의원을 만날 수 있을 것이다. 내 오랜 벗이자 은인인 연 의원이라고 있다. 그의 손에 허리가 굽은 여인도 허리가 섰고, 고문으로 죽어가는 자도 살아났으니, 네 아픔 또한 금세 낫게 해줄 것이야. 그러니 제발……."

이에 설기는 웃고 있었다. 곧 살 수 있다는 기쁨인 줄 알았다.

"이것은……."

"정인이…… 계시지요?"

그녀가 품에서 내놓은 것은 다름 아닌, 가리에게 주려 했던 은가락지와 이화에게 받았던 금으로 된 봉잠이었다. 갑옷 속에 항상 품고 다니던 것이었다. 설기는 이를 내 정인의 것이라 여겼던 게다. 그래서 비슷한 은가락지를 사 주었을 때 당황하였던 것이다.

"공이 떠나갈까 두려웠나이다……."

그래서 그리도 전전긍긍하며 나를 놓치지 않기 위해 애면글면하였구나. 그런 연유로 고구려가 아닌 수나라로 발길을 돌렸구나.

"내가 어찌 그리한다는 말이냐?"

"한때나마 공을 지아비로 뫼실 수 있어 행복했나이다. 부모의 빚을 대신하여 어린 나이에 기방으로 팔려 간 이 박복한 계집에게…… 이제껏 사람 구실 못하고 살았던 소첩에게…… 가장 복된 날들이었사옵니다."

"알았다. 알았으니 너무 말을 많이 하지 마라. 곧…… 곧 고구려로 갈 것이야."

"앞으로도 을문덕 공의 사람으로 살기를……. 첩이라도 좋으니 당신의 아내로……."

설기는 더 이상 말을 잇지 못했다. 다하지 못한 말이 남은 듯 눈을 감지 못했다. 오롯이 나를 담은 그 눈에서 붉은 피눈물이 흘러 내렸다. 나는 그녀를 품에 안았다. 지난 세월 그토록 뜨거웠던 몸이 이제는 한 줌 온기조차 없이 차가워지고 있다는 사실이 안타까웠다. 어느새 속에서 끓어오르는 슬픔이 미어져 나와 온 몸을 쥐어짰다.

"설기야……. 어찌 나를 살리고 죽는 게냐? 이제 더는 도망치고 숨지 않아도 되는 것을……. 평생 놓지 말라 하더니……. 설기야. 아아, 설기야……."

설기. 그녀 덕에 나는 살 수 있었다. 그리고 짧다면 짧고 길다면 긴 4년 동안 내가 그녀를 품었고, 그녀와 살림을 살았으며, 그녀와의 장래를 꿈꾸었다. 관기였다 해도 그녀를 부끄러워하지 않을 것이다. 그저 지켜주지 못해 한스러울 뿐, 나는 그 어떤 사실도 부정할 생각이 없었다. 그녀는 정녕 나의 아내였다.

복수

내가 기억의 죽음 속에 갇혀 있던 4년의 세월 동안 세상은 많이 바뀌어 있었다.

양견의 고구려 원정을 무산시킨 원은 그 기세가 하늘을 찔렀다. 바로 군비를 확충하고 돌궐, 말갈, 거란, 왜와의 외교 결속을 다졌으며, 전쟁으로 인해 피폐한 민심을 돌보기 위해 내치에도 힘썼다.

이에 위협을 느낀 백제 왕 창昌·위덕왕은 수에 표문을 보내 고구려로 향하는 군사들의 길을 안내하겠다며 전쟁을 종용했다. 그러나 양견은 이를 거절했다. 30만 대군을 원정보냈다가 요동 땅을 밟아보지도 못한 채 3개월 만에 패퇴하였으니, 중원을 통일하고 승승장구하던 그로서도 엄청난 타격이 아닐 수 없었다. 그럼에도 대국의 황제로서의 위엄을 잃지 않기 위해 백제 왕에게 허세로 답하고 사신을 후히 대접해 보냈다. '고구려가 죄를 인정하고 짐이 이미 용서해주었으므로 치지 않겠다'는 답이 그것이었다.

이 소식을 전해 들은 원은, 양견의 허장성세에 코웃음을 쳤다. 또한 수를 이용해 고구려를 견제하려는 백제의 행태를 용서하지 않았다. 곧 우경에게 5천의 군사를 주어 백제의 국경을 짓밟고 돌아오게 하였다.

물론 대외 관계에 있어 국가 간 약조란, 국익에 따라 얼마든지 얼굴을 바꿀 수 있는 법. 백제는 전쟁 치른 지 3년 후, 다시 낯을 바꿔 고구려와 손을 잡기도 했다. 이는 고구려와 백제의 문화를 적극 수용하던 왜가, 두 나라에 각기 사신을 보내면서 성사된 일이었다. 다름 아닌, 신라를 치기 위해 협격하자는 제안이었다.

진흥왕 이후 그 세가 무시할 수 없을 만큼 커진 신라의 성장을 원치 않았던 고구려로서는 반가운 제안이 아닐 수 없었다. 하지만 신라에 대한 세 나라의 협격은 이루어지지 못했다.

동돌궐의 계민가한啓民可汗이 서돌궐의 달두가한達頭可汗을 격퇴하고 몽골 지역을 지배하게 되었다. 이때 양광이 공주를 강혼시키면서까지 동돌궐을 지원한 덕이 컸다. 원은 동돌궐의 부상과 함께 수의 세력이 커지는 것을 경계해야 했기에 신라에 대한 협격을 유보할 수밖에 없었다.

협격을 제안하였던 왜 또한 마찬가지였다. 성덕태자聖德太子. 쇼토쿠 태자의 동생이자 왜군 총사령관인 내목황자來目皇子가 와병하니,

이들 또한 신라 출병을 미뤄야 했다.

다만 백제는 고구려, 왜와 입장이 달랐다. 백제는 3년 전 위덕왕이 죽고, 곧이어 왕이 된 법왕마저 1년 만에 죽어 부여장夫餘璋.무왕이 왕위에 올랐다. 부여장은 호방하고 기개가 넘칠 뿐 아니라, 신라에게 빼앗긴 한수에 대한 집착이 강했다. 그는 고구려와 왜가 빠지자 마음이 급해졌다. 결국 단독으로 신라의 아막산성阿莫山城을 공격하기에 이르렀다. 그러나 결과는 백제의 완패였다. 좌평 해수解讎가 이끈 백제군 4만의 보, 기병이 궤멸당했다.

고구려로서는 매우 달갑지 않은 소식이었다. 원은 신라를 무시하고 북적만 방비할 수 없는 상황이 계속되는 셈이었다.

이러한 때 내가 살아 돌아오자 원은 크게 기뻐하였다. 나의 관등을 두 단계 높여 제형諸兄에 올리고 식읍을 내렸다. 강이식과 우경을 통해 전해들은 임유관 전투에서의 공적과 오랜 떠돌이 생활의 고충을 충분히 참작하여 내린 상이었다. 또한 나의 비보가 전해졌을 당시, 나라를 위해 순국하였던 점을 기리어 내려졌던 '지𣆶'라는 이름 자를 그대로 유지하였다. 나의 이름은 '을지문덕'으로 불리게 되었다.

우경 역시 이미 관등이 두 단계 올라 소형小兄에 이르렀고, 강이식은 대신 중 가장 높은 관등인 대대로에 오르는 등, 전공에 맞게 관등이나 관직을 하사받았다.

나는 원에게 직접 요동성 성주 부유충과 상두의 죄상을 낱낱이 고변했다. 즉시 부유충과 상두가 황성으로 압송되었다. 나는 원의 재가를 받아 직접 국문할 수 있게 되었다.

죽은 줄 알았던 내가 살아 돌아와 국문장 앞장에 서 있자 부유충과 상두는 귀신이라도 본 양 벌벌 떨었다. 죄목은 귀환하는 101명의 군사를 몰살한 죄, 대공주의 양자인 나를 죽이려 한 죄, 더불어 26년 전 나의 선친을 속여 암살한 죄였다. 나는 두 죄인을 나란히 형틀에 묶고 주리를 틀며 대질 심문하였다.

초반에는 부유충, 상두 모두 죄를 부인하고 모함이라 악다구니를 쓰느라 국문장이 시끄러울 지경이었다. 서로가 그저 성주이고 성의 대소사를 돕는 장사치일 뿐, 공모한 바 없는 관계라고 했다. 심지어 부유충은 내가 그들의 공격을 받아 쓰러졌을 때 보고 들은 것들은 모두 환영이고 환청이니, 무고라 주장했다. 그러나 증거는 차고 넘쳤고 지옥에서 두 눈 시퍼렇게 살아 돌아온 피해자가 죄인들을 단죄하기 위해 철퇴를 든 상황이었다.

나는 죄를 물어 그들이 거짓을 답할 때마다 매질하고 고문했다. 양쪽 정강이뼈가 부러지고, 불에 달군 인두로 살이 지져지고, 익어버린 상처 위에 장이 가해지자, 견디다 못한 부유충이 먼저 입을 열었다.

"나는 전혀 모르는 일이오! 이건 다 저 흉악무도한 놈이 저지른 짓이오! 지난날 상두 저자가 을비류에게 거액을 빌려준 것도, 이를 다시 빼앗기 위해 도적질을 하고 살인한 것 모두 을비류의 처를 취하기 위하여 저지른 일이라는 사실을, 4년 전 을 공덕에 알게 되었을 뿐이오! 하지만 당시 이를 알고도 더 이상 문제 삼지 않은 것은, 을 공은 이미 적에게 죽임을 당했다 생각되는 상태였기 때문이었소. 무엇보다 전쟁을 치르느라 비어버린 요동성의 부경을 채우고 재건하기 위해서는 상두 저자의 재력이 꼭 필요했을 뿐이오!"

이쯤 되자 부유충과 입을 맞춘 듯 무관하다, 무고하다, 공모한 바 없다고 주장하던 상두도 더는 참지 못하고 토설했다.

"성주, 혼자 살자고 당신의 죄까지 나에게 덮어씌우려는 게요! 을문덕 공, 일개 장사치인 소인이 무슨 힘이 있어 사람을 죽이고 이를 덮기 위해 귀환하는 군사들까지 죽였겠나이까? 이건 모두 성주, 저자의 계략이옵니다! 을문덕 공의 선친을 죽인 것도 저자의 짓이고, 무고한 죄를 뒤집어쓰고 끌려가는 소인의 입에서 진실이 밝혀질 것을 두려워한 나머지, 도적들을 매수하여 귀환병들을 학살한 것도 저 자이옵니다!"

부유충이 눈을 부릅뜨고 악을 썼다.

"감히 누구를 모함하는 게냐? 이 미천하고 더러운 장사치야!"

그러나 상두는 멈추지 않았다.

"22년 전 당시, 부유충 저자는 도박과 여색에 미쳐 엄청나게 큰 빚을 지고 있었나이다! 하지만 이 사실이 선친이신 전 성주님의 귀에 들어갈 것을 두려워한 나머지 죄를 지을 계획을 세웠던 것입니다! 소인은 저 자에게 몇 차례 돈을 빌려주고도 미처 돌려받지 못한 채급자 중의 한 사람이었습니다! 성주님의 아드님이었기에 달라 소리도 못 하고 끙끙 앓고 있었던 상황이었습지요. 그런데 어느 날 저자가 그런 소인에게 찾아와 말했습니다. '내가 모든 일을 처리하고 더 큰 돈을 벌게 해 줄 터이니 모든 빚을 탕감해 달라. 성주가 되면 뒤를 봐주겠다' 하고 말입니다! 물론 소인은 빌려 간 돈만 받을 수 있으면 되었기에 응했을 뿐이옵니다! 소인은 정말 억울하옵니다!"

"거짓이오! 저자가 미친 게요! 을 공! 저 미친 자의 소리를 믿을 것이오?"

"신루지를 받았지만, 저자가 도적들을 고용해 빼앗은 것인 줄 몰랐고, 우문지의 수결이 된 체자를 받았지만, 이 또한 그를 살해하고 훔쳐 온 것이라는 사실을 몰랐습니다! 하지만 사건의 내막을 다 알고 난 후에도 고변하지 못하였던 것은, 선친 사후 부유충이 바로 성주가 되었고, 앞으로 자신이 요동성에서 이루어지는 모든 상행위의 이권을 소인에게 넘기겠다 약조하였기 때문이었나이다! 물욕에 빠져 진실을 외면한 소인의 죄를 벌하시는 것은 마땅하나, 자신의 치부를 감추기 위해 무고한 사람들을 죽이고 소인에게 죄를 덮어씌우려는 저 잔학하고 악랄한 자의 죄를 엄히 다스리시옵소서!"

"감히 어린 시절 함께 지낸 의리를 생각해 비천한 장사치를 이만큼 키워놨더니 나를 무고해? 모든 상행위의 이권을 주고 망해가는 집안을 살려준 것이 대체 누구란 말이냐? 그런데 어찌 감히 은인을 죄인으로 몰아 죄를 덜고자 하느냐?!"

"그게 어디 나와의 의리 때문이었소! 때마다 거액의 상납금을 요구하고, 밤마다 여자들을 들이게 하고, 요동성 내에서의 각종 행사를 치르기 위한 모든 출연금을 내게서 뜯어갔지 않았소! 그게 당신이 말하는 상조 아니었소? 내가 모든 죄를 뒤집어쓰고 함거에 실려 가게 되었을 때 뭐라 했소? '이 일이 밝혀지면 너와 나 다 죽는다. 일단 조용히 입 다물고 따라가는 척만 하라. 너도 살고 나도 살기 위한 방도가 있으니 나만 믿으라' 하였지 않소! 그리고 귀환병들까지 몰살시키지 않았소!"

"내가 누굴 죽여? 난 개미 새끼 한 마리 못 죽이는 사람이야!"

그들은 일단 서로에 대한 신뢰가 깨지자 묻지 않은 것까지 서로의 죄상을 낱낱이 내뱉으며 난타하기 시작했다. 내가 살자니 의리고 나발이고 다 소용없다는 심사였다.

사건의 전말은 이랬다. 상두가 내 선친에게 은자를 주어 신루지를 구해다가 팔라 부추겼던 것이 사실이었다. 그런데 이는 모두 도박과 여색에 빠져 큰 빚을 지게 된 부유충이 궁여지책으로 꾸민 계략이었다. 도적을 가장하여 우문지에게서 신루지를 가로챈 것도, 나의 선친이 가지고 있던 우문지의 수결이 된 체자를 빼앗은 것도, 그 과정에서 내 선친을 죽인 것도, 모두 부유충이었다. 그렇게 취한 것들을 상두에게 주어 처리하게 한 뒤, 그 돈으로 자신의 빚을 탕감받았던 것이다. 또한 자신의 선친에 이어 요동성 성주 자리에 착좌한 이후로는, 상두의 불법 거래를 눈감아 주는 등 뒤를 봐주는 대신 상납금과 출연금을 뜯어내는 것으로 서로의 비위를 감춰주는 암묵적인 관계가 성립되었다.

하지만 그렇게 아무도 모르게 묻힌 줄 알았던 을비류 사건이 밝혀질 위기에 처하게 되었으니, 이는 즉, 내가 상두를 범인으로 지목하여 그 뒤를 캤기 때문이었다. 이에 부유충은 상두가 고신을 이기지 못해 토설할 것을 막고자 나를 죽이려 했다. 또한 그 과정을 사고로 위장하기 위해 귀환병들까지 모두 죽였다. 이때 수나라 군사의 복장으로 변복하여 동원된 자들은 20여 년 동안 부유충의 비호 아래 요동 일대를 주름잡았던 산적 떼들이었고 이들이 바로 오래전 우문지의 신루지를 훔쳤던 바로 그 무리였다. 모든 사건의 원흉은 바로 부유충, 무려성의 얼금뱅이가 본 네 개의 손가락은 사실이었던 것이다.

이 사실을 알게 된 원은 대로하였다.

"죄인 부유충은 나라의 녹을 먹는 관리이자 지방 행정을 다스리는 수장으로서, 백성들의 시름을 살피고 선정에 전심을 다해야 함에도 불구하고, 나라의 법도를 어기고 사회 질서를 문란케 하는 등 극악무도한 죄를 저질렀다. 더욱이 전쟁으로 지친 나의 군사 101인의 목숨을 학살하고 공적을 세운 장수까지 죽이려 했던 점에 대해서는 엄정한 법이 아니라 할지라도 관용의 여지가 없을 것이다. 이에 죄인을 벌하여 나라의 기강을 바로 세우고 죽은 이들을 위무하는 처벌을 내리고자 한다. 죄인 부유충을 거열의 극형에 처한다. 또한 관등과 직첩을 박탈하고 재산을 몰수하라. 이를 행함에 있어 지체치 말라. 사내와 계집을 막론하고 구족을 멸하여 그 더러운 피 한 방울도 순한 백성에 섞이지 않도록 하라!"

보통 '구족을 멸한다'고 하면 죄인 본인을 기준으로 위로 고조에서 아비까지 4대, 아래로는 아들부터 현손까지 4대를 포함, 방계친으로 고조의 4대손 되는 형제, 종형제, 재종형제, 삼종형제를 포함하는 동종 친족 모두를 사형에 처했다. 하지만 이에 계집은 포함되지 않으며 대신 노비로 보냈다. 그런데 원은 극형 중에서도 가장 무시무시한 거열형에 더해 아예 싹이 될 만한 모든 씨의 원천까지 뽑아 버릴 심사로 계집들마저 모두 사형에 처하라 명했다. 전쟁으로 노고가 컸던 군사들이 고향 땅을 밟아보지도 못한 채 죽은 것에 몹시도 분노했기 때문이다.

그에 비해 상두는 살인죄는 인정되지 않았으나 이를 방조 또는 공조한 죄, 관리를 매수한 죄, 사기 친 죄, 매점매석하고 잠상한 죄 등이 모두 인정되어 부유충과 같은 거열형에 처해졌다.

부유충과 상두가 사형되던 날, 많은 구경꾼이 형장에 몰려들었다. 그중에 어머니도 있었다. 두 죄인의 사지를 달아맬 여덟 마리의 건장한 상마가 준비되었다.

어머니는 사지가 찢기고, 목이 떨어져 나가는 원수들의 처참한 모습을 눈 한 번 떼지 않고 끝까지 지켜보았다. 그들이 풍기는 피비린내를 한 푼도 동정하지 않았다.

그날 밤, 어머니와 함께 선친의 천도제를 지냈다. 어머니는 지난 20여 년 동안의 모질고 고된 세월이 떠올랐는지 선친의 위패만 망연히 들여다보다가 목 놓아 울었다. 곁에 선 나도 울었다.

어머니와 선친의 한을 풀어주었다는 안도감과 그럼에도 다시 돌아올 수 없는 죽은 아버지, 그리고 전장에서 생사고락을 함께 했던 수하들에 대한 여전히 삭지 않는 분심 때문이었다.

**

황궁에서 나오는 길에 황급히 달려오는 우경을 만났다. 나는 그에게 깍듯이 목례했다.

우경이 다급하게 물었다.

"소식을 듣고 왔다. 변방으로 보내 달라 폐하께 청했다고?"

"그렇습니다."

"어찌 그리 급한 게냐? 겨우 살아 돌아온 지 얼마나 되었다고 다시 전장으로 가겠다고 하느냐?"

"무인이 전장에 나가겠다 하는 것을 어찌 이상히 여기십니까?"

나의 반문에도 우경은 여전히 나를 설득하려고 했다.

"너의 생모도 그러하지만, 대공주 전하 또한 가납하지 않으실 것이다."

"전하께서는 돌아가신 온달 대장군님을 대신할 장수가 되길 바라셨습니다. 소인의 어머니 또한 소인이 공을 세워 큰 인물이 되길 바라시지요."

"네가 사고를 치르는 4년 동안 대공주 전하의 애탄이 말로 표현하기 힘들 정도였다. 지나치게 너의 공적에 집착하였는가, 후회하곤 하셨다."

"장수로 몸을 아끼리까?"

"문득?"

"도리를 다할 뿐입니다."

나는 매정하게 돌아섰다. 당황한 우경은 더는 말을 건네지 못했다.

그동안 단 한 번도 스승인 우경에게 무례한 적이 없었다. 평강의 양자가 되어 신분이 달라졌다 하여 안면몰수한 적도 없었다. 그런데 그 꼴이었다. 원치 않는데 그리되었다. 그 이유를 알고 있으니 더욱 스스로 졸렬하게 느껴졌다.

장안성에 돌아왔을 때 제일 먼저 나를 맞은 사람은 다름 아닌 우경이었다. 그는 가슴으로 반겼고, 아비처럼 애틋한 눈물을 보였다. 소식을 듣고 뒤따라 달려온 평강도 기쁨을 감추지 못했다. 고향 산천을 밟았을 때도 그러했지만, 가족과 다를 바 없는 그리운 이들을 만나니 그 반가움이 더욱 벅찼다. 특히 멀지 않은 곳에 서서 나를 지켜보고 있는 가리가 있어 기뻤다. 그러나 가리가 나를 잊지 않고 달려와 주었다는 반가움도 잠시, 망연해졌다. 그녀의 손을 꼭 잡고 있는 작은 사내아이 때문이었다. 쇠뇌를 만들고 철을 만지던 이가 어느 날 갑자기 어느 댁 유모로 들어가지는 않았을 터, 그사이 다른 사내의 아내가 되어 자식이라도 낳았단 말인가? 나는 물을 엄두를 내지 못했다.

대신 오래지 않아 그녀를 다시 만날 기회가 생겼다. 세연당에 서였다. 그제야 이유를 들었다. 어비루가 전해주었다.

"스승님의 부인이신 녹족부인이시오."

그렇게 오랜 시간 꿈꾸고 염원하던 나의 가슴이 무너졌다.

평강의 큰 그림

　어머니는 내가 실종된 4년 동안 사는 게 사는 것이 아닌 삶을 살았다. 국밥집은 접은 지 오래였고, 식음을 전폐하다가 밥알조차 못 넘기는 꼴이 된 것을 연 의원의 도움으로 겨우 목숨만 살았다. 지아비가 죽었을 때도 냉골에서 자신의 몸을 뚫고 밀려나온 자식을 위해 그토록 억척을 떨던 어머니였건만, 하나뿐인 그 자식이 먼저 선친을 따라갔다는 사실만은 도저히 받아들일 수 없었다.

　다행히 다시 만난 어머니는 기운을 차렸다. 그러나 또 얼마 되지 않아 다시 병명도 알 수 없는 병증으로 몸져누웠다. 어쩌면 변방으로 가겠다 하는 내 발목을 잡기 위해 부러 누운 것이 아닌가 했다. 그런데, 밤이면 고열이 나고, 각혈에, 한쪽 다리마저 절룩이는 등의 증세로 보아 사병만은 아닌 게 분명했다.

할 수 없이 변방으로의 이관 요청은 잠시 미룰 수밖에 없었다. 대신 황성의 근위 군장으로 복무하게 되었다. 평강은 친모의 와병 소식에 주저 없이 나를 어머니 집으로 보내주었다.

"내 너의 발목을 잡은 게냐?"

퇴청한 나를 침상 위에서 맞는 어머니가 물었다.

"무슨 소리요?"

"변방으로 가고자 했던 것이 다시 공을 세우려는 의도가 아니었더냐?"

"기회는 많소. 허나 어머니 병구완이 먼저 아니겠소?"

"난 이제 죽어도 여한이 없다. 네가 살아 돌아와 준 것만도 고마운데, 이만큼 잘 커서 큰 공을 세웠고 게다가 아버지의 원수까지 갚지 않았느냐?"

어머니는 근자에 눈물이 잦았다. 지나치리만큼 강의하던 사람이 나이 들고 집착하던 일을 이룬 탓인지, 의욕을 잃은 것처럼 맥아리가 없고 다 산 사람처럼 수시로 '죽음'을 입에 올리곤 했다. 병세가 깊어질수록 증상 또한 더했다.

"그런 말씀 마시오. 그동안 고생만 하셨으니 훌쩍 일어나 아들 효도도 받으셔야지."

"어미는 지금껏 충분히 아들 효도를 누렸다. 어미로서 염치없지만 궁색한 집에서 태어나 어찌 이리 훌륭하게 잘 자라주었는지 모른다."

"그런 말이 어디 있소? 다 어머니 덕이고, 그 덕에 내가 잘된 거요."

"그저 한 가지 남은 소원이 있다면……."

"……?"

"꼭 너 닮은 손주 한 번 안아보는 것이 소원이건만……."

어머니는 말끝을 흐렸다.

수나라에서 안고 온 설기의 시신을 본 탓이었을 게다. 어머니는 신세가 달라져 입신양명한 아들이 고귀한 가문의 딸과 혼례를 하여 귀하고 영특한 자식을 낳는 것이 마지막 소원이었으리라. 그런데 아들의 목숨을 살려줬다고는 하나, 기녀의 시신을 품에 안고 나타났으니 이 얼마나 황망했을까. 살아 돌아온 것만도 천지신명께 감사하다 하면서도 속내 불편했을, 그래서 더더욱 어머니의 병이 무엇 때문인지 알 것도 같았다.

설기는 어머니 집 울타리 너머에 묻혔다. 매일 아침 설기의 묘 앞에 정화수를 떠놓는 일이 일과의 시작이었다.

"설기야, 내가 어찌하면 좋은가?"

답을 낼 수 없었다. 설기도 답을 주지 못했다. 속을 후벼낸 것처럼 텅 비었다.

**

평강의 부름이 있어 중성으로 향했다. 처음 온달의 부고 소식을 듣고 달려왔을 때와는 분위기가 사뭇 달라져 있었다. 굳게 닫혔던 대문은 활짝 열려 있었고, 많은 인재가 그녀를 만나기 위해 문턱을 넘었다.

"오셨습니까, 을지문덕 공."

수 해 전 퉁명스럽게 대했던 도차지도 이제는 진심으로 깍듯했다. 내가 오면 내 집에 온 듯, 자연스럽게 대했다. 그는 평강이 손수 꽃과 나무를 가꾸어놓은 아름다운 후원으로 안내했다. 스무 명 남짓한 남녀 젊은이들이 삼삼오오 모여 호투며, 활쏘기며, 시작 놀이, 술내기 저포 등을 자유롭게 즐기고 있었다.

"어머님, 소자 왔나이다."

"오오! 나의 아들 문덕이 왔느냐?"

평강이 나를 반가이 맞이하자, 주변의 젊은이들이 하나둘 다가와 에워쌌다. 사내들은 대부분 젊은 벼슬아치들이나 재능 있는 동량들이었고, 여인들은 그 부인 혹은 문재가 뛰어난 예인들이었다. 평강의 사람들로 고구려의 태왕을 지척에서 보필하기 위해 육성되고 투입되는 인호들인 셈이었다.

그들은 평강의 양자인 나와의 교류를 원했다. 관심사 또한 외교, 정치, 병법, 역사, 시문, 사상에 이르기까지 폭넓었다.

"을지문덕 공, 지난 수나라와의 전투에서 보인 그대의 빛나는 전공은 이미 고구려를 넘어 백제와 신라에까지 소문이 자자하다오."

"그간 수나라에 가 계셨다고 들었소. 우리와 적대하여 전쟁을 치른 나라인데, 그 원흉인 양견은 와병하였고 실세였던 독고황

후가 죽었소. 태자인 양광이 다음 황좌에 오른다면, 우리와의 외교에 어떠한 영향이 미칠 것이라 생각하오?"

"대공주 전하께서 귀하의 문재가 뛰어나다 하시었는데, 시 한 수 배워볼 수 있을까 하오만……."

"실전에서는 손자의 병법보다 오자의 병법이 훨씬 효율적이라 알고 있소. 공께서는 지난번 전투에서 어떤 전술을 효과적으로 시전하였다고 자평하시오?"

갑자기 쏟아지는 그들의 관심과 물음에 응하다 보니 고구려의 미래가 밝게 느껴졌다. 그들의 고구려와 태왕에 대한 충심이 그러했고, 그럼에도 불구하고 폭넓고 포용적인 세계관, 서적으로 전해지는 사상을 넘어 진리와 사실을 추구하려는 학문적 탐구 노력이 그러했다. 자신의 주장을 관철하기보다 상대방을 납득시키고, 이견을 존중하면서 또한 반박하니, 입장이 다른 자라 할지라도 수긍할 수밖에 없었다. 그러한 유연함이 참으로 인상적이었다.

개 중 나와 동년배로 보이는 한 사내가 유독 날카로운 눈빛으로 지켜보고 있는 것을 발견했다. 키가 작고 비쩍 마른데다가 백면서생인 양 말씨도 존조리 했다.

평강이 그를 소개했다.

"태학박사 이문진李文眞 선생이다."

"아, 폐하로부터 역사서 편찬을 하명받은 바로 그……."

"이문진이올시다. 귀공을 만나 뵙게 되어 영광이오."

어느새 다시 놀이를 매개로 한 사교 활동이 재개되었고, 따로 이문진과 대화의 시간을 가질 수 있었다.

그는 평강이 육성하는 인호 중에서도 특히 비범했다. 인품이 고고하면서 박문강기博聞强記하여 불교 경전뿐 아니라 역사 해석에 막힘이 없었다. 또한 약관에 태학박사가 되어 저술한 여러 서적이 태학에 입교한 제자들의 필독서가 될 정도로 공맹을 해석함에 있어 절륜한 바, 모두가 그의 가르침을 바랐다.

특히 원은 국초에 편찬되었던 100권짜리 국사 『유기留記』를 요약하여 『신집新集』 5권을 편찬하라 그에게 명하였다. 이는 해박한 그의 유교 지식을 바탕으로 한 역사서 기술 방식이, 나라에 대한 충을 강조하여 왕권을 강화하고 국기를 바로 세우는 데 큰 힘이 되리라는 것을 예상했기 때문이다.

나는 어느새 스승인 우경과는 또 다른 그의 강론 아닌 강론에 취했다. 그 또한 병법을 실전으로 경험한 나의 정확한 판단력과 빠른 추진력을 높이 샀다. 서로 배움이 있고 의를 나눌 수 있는 좋은 벗이 되리라는 생각이 들었다.

그런데 그것도 잠시, 우경과 함께 나타난 가리를 보고 숨이 멎을 뻔했다. 그녀는 여전히 비단이 아닌 베옷을 입고 있었지만, 그 어느 때보다 단아하고 어른스러웠다. 뺄때추니 계집의 모습은 이제 어디 한구석 찾을 수가 없었다. 세연당에서도 안주인이자 제자들의 또 다른 스승 역할을 톡톡히 해내고 있는 그녀를 확인한 바 있었다. 세연당 제자들은 그녀와 함께 밥을 지었고 그녀가 가르치는 궁술을 익혔다.

나는 얼른 이문진과 다음을 기약하고 자리를 뜨려 했다. 그들로부터 되도록 멀어지고자 했다. 우경의 아내로서의 가리를 대하기가 참으로 버거웠다. 어찌 대해야 좋을지, 어떤 낯을 해야 할지 도통 예전처럼 스스럼없이 대할 자신이 없었다. 그럼에도 마음처럼 멀리 가지는 못했다.

하늘은 짙은 쪽빛이고 바람은 나비 날개처럼 사뿐한데, 노는 이들이 흘리는 웃음소리와 무관하게 그녀의 옷자락 소리가 유난하게 다가왔다. 우경이 평강과 담소를 나누는 사이 곁을 빠져나온 가리가 따라온 것이다.

"문덕…… 아니, 을지문덕 공이라 불러야겠지?"

"부인께서 무슨 일로 나를 찾으시오?"

생각과는 달리 말이 차게 나왔다. 내가 그리 대하니 그녀도 곧 말투를 바꾸었다.

"무사히 돌아오시어 기쁩니다. 늦었지만 근위 군장 자리에 오르신 것을 감축드립니다."

"고맙소."

"……"

"……"

가리는 무슨 말을 하려는 듯했지만, 선뜻 입을 떼지 못했다. 나는 그녀와 눈길 마주치는 것조차 서먹했다.

그래도 먼저 입을 뗀 것은 나였다.

"스승님은 훌륭한 분이오."

왜 불쑥 그런 말을 했는지 알 수 없었지만 가리는 당연한 듯 말을 받았다.

"알고 있습니다."

"나를 이 자리에 있도록 해준 분이시고 또한 내가 가장 존경하는 분이기도 하오."

"누구에게라도 존경받을 만한 분이지요. 나 또한 진심으로 공경하고 있습니다. 그래서 더더욱 마음이 쓰입니다."

"마음이 쓰이다니, 무엇을 말이오? 누구에게 마음이 쓰인다는 소리요?"

대뜸 묻고 말았다. 그러자 돌아온 대답이,

"…… 부인을 보았습니다."

내 품에 안겨 돌아온 설기를 말함이리라.

'그것이 스승의 부인이 된 너와 무슨 상관이냐? 왜 하필 그 상대가 나의 스승이었나?'

다시 묻고 싶었지만, 그것은 불측한 짓이었다. 스승의 부인에 대한 예우가 아니었다. 또한 내가 그녀에게 미래를 약속한 적이 없으니 화낼 명분도 없었다.

"죽어가는 내 목숨을 살려준 여인이오."

"들어 알게 되었습니다. 죽을 고비를 넘기면서 기억을 잃었다고……. 그래서……"

그러나 우리의 대화는 더 이상 이어지지 못했다. 발랄한 음성이 달려와 나의 허리를 감싸 안았기 때문이다.

"을지문덕 공! 어찌 그리 매정하시오! 돌아오셨다면 언제고 나를 찾아올 거라 기다리고 있었는데……!"

뜻밖에 이화였다. 그녀는 내 가슴에 낯을 비비며 뜨거운 눈물을 흘리기까지 했다. 당황스럽고 의아했다. 그렇다고 이 나라 고구려의 공주인 그녀를 함부로 밀어낼 수도 없는 노릇이었다. 가리 앞이었기에 난감할 따름이었다.

어느새 다가온 평강이 짓궂은 표정으로 말했다.

"공주께서 너의 비보를 들은 날부터 매일 밤 나를 찾아와 소맷자락이 흠뻑 젖을 정도로 펑펑 울고 가시곤 했지."

"언제요? 제가 언제……."

이화는 새치름하니 손사래를 치다가 토라진 시늉을 했다.

"흥. 그리 잘 아시는 분이 어찌 그러셨소? 을지문덕 공이 살아 돌아오셨다면 제일 먼저 저를 만나게 해주셨어야 하지요. 온달 대장군과 대공주 마마의 사이를 가장 많이 응원한 것도 저였지 않습니까? 그런데 의리도 없소. 그리 제 마음을 잘 아시면서 어찌……"

"미안합니다, 공주. 이 사람이 생각이 짧았구료. 아무래도 문덕이 돌아와 치러야 했던 공사가 다망하였기에……"

"핑계요. 너무하오. 밉소. 정말 아바마마도, 어마마마도, 대공주 마마도 다 밉습니다."

이화는 어린아이처럼 훌쩍이며 엄부럭을 떨었다. 보다 못한 평강이 내게서 이화를 떼어내며 말했다.

"남들이 봅니다. 체통을 지키셔야 합니다."

"상관없소. 대공주께서도 온달 대장군과 혼례를 하시겠다고 매일 선황 폐하 앞에서 울곤 하셨다지요."

"그래요. 울보는 이 평강이지, 공주님이 아니시지요."

"제 마음을 다 아시면서……. 누구보다 잘 아시면서……."

"그래서 말입니다."

"……?"

"폐하께 이화 공주마마와 나의 양아들 문덕의 혼례를 주청해 볼까 합니다만."

"정말이오?"

평강의 갑작스러운 선언에 이화는 펄쩍 뛰며 반색했다. 그곳에 자리한 모든 이들이 탄성을 터트렸다.

나는 몹시 당황할 수밖에 없었다. 평강이 일언반구 한마디 언질도 없었기 때문이다. 일국의 공주와 일개 무인, 대공주의 양아들이라고는 하나 출신이 미천한 내가 어찌 공주와 가례를 올려 부부의 연을 맺을 수 있단 말인가? 물론 온달의 사례가 있었다. 평강이 바로 그 사례를 만든 장본인이었다.

"어머님……."

웃고 있는 평강의 시선에서 단호함을 본 나로서는 반박의 여지를 찾지 못했다. 다시 나는 가리를 보았다. 그 곁에 우경이 서 있었다. 두 사람 모두 의미를 알 수 없는 표정을 짓고 있었다.

평강이 그린 큰 그림의 향방은 오직 나 하기에 달린 셈이었다.

두 번째 대결

평강은 총명하고 대외 관계에 밝은 만큼 원의 조언자 역할을 톡톡히 하고 있었다. 이는 원에게 하나뿐인 동복형제였기에 그녀의 충심을 의심치 않았으니 언제라도 태왕과의 독대가 가능한 덕이었다. 하지만 원의 장자방張子房으로 알려진 평강이긴 하나, 대소신료들이 모두 모인 조정 회의에 직접 나서는 일은 드물었다.

그런데 이번만큼은 달랐다. 평강은 원에게 자신의 입조를 미리 고하고 이른 아침 조정 회의에 참석했다.

"폐하, 소신 평강 아뢸 말씀이 있어 입조하였나이다."

"무슨 일이오, 대공주?"

원은 평강에 대한 신뢰가 확실한 만큼 사석에서보다 공석에서 더욱 깍듯했다.

"이화 공주의 나이 벌써 스물하고도 하나. 일국의 공주라면 이미 국혼을 치르고, 이르다면 출산하여 가문의 핏줄을 낳고도 남을 나이옵니다."

"그 일이라면 짐 또한 숙고하고 있는 바이오만……."

"이미 주변국 황실에서 여러 차례 혼담이 있었다는 사실은 알고 있사옵니다. 이를 모두 거절한 이유 또한 알고 있사옵니다. 폐하께서 하나뿐인 공주를 귀애하심에 정략적인 이유로 타국에 보내고 싶지 않아 그리하신 것이 아니옵니까?"

"대공주 말이 맞소. 게다가 공주가 누구의 혼담도 받아들이려고 하지 않기 때문이기도 하오. 물론 이국 어느 황실에 짐의 공주를 보낼 것이오? 짐은 공주를 그리 보내 부마인 자의 난행에 마음 썩는 꼴을 보고 싶지 않을 뿐이오. 공주를 보낸 대가로 그 나라의 힘을 빌릴 만큼 고구려는 약하지 않다 소리이기도 하오."

"하오나, 폐하. 공주가 혼례 하지 않는 한, 그런 요청은 끊임없이 이어질 것이옵니다. 그로 인해 국가 간 의가 상할 수도 있사옵니다."

"통례는 통례로 답하면 되오."

정략적으로 보내오는 구혼이 통례이니 적당한 이유를 들어 예에 어긋나지 않게 거절하는 것 또한 통례라는 소리였다. 그럼에도 평강은 멈추지 않았다.

"정히 성지가 그러하시다면 고구려 내에서 인품과 재주가 뛰어난 재량으로 공주의 부마를 간택하시는 것은 어떠하실는지요."

"마침 연씨 가문으로부터 장남인 동부욕살 연태조와 이화 공주의 청혼 의사가 전달되었소."

신료들의 앞 열에 서 있던 연자유가 말했다.

"그러하옵니다, 대공주 전하. 소신의 아들 연태조가 공무에만 매진하다 보니 혼기를 놓쳐 어느새 스물여덟이 되었나이다. 이를 두고 조부의 심려가 크던 차에 오랜 세월 공주 전하를 멀리서 보아 오며 그 영민함과 아름다움에 연모의 정을 품고 있었다는 사실을 알게 되었습니다. 그동안 그런 연유로 많은 혼처 자리를 마다하였다는 사실 또한 알게 되었나이다. 미흡한 자식임에도 불구하고 감히 황실에 사주를 보내게 된 이유이옵니다."

그랬다. 평강은 대대로 연자유가 한발 앞서 아들과 공주의 혼담을 주청하였다는 사실을 알고 달려온 것이다. 그 자리에 연자유와 연태조, 나 또한 함께하였으니, 평강의 말 한 마디 한 마디가 주목되는 것은 당연했다.

"폐하, 동부욕살의 충심과 문무에 출중한 재주, 전장을 누비며 보인 많은 공적, 그중 어느 것 하나만 보더라도 고구려 내에 이보다 더 나은 낭재를 찾기는 어려울 것이옵니다. 특히 폐하의 하나뿐인 공주의 국혼인 만큼 황실과 격이 맞는 가문과의 혼례가 합당하온데 국사를 총괄하는 최고 관직인 막리지를 두 차례나 연임한 대대로의 가문이라면 누가 그 자격을 논하오리까? 하오나, 폐하. 영민하고 재기발랄한 공주에게 연모를 느끼는 이가 어디 동부욕살뿐이겠사옵니까? 혼례를 원하는 가문이나 재랑들이 또 있으리라 보옵니다. 부디 충분한 논의에 앞서 다른 재랑들에게도 기회를 베푸시길 바라옵니다."

주변이 웅성거렸다. '틀린 말이 아니다' '국혼을 위해 나라에 금혼령을 내리기도 하지 않는가' '황실과 각별한 인연이라, 기회만 된다면 내 자식도……' 모두 관심을 보이기 시작했다. 그러나 과연 누가 동부욕살 연태조와 우열을 가릴 것인가, 고구려 최고의 권문세족인 연씨 가문과 척을 지게 될 수도 있지 않은가. 욕심은 났지만 다들 눈치를 보는 상황이었다.

"공주에게 자신의 낭재를 선택하게끔 기회를 주라는 소리로 들리는구면. 역시 대공주다운 생각이오."

원은 평강을 누구보다 잘 아는 오라비인 만큼 그 뜻을 금세 이해하고 받아들였다.

"동부욕살 연태조 외 또 누가 이 나라 부마되기를 청하겠는가?"

원이 모두를 향해 하문했다.

두리번거리는 시선들이 연자유, 연태조를 거쳐 혼기 찬 아들을 가진 여러 신료의 낯으로 차례차례 옮겨갔다. 그 와중에 연자유는 불편한 기색이 역력했고, 연태조는 표정이 없었다.

"폐하, 소신의 아들 환권을 부마 자리로 주청하나이다."

고건무였다. 그는 이화보다 어린 17살 아들을 두었다. 이름은 환권이었다. 원에게도 어린 황자 환치가 있으나 병치레를 많이 하여 아직 태자 자리에 오르지 못했다. 고건무는 황위 계승 서열로 따지면 그다음 순이니 환치가 태자 자리에 오르지 않을 시 얼마든지 기회는 있었다. 물론 그의 동복아우 고대양 또한 강건하여 더 큰 공을 세워 신임을 얻는다면 어느 때라도 밀려날 수 있는 상황, 공주와 아들의 국혼으로 자리를 공고히 하려는 것이었다.

이에 힘을 얻어 몇몇 신료들 또한 자신의 아들 혹은 질자를 이름 올렸다. 마지막으로 평강이 자신의 골수를 드러냈다.

"소신의 양아들 을지문덕을 부마 자리로 주청하나이다."

그제야 모두들 평강의 복심을 눈치챘다.

그리고 이를 두고 패가 갈렸다. 황위 계승 서열 두 번째에 해당되는 고건무의 아들이냐, 황실을 제외하고는 고구려 최고 권문세가인 연씨 가문의 연태조냐, 이도 저도 아니라면 미천한 출신 성분이지만 평강의 강력한 지지를 업고 있는 나인가? 앞선 두 사람은 서로 백중지세, 그에 비해 나는 깜냥이 되지 않았다. 그러나 그 누구라도 고구려에는 반드시 필요한 재량이자, 자칫 그 어떤 선택으로 인해 반심을 갖게 된다면 불편한 선택이 될 수 있음은 매한가지였다.

이에 평강이 한마디로 정리했다.

"이름 올린 모두가 폐하의 시중이고 나라에 꼭 필요한 인재임이 분명하옵니다. 부마에 간택되지 않았다 하여 그 자질이 부족해서가 아니라는 말씀을 드리는 것이옵니다. 부디 폐하의 뜻에 부합하고, 공주의 복된 앞날에 적역한 부마가 간택되기를 기원하옵니다."

**

 연자유는 황후와 태후에게 빙폐를 보내 마음을 사려고 했다. 물론 황후는 연태조를 내심 마음에 두고 있는 듯했지만, 태후는 자신의 친손자인 환권을 지지하는 입장이었다. 반면 원은 그 속내를 드러내지 않은 채 숙고하는 모양새였다.
 오히려 국혼의 장본인인 이화가 문제였다. 구애 없이 평강의 집에 드나들며 자신의 심중을 노골적으로 드러냈기 때문이다. 특히 내가 거하는 날은 늦은 시각까지 평강과 담소를 나누고 식사를 함께한 뒤 환궁했다. 평강이 의도적으로 나를 동석시켰기에 이화는 가야 할 시간을 항상 아쉬워하곤 했다.
 그날도 이화는 이른 시각 평강의 집을 찾았다. 유난히 눈에 띄는 연분홍 고운 차림새에 시비에게 술과 다과까지 들려 나타난 것을 보니 작정이라도 한 것처럼 보였다. 그런데 때마침, 뜻하지 않은 손님이 찾아와 방문을 알리는 통에 모두를 당황하게 하였다. 연태조였다.
 "동부욕살, 어인 일이오?"
 "지나던 길, 대공주 전하께 안부 여쭙고자 찾아뵈었나이다."

인사를 건네던 연태조는 이화가 함께 있는 것을 보고도 놀라는 기색이 없었다. 발 없는 소문이 천 리 간다 하니 이미 이 집을 발이 닳도록 드나든다는 사실을 알고 온 것임을 눈치챌 수 있었다.

"공주 전하를 뵈옵니다."

그의 인사에 이화는 크게 개의치 않았다.

"동부욕살께서 오실 거라고는 예상치 못하였소."

"기실 근위 군장을 만나러 왔사옵니다."

그제야 이화가 펄쩍 뛰었다.

"을지문덕 공은 왜요?"

"관등과 관직을 내려놓고 장부 대 장부로 할 말이 있사옵니다."

나를 보는 연태조의 눈과 입가에 웃음기는 없었다. 이유를 감지한 평강이 고개를 끄덕였고, 나는 그를 따라 후원으로 나갔다.

"무슨 일로 날 찾으셨소?"

"대공주 전하께서 양자인 그대를 몹시도 믿고 아끼시는 모양일세. 그러니 공주 전하의 부마 자리에 자네를 주청하셨겠지. 자네 생각은 어떠한가?"

"어머님의 뜻이 그러하시다면 따라야 하는 것이 불초의 도리일 게요."

물론 나는 이화와의 혼례에 별 뜻이 없었다. 다만 그렇게라도 들끓는 속을 누르고 싶은 반심이었는지도 모른다. 누구 때문인지는 알고 있었다.

이를 알 리 없는 연태조는 아비의 바람인지, 조부의 심려 때문인지, 진심으로 이화를 연모하고 있음인지 모르나, 나와 경합하는 것을 몹시 탐탁지 않게 여겼다.

"국혼일세. 혼반을 따지지 않을 수 없지 않은가. 태제 전하의 영식 정도라면 모를까 저잣거리 출신이 부마 자리에 오른다면 이국의 황족들이 고구려 황가를 얼마나 업신여기겠는가 말일세."

"저잣거리 출신이라니, 야료하는 것이라 해도 말씀이 지나치시오. 비록 가난하였으나 내 모친은 연나부의 고추가古鄒加를 낸 우씨 가문 출신이오. 게다가 나는 이미 평강 대공주 전하의 양자로 입적한 지 오래요. 이는 태왕 폐하께서도 가납한 일이라는 사실 잘 아실 게요."

"대공주께서 과욕을 부리고 계신다 생각지 않는가?"

"무엇이 과욕이란 말씀이오?"

"가당치도 않은 일을 반복하고 계시지 않는가? 비루한 가문의 사내를 가르쳐 부마로 맞고 대장군 자리에까지 올리시더니, 이번에도 자네를 부마 자리에 앉혀 국사를 좌지우지할 기회를 모색하시려는 것이 아니고 무엇이겠는가?"

"말씀을 삼가시오! 대공주께서는 나의 양어머니가 되시니 온달 대장군 또한 나의 양부요! 그러한 두 분을 입에 올려 모욕하는 게요? 이 나라 고구려와 황가를 위해 목숨을 바쳐 싸웠던 대장군의 공을 폄훼하는 것이오? 동부욕살의 존부이신 연자유 님이야말로 가문의 세세손손 광영을 누리고 싶어 하는 마음 백번 이해하나, 폐하의 사돈 자리까지 노려 살아있는 권력으로 군림하겠다니 이것이야말로 노욕이 아니고 무엇이오?"

"뭐라?"

연태조는 따라온 부하의 허리에 차고 있던 장검을 빼 들었다. 그 기세가 몹시 사납고 격분한 듯 보였다. 냉철하기로 소문난 연태조답지 않은 태도였다. 특히 수나라와의 전쟁 당시 온달과 평강까지 폄하하며 무시했던 무리로부터 나를 두둔하던 그의 태도와는 정반대였기에, 작금의 상황이 그에게 얼마나 불편한 일인지 알 것 같았다.

"그 방자함이 도를 지나쳐 나의 가문과 부친을 욕보였다. 이를 단죄하지 않는다면 무례한 언사를 인정하는 셈일 터, 그대를 베고 폐하께 그 죄를 청하겠다."

"나 또한 같은 생각이오."

이때, 평강과 이화가 후원으로 나오다가 상황을 목도하게 되었다.

"동부욕살! 을지문덕 공! 어찌 이러시오?"

"그만두지 못하겠는가?"

평강이 일갈했지만, 연태조는 장검을 거두지 않았다. 이번에는 내가 청했다.

"소인의 검을 가져오게 해주십시오, 어머님. 장부 대 장부로 싸워보겠나이다."

평강은 마다하지 않고 도차지를 시켜 검을 가져오게 하였다.

"이유는 묻지 않겠다. 다만 이 대결은 두 사람 모두가 원해 이루어진 일이다. 나와 공주, 그리고 동부욕살의 시중이 증인으로 섰으니 누가 피를 본다 해도 가문끼리의 사사로운 보복은 없어야 할 것이다."

십여 년 전 바로 이 집에서 나와 연태조가 첫 번째 칼을 맞대었다. 당시는 목검이었고, 지금은 진검이었다. 당시는 어렸고 지금은 벅찬 전투를 치러내고 각자의 자리에서 어엿한 장부로 자라 경쟁자로 마주하게 된 상황이었다. 아무래도 가문과 부모에 대한 모욕은 명분이고, 감정이 앞서고 있음을 서로가 다 아는 사실이었다.

'왜 이 자는 이토록 화를 내고 있는 것일까? 가문을 모욕했다는 이유일까? 이화에 대한 연모의 정이 진심인 걸까? 아니면 내가 예전의 내가 아니라는 사실 때문일까? 과연 나는 왜 이 자를 도발하고 있는 것인가?'

굳이 내가 왜 싸워야 하는지 이유를 대자면 희망을 잃은 한 사내가 은인이 미는 길을 피하지 않을 뿐이었다. 한편, 연태조의 이유라면 언감생심 대등한 입장에 선 '미천한 출신'을 용납하기 힘들었던 것이리라. 어쩌면 연태조의 반감은 수나라와의 전쟁 당시부터 시작되었는지도 모른다. 강이식이 그가 아닌 나의 전술을 수용하여 대승을 거두었다는 것에 몹시 분했을 테지.

장검이 부딪치며 차가운 불꽃이 튀었다. 손끝에서부터 온몸으로 전해지는 전율에 소름이 돋았다. 그의 검은 예전보다 더욱 차가웠다. 흔들림 없는 무표정이 아닌, 끔찍하리만치 차가운 살기가 뼛속 깊이 전달되었다. 부드러움이나 유려함 대신 노련하고 단호하고 치명적이었다. 그의 검에 상대방이 죽는다 한들, 전혀 심동하지 않을 것처럼 살과 염통, 목젖과 명치를 정확히 노렸다. 그는 나의 다음 수를 읽었고, 나는 미리 그를 기다렸다.

다행히 나는 예전의 내가 아님을 확신했고, 확인시킬 수 있었다.

나의 칼이 그의 목젖에 닿는 순간, 그는 이를 악물고 그예 칼을 떨어뜨렸다. 단 한 번도 패배한 적 없는 긍지가 무너지자 참담함이 낯 가득 역력했다. 나 또한 더 이상 싸울 의지를 잃었다. 아득바득 이기려고 했던 것을 후회하였다. 그 와중에도 평강의 낯에는 보일 듯 말 듯 회심의 미소가 묻어났다.

다음날, 연자유는 아들의 청혼을 철회하였다. 이유는, 연태조 모친의 오래 앓은 해수병의 악화였다.

수태

 원 재위 14년^{603년} 만화방창하고 길한 날, 이화와 나는 국혼을 올렸다. 비천한 거간꾼 을비류와 국밥집 우 씨의 아들이 아닌, 태왕의 장자방인 대공주의 양자 자격이었다. 내 나이 스물하고도 일곱이오, 이화는 스물둘. 다소 늦은 듯하지만 만개한 나이였다.

 대사령으로 옥문이 열렸고, 도성 안의 모든 백성에게 떡과 술이 돌아갔다.

 혼례는 황성에서 치러졌으며 문무 대신 외에도 각국에서 축하 사절과 함께 하례품을 보내왔다. 돌궐에서는 호랑이 모피 50벌을, 거란에서는 100마리의 말을, 말갈에서는 잘^{검은 담비의 모피}로 만든 의복 100벌을, 왜에서는 신루지를 보내왔다. 대치 상태인 백제와 신라에서도 각각 금동 향로와 경서 100권을 준비해 보냈다. 수나라에서만 하례품이 오지 않았는데 원은 개의치 않았다. 파륜자가 속통도 좁다며 사절들 앞에서 큰 소리로 비웃었을 뿐이다.

나의 혼례를 가장 기뻐한 것은 역시 두 분 어머니였다. 평강은 감히 참석할 수 없는 황실 혼례 잔치 말석에 내 친모의 자리를 마련해주었다. 눈물겨운 배려였다. 어머니는 어찌나 깡말랐는지 평강이 준비해준 비단옷 속에 파묻힌 듯 보였지만 입가 가득 미소가 떠날 줄 몰랐다.

많은 축하객 중 우경과 가리도 있었다. 몇 차례 우경이 다가왔지만, 의식적으로 그를 피했다. 축하한다, 고맙다, 이런 인사를 주고받을 만큼 마음이 편치 않았기 때문이다.

물론 모두가 나의 혼례를 축하하러 온 것은 아니었다. 많은 축하 소리에 섞여 구정물 튀는 소리가 들리곤 했다. '대공주의 양자에 이제는 공주마마까지……. 재주도 좋구나' '저런 재간을 부리는 것을 보니 보통내기가 아니다' '4년 동안 양견의 개가 되어 살았다고도 하던데 간자를 황실의 일원으로 들이다니……' 하는 소리였지만 귀담아듣지 않았다. 아니, 참았다. 남 잘되면 배가 아픈 옹졸한 족속들은 어디에나 있었다. 그따위와 굳이 대거리까지 하면서 싸울 일도 없거니와 과거의 비루함은 잊고 앞으로의 행복만 생각하자 다짐한 바였기 때문이다.

혼례는 무사히 치러졌고, 나는 이화와의 혼인 생활에 별 불만이 없었다. 기실 이화는 내가 예상했던 것보다 훨씬 좋은 여인이었다. 근위 군장인 나의 입출궁뿐 아니라, 나의 친모에게까지 시비를 붙여 조석으로 챙겼다. 기품 있고 밝은 성정이 집안을 환하게 만들었다. 한 나라의 공주이기 이전에 한 사내의 내자로 부족함이 없었다.

거처는 평강이 바라는 바대로 그녀의 집 가까이에 서른 칸짜리 기와집을 얻어 살았다. 이화의 수발을 들기 위해 황궁에서 20명의 시비와 시중들이 나와 집 안팎 일을 치러냈다. 살림은 풍족했고 집안은 평화로웠다. 간혹 줄을 대기 위해 뇌물을 짊어지고 찾아오는 이들이 있었지만, 나를 만날 기회는 주어지지 않았다. 이화가 평강의 조언을 얻어 현명하게 이를 처리했기 때문이다.

평강이 이화에게 늘 이르는 말이 있었다.

"공주마마, 사사로이 뇌물을 지고 오는 자들은 결코 부마에게 도움이 되지 않습니다. 청탁이 있어 접근하는 자일 터, 차후 그들과 내왕하였다는 사실만으로도 구설에 오를 수 있을 것입니다. 아직도 조정과 황실에는 부마에게 계심을 품고 있는 자들이 있습니다. 절대 그들에게 약점이 될 만한 일을 만들어서는 아니 됩니다."

이화는 평강의 말을 따랐고, 그 이면에는 나에 대한 넘치는 애정이 있었다.

"내가 전생에 무슨 복이 있는지 모르겠구나. 공주 며느리를 들인 것도 모자라 하찮은 이 늙은이를 어찌나 살뜰히 살펴주시는지, 원. 꿈인지 생시인지 내가 죽어 극락에 와 있는 것인지 하루하루가 꿈만 같구나."

　어머니의 말이었다.

*　*

　같은 해, 신라를 벼르던 원이 드디어 신라의 서북방 중요 군사 거점인 삼각산성을 공격케 하였다. 신라에게 고구려에 대한 그 어떠한 도발도 용서치 않겠다는 따끔한 본보기를 보이기 위함이었다. 장군 고승이 자원하였고, 원은 그에게 2만의 군사를 주었다. 그러나 고승의 경솔한 성격 탓에 제대로 된 싸움 한번 치러보지도 못한 채 퇴각하는 어처구니없는 일이 벌어지고 말았다.

　고승의 군대가 산성을 포위하고 공성전을 준비하고 있을 때였다. 고구려군은 험한 바위산을 거침없이 타고 올라 점점 압박해갔고, 산성 안의 신라군은 금방이라도 항복할 태세였다. 이때, 신라 왕 백정이 직접 1만의 지원군을 이끌고 한수를 넘어왔다. 왕의 지원 출전에 산성 안의 백성들 모두 고무되어 호응했다. 군사들뿐 아니라 노인, 어린아이, 부녀자 할 것 없이 군병으로 변복하고 성벽 위에 몰려나와 일제히 북과 징, 괴성을 지르며 고구려군에 맞섰다. 당황한 것은 고승이었다. 그는 신라군의 수가 예상외로 많다 착각하고 겁을 먹은 나머지 스스로 철군하는 우를 범했던 것이다.

원은 몹시 분노했고, 황족의 일원이었던 고승의 관작을 삭탈하고 장 50대를 쳐 황성에서 쫓아냈다. 신라에 대한 언급만 있어도 격한 반응을 보이던 원이었기에 당연한 처사였다.

이어 다음 해 급변하는 주변국의 상황에 또다시 급보가 날아왔다.

"폐하, 수제 양견이 죽고 양광이 황제의 자리에 올랐나이다."

원 재위 15년[604년]의 일이었다.

원은 그다지 놀라지 않았다. 수제 양견이 충실한 조력자이자 엄격한 감시자였던 독고가라 사후, 문란한 생활에 빠졌다는 사실은 이미 알고 있었다. 게다가 점술과 미신을 맹신하는가 하면, 의심병까지 심해져 잔혹한 형벌로 원로 대신들을 죽였다. 많은 후궁을 들여 음종한 생활을 이어오다가 와병하였다는 소식에는 '곧 죽어도 죽겠구나' 소리를 하곤 했었다. 간자로부터 그의 죽음과 관련한 전말을 듣고는 황망하다 못해 연신 콧방귀를 뀌기까지 하였다.

"대외적으로는 양견이 병사하고 양광이 순조롭게 황위를 계승한 것으로 알려져 있으나, 기실 태자 양광이 아비를 죽이고 이어 장형인 양용마저 죽인 뒤 황좌에 오른 것이옵니다."

"허허. 양용이야 퇴위되었다고는 하나, 장자였으니 후환을 없애기 위해서 그렇다 치자. 그런데 어찌 차기 황제 자리로 내정되어 있던 태자가 제 아비를 죽였다는 것이냐?"

"양광이 아비의 와병 중인 틈을 타 아비의 후궁인 진씨를 범하려 하였던 모양이옵니다. 진씨가 이를 양견에게 고해바쳤고, 분노한 양견이 폐위되었던 양용을 다시 태자로 올리려 했사온데, 양광이 미리 알고 선수를 친 것이옵지요. 상서우복야 월국공 양소楊素와 결탁하여, 시종무관장 장형張衡, 장군 우문술宇文述 등을 대동하여 반란을 일으켰사옵니다. 이어 궁 안의 모든 대신과 궁녀들을 죽이더니 인수궁 대보전에서 아비마저 처형하였사옵니다. 7월 갑신일의 일이었나이다. 또한 장형인 양용에게 아비의 이름으로 자결 서신을 보냈으나, 이를 거부당하자 이 또한 근위장 우문지급宇文智及을 보내 처형했다 하옵니다."

"금수만도 못한 놈이로다. 패륜도 그런 패륜이 있는가? 자고로 패악한 자를 보면 그 부모를 알 수 있다 했거늘, 그것도 내력인 게지. 제 아비가 선양이라는 이름으로 나라를 찬탈하고도 끝내 외손주 북주의 5대 황제 정제를 죽이더니 그 값을 톡톡히 치르는구나. 끔찍한 종자로고……."

'충'이 최선이오, '신'과 '의'를 최고의 덕목으로 여겼던 원으로서는 도저히 납득이 되지 않는 사건이었으리라. 하지만 양광을 파륜하고 상종 못할 군주라 비웃으면서도 자신의 입지를 세울만한 기회라 여긴 것만은 분명했다.

원은 주변국에 수많은 간자를 보내 양광의 패륜 사실을 퍼트리고, 황좌에 오를 만한 자가 아님을 알려 정통성에 흠집을 내는 등 이간질을 책동했다. 물론 주변국 중 수나라를 상대로 고구려처럼 드러내놓고 적대시하거나 무시하는 나라는 없었다.

오히려 대국 수나라를 두려워하고 그 위세에 눌린 나머지 스스로 걸사표(乞師表)를 내는 등 사대하는 백제나 신라와 같은 나라들이 더 많았다. 다만 고구려의 수에 대한 외교는 요하를 넘어 중원을 넘보았던 광개토태왕의 뜻을 승계하고자 하는 원의 의지의 표방이기도 하였다. 그리하여 그의 행보가 후일 수나라의 두 번째 침략을 도발했다 볼 수도 있었겠지만, 건국 이후 무섭게 팽창해가는 수의 세력과 600여 년의 역사를 자랑하는 대국 고구려와의 전쟁은 불가피한 일이었다.

그로 인해 양광은 양광대로 원에 대한 적대감이 만만치 않았다. 수차 원에게 사신을 보내 조공과 입조 압력을 넣었는데, 문제(文帝, 양견의 시호) 때도 응한 바 없고 30만 대군마저 격파하였던 원이 이를 받아들일 리 만무했다. 이에 양광은 만리장성을 개축, 보수하여 이족들과의 경계를 분명히 하는가 하면, 선황이 시작하였다가 백성들의 원성으로 중단한 대운하 사업을 재개하기에 이르렀다.

"양광이 양견의 선례를 잊은 게로구나. 제 무덤 자기가 파고 있으니 말이야."

원이 무심한 척 한소리를 내뱉었다. 모처럼 태왕전에 직계 황족들을 비롯한 최측근 내외를 모두 초청하여 다과를 나누던 중이었다.

황후 하해와 세 명의 후궁, 황자 환치, 대공주 평강과 태제 고건무, 고대양 내외, 그리고 고건무의 아들 환권, 우경과 가리, 얼마 전 혼사를 치러 첫아들 개소문을 본 연태조와 소씨 내외, 이문진 내외, 그리고 나와 이화가 자리를 함께했다. 강이식은 지병을 이유로 불참하였다.

"수나라뿐이옵니까? 백제의 부여장이 이번에 또다시 수나라에 사신을 보내 고구려 출병을 요청하였다 하지요. 그것도 한솔^{扞率} 연문진燕文進에 이어 좌평^{佐平} 왕효린王孝隣을 사신으로 보내 두 차례 조공까지 바치면서 말입니다."

평강이 조용히 차를 마시며 원의 심기를 건드렸다. 원의 양미간이 일그러졌지만 이내 비웃음으로 낯을 바꿨다.

"배알도 없는 놈."

고건무가 대수롭지 않게 피식 웃으며 말했다.

"신라와 계속된 싸움도 모자라 흙비에 가뭄까지……. 하늘이 무너져도 솟아날 구멍이 있어야 하는데 재앙까지 거듭되어 민심이 흉흉하니 말입니다. 마지막 발악이라도 해볼 양으로 되도 않을 추동질을 계속하는 게지요."

이에 하해가 원의 무릎을 지그시 누르며 말했다.

"폐하, 모처럼 부인들까지 대동한 자리이옵니다. 국사와 관련한 말씀은 제가회의에서 하심이……."

"허허, 그런가?"

하해의 조심스러운 만류에 원은 너털웃음을 지었다. 그런데 평강은 멈추지 않았다.

"그 배알도 없는 자가 부추기니 파륜자 양광이 사리 분별 못하고 폐하의 심기를 거스르고 있는 것 아니옵니까? 지난해에는 우리의 속국인 거란에 장수 위문기 휘하 2만의 군사를 보내어 정벌했지 않습니까? 4만의 포로 중 사내란 사내는 모두 잔혹하게 참살하였지요. 우리 고구려에 동조하는 자들은 모두 말살해 버리겠다는 경고가 아니고 무엇이겠사옵니까? 거란과의 관계를 생각해서라도 양광을 그냥 두어서는 아니 될 것이옵니다. 마땅한 장수를 보내시어 대고구려의 위엄을 보이소서."

그제야 원이 평강의 의도를 알아챘다. '마땅한 장수'란 나를 염두에 두고 한 소리였다.

"4년이나 되었군. 근위 군장으로서 황실을 지키고 있다고는 하나, 사방 천지가 전장인데 짐의 부마가 되어 공을 세울 기회가 없었지."

"그러하옵니다, 폐하. 공주마마께는 다시 없는 신혼 시절이겠지만 나라에 임하는 장수로서 해야 할 일도 있다 사료되옵니다."

평강이 내게 공을 세울 기회를 주고자 한다는 사실을 알았다. 그러나 자신의 아들 환권을 제치고 부마가 된 나에 대한 계심에 고건무도 가만 있지 않았다.

"소신의 아들 환권의 나이 이제 스물하나. 고구려의 장부답게 전장에 나가 싸울 수 있도록 기회를 주시옵소서, 폐하."

평강은 매번 자신의 하고자 하는 일을 거스르는 듯한 고건무의 태도가 썩 마음에 들지 않았지만 막지 않았다. 태제의 아들 또한 장수로서 공을 세울 균등한 기회를 주어야 함이 맞는 이치였기 때문이다.

원이 말했다.

"환권의 무예 실력이 뛰어난 것은 잘 알고 있다. 허나 아직 장수로서의 경험이 부족하니 부장으로 출정함이 옳을 것이다."

"하오나 폐하, 환권에게도 기회를……."

고건무가 펄쩍 뛰는데 그제야 평강이 말을 가로막았다.

"사비성泗沘城으로 들어가는 길목에 송산성松北城이 있사옵니다."

"송산성이라……. 지난번 우경을 시켜 백제 땅을 밟고 오라 했을 때에는 신라와 백제가 전투를 치르던 시기였다. 그래서 신라의 묵인하에 잠시 국경을 넘어 다녀올 수 있었지. 허나 지금은 고승이 삼각산 공격에 실패하면서 신라를 치지 않고서는 백제로 넘어갈 수 없는 상황이 되었지 않은가?"

고승의 실수로 한수 지역을 차지할 수 있는 절호의 기회를 놓친 것이 못내 아쉽고 분한 원이었다. 그렇다고 백제의 도발적이고 발칙한 행태를 두고 볼 수만은 없었기에 원은 평강의 계책을 기다렸다. 이번에는 평강의 의지에 부응하기 위해 내가 나섰다. 이미 평강과 의견을 나눈 바 있었기에 가능했다.

"배를 타고 큰물섬 군도로 돌아나가면 신라의 눈을 피해 백제의 바다로 잠입할 수 있을 것이옵니다. 소신에게 책무를 맡겨주신다면 군선과 군사를 이끌고 나아가 자신의 조락을 미처 깨닫지 못하고 파륜자에게 경굴하는 부여장의 목을 베어 오겠나이다."

원이 고개를 크게 끄덕였다.

"좋다. 이번 전투의 책무는 을지문덕에게……."

그런데 이때 터져 나온 새되다 못해 앙칼진 음성에 모두가 놀라지 않을 수 없었다.

"아니 되옵니다, 폐하! 을지문덕 공을 보내지 마시옵소서!"

그때까지 조신하게 자리를 지키고 있던 이화였다. 담뿍 정을 나눌 시기에 부마를 전장으로 보내지 말아 달라는 소리로 알아들은 원의 표정이 엄엄했다.

"공주! 아무리 짐의 하나뿐인 공주의 바람이라 한들, 국사를 논하고 있는 자리에 사사로운 감정을 개입시켜서는 아니 되느니……."

"그런 뜻이 아니옵니다! 그런 뜻이 아니옵고……. 사사로운 일이기는 하오나 황손에 관한 일이옵기에……."

"황손……?"

"소녀, 폐하께서 보내주신 태의에게 막 소식을 듣고 오는 길이었나이다."

어리둥절해하는 표정들도 잠시, 평강이 먼저 알아듣고 반색했다.

"공주마마! 수태하셨습니까?"

하해도 안면 가득 환한 미소를 지어 보였다.

"정말이냐, 공주?"

"그러하옵니다."

한동안 속이 메슥거린다, 어지럽다, 자주 욕지기를 하던 것을 걱정하던 차에 태의를 청했던 전날 일이 떠올랐다. 이제야 그런 일들이 수태로 인한 증상이라는 사실을 깨달았다. 순간, 가리와 눈길이 마주쳤다가 황망히 거두었다.

원은 몹시 기뻐하였고, 평강은 반가우면서도 잠시 머뭇거리는 듯했다. 원의 아들 환치가 병약하여 아직 황손을 보지 못했으니 이화가 낳는 아이야말로 첫 황손이 될 터였다. 이러한 때 부마를 전장으로 보내기에는 몹시 난처한 상황이었다.

이때, 우경이 나섰다.

"폐하, 공주 전하의 수태를 감축드리옵나이다. 전하께서 아기씨를 낳으신다면 폐하의 첫 황손이 탄생하는 경사스러운 일이 아니옵니까? 부디 아기씨가 탄생하실 때까지만이라도 을지문덕 공이 공주 전하 곁을 지킬 수 있도록 해주시옵고, 대신하여 부여장의 목을 치는 일에 소신을 보내주시옵소서."

원은 흔쾌히 우경의 청을 받아들였다.

어느새 혼인한 지 4년이 되어 맞는 첫 경사였고, 올해 들어 병색이 완연해진 어머니의 오랜 바람이기도 했다.

가리는 웃고 있지 않았다.

우경의 죽음

5월에 우경이 백제를 치기 위해 떠났다. 군선 30척에 2만 군사를 싣고 장안성에서 패수를 따라 서해로 나가 남하하였다. 이어 큰물 군도 쪽으로 크게 돌아 신라의 해역을 벗어난 뒤 백제의 송산성으로 향했다.

떠나기 직전 우경이 나의 집을 찾았다. 반가워야 할 스승과의 관계가 서름하였지만 예를 다해 그를 맞았다. 다행히 술이 몇 순 배 도는 동안, 대화는 자연스럽게 이어졌다. 이번 정행이 고구려에 미칠 영향, 앞으로 삼국 간의 관계, 대치한 북쪽 이민족들과의 관계, 양광의 광기에 고구려가 대응해야 할 방향 등. 하지만 모두 곁도는 얘기일 뿐, 그가 다른 얘기를 꺼내기 위해 지밋거리고 있다는 것을 직감했다.

그는 이미 오래전부터 가리를 알고 있었다. 가리 아비가 장안성 축성 공사 도중 붕괴 사고로 죽었을 때부터였다. 어쩌면 가리에 대한 나의 마음 또한 알고 있었을지도 모른다. 원의 시살을 주모했던 자객을 살리기 위해 쇠뇌의 비기를 빌미 삼아 데려갔던 일, 신라에서 돌아오는 길에 물에서 건져낸 그녀를 안고 통곡하던 일, 그녀가 원으로부터 탕척되었다는 사실을 듣고 기뻐하던 일 등, 바보가 아니라면 누구라도 눈치챌 수 있었으리라.

'그런데 왜 하필 가리와 혼례를……'

하긴 나는 죽은 사람이었다. 모두가 그리 알고 있었다. 그 사이 가리와 우경이 우연히 다시 만나게 되고 감정이 싹텄을 수도 있다. 4년은 남녀 사이에 정분이 나고도 남을 만큼 충분한 시간이었다. 기억을 잃었다고는 하나, 나 또한 다른 여인을 품지 않았던가.

"스승님, 소인에게 하실 말씀이 있습니까?"

참지 못하고 솔직히 물었다. 우경은 어렵사리 입을 떼는 듯 보였다.

"부마에게 꼭 하고 싶은 말이 있었소. 사실……."

그러나 이야기는 이어지지 않았다. 이화가 살짝 불러온 배를 과하게 내밀며 방 안으로 들어왔기 때문이다. 그녀 뒤로 새로운 안줏거리를 든 하녀가 따라 들어왔다.

"두 분 말씀하시는데 방해가 되었소? 안주가 부족할 듯하여 준비해 왔는데 말이지요."

이화는 우경이 나를 대신하여 출정하겠다고 나선 것에 흡족했던 듯, 내 곁에 앉더니 끝도 없이 재잘거리기 시작했다.

"조만간 녹족부인을 청해볼까 하오. 구면인데 제대로 인사 한 번 나누지 못했잖소. 아기를 먼저 키운 선배시니 배울 것이 많겠지요. 부럽소. 어찌 그리도 잘난 아드님을 순탄하게 낳았는지……. 나도 서방님 닮은 아들을 낳고 싶소만……."

우경이 대답했다.

"꼭 그리되실 것이옵니다, 전하. 혈색이 더 좋아지셨는걸요. 부마께서 잘해주시는지요?"

이화는 자랑스럽게 환한 미소를 지어 보였다.

"물론이오. 다정하신 분이요. 아니, 과분할 정도로 잘해주시니 가끔은 어머님 뵙기 면구할 지경이라오. 앉고 설 때마다 혹여 넘어지지나 않을까 꼭 부축해주시고, 멀지 않은 길인데도 퇴청할 때에는 말을 급히 달려오시는 것을 볼 수 있소. 일각이라도 빨리 오시려는 마음은 알지만, 혹여 말에서 떨어져 다치실까 걱정되곤 하오."

"무인이 말에서 떨어질 리가요."

"밤이면 또 어찌나 생뚱맞은 것들이 먹고 싶은지 모른다오. 그때마다 잠귀 밝은 우리 서방님이 꼭 구해다 주시오. 우경 선생도 그러셨소?"

"소인은 그리하지 못했나이다. 그래도…… 전하께서 행복하시다니 다행입니다."

우경은 끝내 하려던 말을 하지 못한 채 돌아갔다. 다음날, 그를 배웅 나가 물어보려 했지만 이미 동트기 전에 출발하였다는 소식만을 접할 수 있었다.

대신 먼발치에 선 가리를 보았다. 가리는 외성 성곽 위에서 멀리 서해 쪽을 하염없이 바라보고 있었다. 먼 길 출정나가는 우경의 무사 귀환을 기원하며 배웅 나온 것이리라. 그녀의 곁엔 어린 아들도 함께였다. 처음 보았을 때보다 훌쩍 커진 체신이 또래 아이들과는 비교도 되지 않을 정도였다. 그녀와 우경 사이에 그 아이가 있고, 나와 이화 사이에 우리의 아이가 있는 한, 나는 그녀를 잊어야 했다. 그것이 도리였다. 그녀의 행복을 비는 것이 옛 정인에 대한 예의고, 스승에 대한, 나의 부인에 대한 정의일 터, 나는 더 이상 그녀를 피하지 않기로 했다.

얼마 후, 그녀가 이화의 청으로 나의 집을 방문하였을 때부터 나는 다짐을 했다.

"서방님, 녹족부인이 오셨소."

이화는 퇴청하는 내 팔을 끌고 방 안으로 들어갔다. 탁자 앞에 앉아 있던 가리가 당황한 듯 벌떡 일어나더니 이내 허리를 숙여 보였다. 나 또한 조용히 목례하였다.

"공주 전하의 이야기가 어찌나 재미난 지 시간 가는 줄 몰랐습니다. 소인은 그럼 이만……"

"어딜 가시오? 아직 얘기가 끝나지 않았소. 내 얘기만 했지 뭐요. 이제 진짜 부인의 이야기를 들을 차례잖소. 아정 같은 강건한 아들 낳는 비법 말이오."

이화는 얼른 가리의 팔을 끌어 앉혔다. 아정은 가리의 아들 이름이었다.

"공과 전하를 닮으셨다면 더할 나위 없이 건강하고 훌륭한 공자가 태어나실 것이옵니다."

"그야 그렇지만……. 늙은 하녀들에게 들으니 아이 낳는 일이 보통이 아니라 하오. 그래서 산실에 들어갈 때는 신발을 거꾸로 놓고 들어간다지요. 무섭기도 하고……."

"걱정 마시옵소서. 별일 없으실 것이옵니다. 필요하시다면 해산하실 때 소인이 곁에 있겠나이다."

"정말이오?"

이화는 가리가 썩 마음에 든 모양이었다. 내가 자리를 뜨고 나서도 한참이나 가리와 담소를 나누다가 시중 딸린 말에 태워 귀가시키는 것을 확인할 수 있었다.

이후로도 가리는 거의 매일이다시피 나의 집을 찾았다. 이화의 청이었다. 그때마다 나는 깍듯이 그녀에게 예를 다했고, 그녀 또한 그러했다.

그 사이 무사히 백제 송산성에 당도한 우경에 대한 소식이 전해졌다.

우경의 군대는 송산성을 함락하는 것에는 실패하였다. 대신 멀지 않은 석두성石頭城을 습격하여 많은 식량과 철기를 확보할 수 있었다. 또한 백제인 3천여 명까지 사로잡아 돌아온다는 소식이었다.

우경의 죽음

원은 크게 기뻐하며 우경과 군사들을 맞을 잔치를 준비하라 일렀다. 그러나 기쁨도 잠시, 청천벽력과 같은 소식이 뒤를 이었다.

귀환하는 길이었다. 모든 군사를 챙기고 마지막 배에 오르려던 우경의 중군을 향해 백제군이 급습했다. 이 전투에서 우경은 백제군을 따돌리고 배를 띄우는 것까지는 성공하였으나 큰 부상을 입고 말았다. 결국 고구려 땅을 밟기 직전에 절명하였다.

나는 비보를 접하자마자 세연당으로 달려갔다. 하지만 가리에게 비보를 알리지는 못했다. 세연당 연무장에서 아들에게 검술을 가르치고 있는 그녀를 한참이나 바라보다가 걸음을 돌릴 수밖에 없었다. 아비가 죽었을 때 그리 통곡하고 낙백해 있던 그녀가 떠올랐다. 며칠이고 곡기를 끊고 무덤을 지키던 그녀는 그예 나라를 등질 생각까지 했었다. 그런 그녀가 다시 지아비의 죽음을 맞게 되었다. 어찌 감당할 것인가.

다행히 이후 그녀는 의연히 지아비의 죽음을 받아들였다. 오히려 어비루가 소식을 전하러 달려왔다가 밀려 나오는 통곡을 참다못해 졸도할 지경이었건만, 정작 그녀는 잠시 눈물을 보일 뿐이었다. 그리고 곡성으로 가득한 세연당 내를 돌며 망자 맞을 준비를 했다.

며칠 후, 석두성 전투에서 큰 전과를 올린 군사들에 이어 우경과 200여 명의 전사자를 태운 마지막 배가 황성 해자를 통해 외성 남문인 거피문으로 들어섰다. 큰 북소리와 함께 미리 기다리고 있던 황성 수비군들이 시신을 일일이 들것에 싣고 성안으로 날랐다. 많은 유족이 전사들을 확인하기 위해 달려왔다. 그들은 확인 후 오열하다 까무러치다가를 반복했는데, 그 자리에서도 가리는 꿋꿋했다. 우경의 시신을 확인하고는 아정과 함께 조용히 그 뒤를 따랐다. 간혹 이를 악물고 온몸을 가늘게 떠는 듯했지만 비장함이 지나쳐 감정이 없어 보이기까지 했다. 아정 또한 소맷부리로 눈물을 훔치는 것 외에 소리 내어 울지는 않았.

우경의 주검은 세연당 가장 깊숙한 그의 거처인 동명의 세연당에 모셔졌다. 본 당을 나온 제자들을 비롯, 생전 그의 인품과 명성을 흠모하던 많은 문상객의 발길이 끊이지 않았다. 나 또한 장례가 끝나는 날까지 매일 밤을 세연당에서 지새웠다.

우경은 나에게 있어 최고의 스승이자, 자애로운 부친과 같았다. 유복자로 태어나 단 한 번 본 적 없는 선친의 죽음을 가슴으로만 새긴 것과는 또 다른 슬픔으로 가늘 길이 없었다. 그런 그의 은혜에 보답은커녕 이루지 못한 연심을 빼앗겼다는 억심에 불측했고 완악하게 굴었으니, 이보다 더한 흉역이 어디 있단 말인가?

나는 장례가 끝나고도 한동안 죄책감으로 속내 앓아야만 했다. 그리고 이레가 지나서야 겨우 가리를 다시 찾아갈 수 있었다.

그녀는 우경의 위패를 모신 방안에 홀로 앉아 있었다. 수척한 낯으로 생전 그의 손때가 묻은 물건들을 쓰다듬고 있었다.

"송구……하오, 부인. 내가 사사로운 일로 책무를 다하지 못하였기에 이런 일이 생겼소. 나를 대신하여 스승님께서 출정하지만 않으셨어도, 내가 만류만 하였어도, 이런 비절한 일은 일어나지 않았을 것이오."

"아니, 아닙니다, 을지문덕 공. 그리 자책하지 마세요. 스승님께서는 이 나라 고구려를 위하여 목숨을 바쳐 싸우다가 돌아가셨습니다. 무인으로 태어나 이보다 더한 영광이 어디 있겠습니까? 나는 괜찮습니다."

그리 말하는 가리였지만 전혀 괜찮아 보이지 않았다. 시선을 떨구고 있던 그녀가 어느새 어깨를 들먹이더니 바닥에 굵은 눈물방울을 뚝뚝 떨어뜨리기 시작했다.

"나 때문입니다! 나 때문입니다! 나 때문에……!"

그예 오열에 이른 그녀는, 어느새 술췌기 아비를 잃었을 당시의 모습으로 돌아가 있었다.

지아비가 죽었다. 대외적으로야 제아무리 영광스러운 전사라 할지라도, 한 가족의 지주를 영원히 잃어버린 죽음이었다. 스승을 잃은 나의 슬픔이 아무리 크다 한들 감히 아들의 아비이자 하나뿐인 지아비를 잃은 그녀에 비할 수 있을 것인가? 그녀는 아들을 위해 참고 있을 뿐, 진정 괜찮은 것이 아니었다.

그럼에도 그녀를 위로할 아무러한 말도 떠오르지 않았다. 아무런 힘도 되어 주지 못함에 화가 났다. 대신 그녀의 가냘픈 어깨가 흔들리는 것을 잡아줄 수는 있을 것 같았다. 그리고 그녀를 안는 순간, 또 다른 아버지였던 스승을 미워한 죄, 그 모든 것이 이 여인 때문이었다는 사실을 다시금 깨닫게 되었다. 스승의 부인을 연모한 죄, 나는 나의 여인을 스승에게 빼앗겼다 생각했었다. 하지만 그는 나에게서 이 여인을 빼앗은 적이 없었다. 내 연심이, 또한 미련이 그리 착각하게 했을 뿐이다. 대체 누구에게 사죄해야 하는가. 이 여인인가, 죽은 나의 스승인가?

그리 그녀를 안고 자책하고 있는 사이, 등 뒤에서 방문 열리는 소리가 들렸다.

"녹족부인, 괜찮으신지……."

이내 목소리가 끊어졌다. 동시에 나의 심장은 얼어붙고 말았다. 돌아볼 엄두도 나지 않았다. 쿵 소리가 뒤이었다. 그제야 천천히 돌아보았다. 한 여인이 다리의 힘이 풀린 듯, 바닥에 주저앉아 있었다. 뒤따르던 시녀가 놀라 부축했지만, 여인은 넋을 놓은 채 일어날 줄 몰랐다.

"전하!"

왜 하필 이곳에…….

이화였다.

전쟁 준비

 이화는 끝내 낙태하고 말았다. 고통 속에 핏덩이를 쏟으며 수차례나 실신하더니 말을 잃고 몸져누웠다. 서방 잃은 스승의 부인을 위로했을 뿐이라 이해해주기를 바랐으나 그녀는 용납하기 힘든 모양이었다.
 그녀는 나를 거부했다. 그녀의 백분처럼 하얀 손을 잡자 슬그머니 뺐다. 얼음장처럼 차가운 손이었다.
 소식을 들은 원과 하해가 단걸음에 달려왔다.
 "어찌 된 일이냐? 태의는 어디 있느냐? 공주가, 복중 황손이 어찌 된 것이냔 말이다!"
 집에서 일하는 모든 시중이 마당으로 불려 나와 부복했다. 그 중 이화의 몸시중을 드는 화주라는 젊은 아이가 원의 발아래 이마를 짓찧으며 울부짖었다. 가리를 위로하기 위해 세연당에 갔던 날, 이화를 시측했던 바로 그 하녀였다.

"죽을죄를 지었나이다, 폐하! 공주 전하께서 바람을 쐬러 나가자 하여 모셨으나 갑자기 나타나 크게 짖는 개를 보고 놀라신 나머지 낙상하셨나이다! 이 모든 죄는 지근 거리에서 몸시중을 들면서도 이를 막지 못한 소인의 불찰이오니 부디 소인을 죽여 주시옵소서!"

뻔히 죄인이 따로 있음을 아는 자가 스스로의 죄를 자처하다니, 이화의 지시임에 틀림없었다.

이를 알 턱이 없는 원은 황성에 있는 모든 개를 잡아다가 산에 묻어 버리라 명했다. 또한 화주를 포함하여 이화를 안팎으로 시측하던 모든 시중을 옥에 가두게 했다. 원인이라 할 수 있는 나와 가리만 제외된 셈이었다. 부당한 일이었다. 그렇다고 남편이 죽어 슬픔에 잠긴 가리까지 끌고 들어갈 수는 없었다.

나는 원 앞에 부복하여 죄를 토설하고자 했다.

"폐하! 소신 을지문덕, 부인인 공주와 황족인 복중의 태아를 지키지 못한 불충한 죄에 대한 벌을 청하고자 하옵니다!"

"이 일에 부마가 관련되어 있는가?"

기다렸던 첫 황손을 잃은 원의 분노가 탱천하였기에 그 누구라도 이 일에 관여한 자가 있다면 그 죄를 엄중히 다스릴 기세였다. 아니, 나로 말미암은 일이라는 사실이 알려지는 순간 나의 관직은 물론이거니와 나의 목조차 온전치 못할 상황임이 자명했다. 그래도 나는 책임을 전가할 생각이 없었다.

"폐하, 실은……."

그런데 이번에는 이화가 직접 나섰다. 걸음마를 막 뗀 아이처럼 비치적거리며 대청으로 나오는 이화를 보고 모두가 놀라지 않을 수 없었다. 며칠 곡기를 끊어 장작마냥 바짝 마른 몸에 계속된 하혈로 하얀 소복이 피투성이였기 때문이다.

"공주!"

"태의! 무엇하느냐? 공주를 안으로……!"

놀란 나는 이화를 번쩍 안고 방 안으로 들어가 뉘었다.

"폐하, 서방님께서는 아무 죄가 없나이다. 수종들 누구도 죄가 없나이다. 소녀의 불찰이옵니다. 소녀의 불찰로 귀한 손을 잃었나이다. 죄를 물으신다면 소녀가 먼저 처벌을 받아야 옳습니다. 하오니 모두를 너그러이 용서하시고 더 이상 이 일에 대해 함구하도록 하여주시옵소서. 두 분 폐하께오서는 잘 아실 것 아니옵니까? 자식 잃은 부모의 천붕지괴天崩地壞한 슬픔 말이옵니다. 이번 일로 가장 고통받는 이는 태아를 잉태했던 소녀와 그 근본인 서방님 두 사람일 것이옵니다."

이화는 눈물로 읍소하였다.

몹시 심상한 원이었지만 '자식 잃은 부모의 슬픔'이란 소리에 더는 노기를 부릴 수 없었다. 이화의 말은 누가 들어도 설득력이 있었다. 태어나 보지도 못한 아이지만 아이를 잃은 슬픔을 누구랑 견줄 것인가? 하늘이 무너지고 땅이 꺼지는 그 큰 아픔은 아이를 열 달 오롯이 뱃속에 품고 키워야 하는 어미와 그 밭에 씨를 내린 아비에 해당된다는 사실, 이를 모르는 자가 세상에 어디 있겠는가? 하해가 이화를 낳기 전 첫 용종을 사산한 경험이 있었기에 원은 누구보다 잘 이해할 수 있었으리라.

원은 더 이상 이 일을 문제 삼지 않기로 하고 태의를 남겨둔 채 환궁했다. 나에게는 이화가 몸을 추스를 때까지 곁을 지키라는 명이 내려졌다.

나는 정성을 다해 그녀를 돌보았다. 날이 갈수록 야위어 가는 이화를 보고 있자니 하늘 한 번 보지 못하고 죽은 내 아이와 오롯이 연모의 정으로 나를 품은 이화에 대한 미안함으로 속내 시렸다. 더 이상 변명할 수도 없었다.

"미안하오, 정말 미안하오."

나의 진심 어린 사과에 이화는 둘이 어떤 사이냐, 어찌 된 것이냐, 왜 그랬느냐, 그 어떤 타박도 하지 않았다. 대신 이를 악물고 한마디 했다.

"소첩이 죽는 날까지는 아니 되오. 절대……다시는……."

"명심하겠소."

당시에는 그녀의 말이 무슨 의미인지 제대로 알지 못했다. 그저 다시는 어떤 이유에서든 자신 외 다른 여자를 품지 말라는 뜻으로만 알았다. 나는 그녀의 요구를 받아들였다. 축첩이 금지된 부마로서가 아닌, 사내로서의 절의라 여겼다.

얼마 후 가리는 다시 어디론가 떠났다. 아들 아정을 데리고 우경의 고향으로 떠났다는 소리가 들렸지만 확실치 않았다. 세연당은 어비루가 맡아 후학들을 가르쳤다.

✽✽

원은 양광의 오만방자함에 이를 갈았다. 수에 사신을 보내 고구려 침략을 추동한 백제에게 본보기를 보이긴 했지만, 정작 수나라에는 아무런 복수를 하지 못하고 있기 때문이었다. 내 집을 침범한 범은 잡을 엄두도 내지 못한 채 번견만 두들긴 꼴이라 몹시 분해했다. 입조한 대신들이 안절부절못할 지경이었다.

"내 이대로 두고 보고만 있어야 하는가? 감히 제 애비도 무릎 꿇린 짐에게 감히……."

그의 마음을 읽은 평강이 가만히 조언했다.

"폐하, 양광이 거란을 침략하여 북방에 미치는 우리 고구려의 영향력에 금이 갔나이다. 두고만 보셔서는 아니 되옵니다."

"생각하는 바가 있는가?"

"돌궐의 계민에게 사신을 보내어 그의 마음이 어떠한지 떠보심이 어떠할는지요?"

"계민은 수의 지원을 받아 서돌궐을 복속시켰다. 그의 돌궐이 수의 속국이나 마찬가지인데 어찌 사신을 보낸단 말인가?"

"거란에 돌궐, 토욕혼까지 양광의 발이 미치지 않은 곳이 없사옵니다. 북방을 지켜낼 방도를 찾아야 하지 않겠사옵니까? 들리는 소문으로 계민은 양광과는 결이 다른 자라 하였사옵니다. 도움은 받았을지언정 결코 신하의 예로 양광 대하기를 꺼리고 있다지요. 과거 양견이 주나라의 신하였을 당시, 주나라로부터 매년 10만 필의 비단을 상납받던 돌궐이 아닙니까? 계민은 양광의 내정 간섭에 크게 심기가 상해 있는 것이 분명하옵니다. 마침 양광이 북방을 순행 중이라지요. 돌궐 또한 그의 행선지가 될 것이옵니다. 그에 앞서 계민에게 사신을 보내시어 고구려가 동맹하고자 한다는 뜻을 전달하시옵소서. 결코 쉽게 거절하지는 않을 것이옵니다."

원은 미소를 지었다. 양광이 돌궐과 우리 고구려가 내통하고 있음을 안다면 얼마나 분노할까? 생각이 거기에 미치니 웃음이 절로 나는 모양이었다. 백제가 우리에게 행한 도발보다 더한 도발이 될 것이기 때문이었다.

그는 바로 이문진을 돌궐로 보냈다. 내가 사신이기를 자청하였으나, 여전히 병석에 누운 이화를 걱정한 원은 허하지 않았다.

결과는 대만족이었다. 돌궐의 아장에 행차했던 양광은, 계민과 독대하고 나오는 이문진을 발견하고 노발대발하였다고 한다. 고구려 복색을 한 이문진과 사신 일행을 보자마자 불문곡직, 목을 베라 하였던 것이다. 하지만 타국에 온 사신을 주빈이 베는 일은 없다고 주변이 만류하였을 뿐 아니라, 계민이 반대하였기에 그만두었다고 한다. 물론 그러고도 분이 풀리지 않은 양광은, 『대업률^{大業律}』을 편찬한 이부상서 우홍^{牛弘}을 시켜 이문진에게 말했다.

"짐은 계민이 성심으로 내 나라를 섬기는 까닭에 친히 이곳에 왔다. 명년에는 탁군으로 갈 것이다. 고구려 사신은 돌아가는 날 바로 그대의 왕에게 이르라. 이른 시일 내에 들어와 입조하라. 보존과 양육하는 예우는 마땅히 계민과 같이할 것이니 의심하거나 두려워하지 말라. 만약 응하지 않는다면 장차 계민을 거느리고 가 그대들의 땅을 돌아볼 것이다."

이문진은 돌아와 원에게 그의 말을 전달했다. 원은 콧방귀만 뀔 뿐이었다.

이후 양광은 계민에 대한 의심을 품어 돌궐과의 관계가 상당히 나빠졌다는 후문이었다. 이이제이以夷制夷하지 못한다면 이간이 답이라. 평강의 의도대로 진행된 셈이었다. 원 재위 18년[607년]의 일이었다.

**

다음 해[608년], 이번에는 신라의 백정이 다시금 도발했다. 승려 원광圓光을 시켜 수나라에 군사를 청하는 걸사표를 보낸 것이다 (註. 삼국사기에는 608년에 이를 작성하여 611년에 수에 보낸 것으로 되어 있다).

백제에 이어 신라의 이러한 도발에 원이 방관만 할 리 만무했다. 원은 2월, 나에게 3만의 군사를 주어 신라의 국경을 치라 명하였다. 이화와 혼례 후 첫 출정이었다. 나는 일거에 국경을 넘어 신라 땅을 짓밟았다. 항거하는 장수 셋의 목을 베었고 8천의 신라인을 포로로 잡아 왔다. 그들은 대부분 노비로 삼거나 국경 지대에 화살받이로 살게 했다.

4월이 되어서는 우면산성牛眠山城 또한 함락했다. 이후에도 여러 차례 신라 국경을 침공하여 양원태왕陽原太王 당시 잃었던 한수 이북의 영토를 되찾고 신라의 북진을 차단하는 데 큰 공헌을 했다. 신라는 반격하지 못하고 주춤했다.

그 와중에도 수나라의 대외적인 정벌은 끊임없이 이어지고 있었다. 남방의 임읍林邑, 참파을 병합하였고, 동방의 유구流求, 대만와 남방의 적토국赤土國, 스리비자야 왕국으로 하여금 조공을 바치게 하는 등, 주변국 대부분을 속국으로 삼았다. 그 결과 과거 한나라에 맞먹는 방대한 영토를 얻게 되었다. 그뿐 아니었다. 수문제 생시 완성한 장강과 회수를 잇는 산양독山陽瀆에 이어 황하에서 동북으로 잇는 영제거永濟渠와 황하에서 회수를 잇는 통제거通濟渠를 완공하였다는 소식이 전해졌다. 대운하의 총길이만도 4,800리가 넘었다. 양광 재위 7년 되던 해의 일이었다.

"대운하라……."

원의 의미심장한 중얼거림이 조용한 정전 안에 울려 퍼졌다.

수문제 당시에는 남방에 대한 원활한 통치와 물자 조달을 위해 시작한 운하 사업이었다. 하지만 그 아들인 양광은 이에 더해 황하를 중심으로 동북 탁군에서 동남 여항餘杭까지 이르는 대운하를 완성하였다. 그 저의가 의심스러울 수밖에 없는 상황이

전쟁 준비

었다.

그런데 당황스러운 것은 그의 또 다른 행보였다. 대운하와 만리장성도 부족해 수도 장안을 두고 동경을 쌓느라 매월 수백만 명의 백성들을 동원하였다. 동경 서쪽에 바다와 3개의 인공 섬이 있는 '서원'이라는 큰 정원을 만들고, 바다 북쪽에는 '용린거'라는 수로를 따라 16개의 정원을 만들었다. 그곳에 각종 희귀동물을 사육하게 하고 주야를 막론하고 미녀들과 연회를 베푸는 등 사치와 향락을 즐겼다. 정복 사업으로 축척한 재화가 넘치니 유락에 빠진 것인가 싶을 정도였다.

원은 그런저런 양광의 기행을 지켜보면서 점점 더 그를 멸시하고 우습게 여겼다. 그럼에도 대운하는 여전히 꺼림칙했다.

고건무가 말했다.

"미녀와 광대를 태운 용선을 타고 다니면서 천하를 유람하기에 그만한 조건이 또 어디 있겠사옵니까? 아비가 세운 나라임에도 그자의 사치와 향락이 극에 달하였으니 폐국이 눈에 선하옵니다."

"송구하오나……."

이때 고건무의 말에 이견을 낸 것은 나였다.

"근위 군장은 말하라."

"양광이 패륜하고 황음한데다가 배덕한 자임은 천하가 다 아는 사실이옵니다. 하오나 그가 수년에 걸쳐 엄청난 인력과 국고를 쏟아 대운하를 완성한 것에는 여인이나 끼고 향락을 즐기려는 의도만 있다 볼 수는 없사옵니다. 몇 해 전 그들은 낙양 일대에 대규모 곡창을 짓고 양곡을 집적하였다 하옵니다. 이는 그동안의 군량을 조달하고 앞으로의 전쟁 또한 대비하고자 곡창 지대인 장강 남쪽의 양곡들을 실어 나르려는 의도라 사료되옵니다. 그의 황망함을 비난할 수는 있으나, 숱한 전쟁에서 승리한 그의 대내외적 치적을 평가 절하하여서는 아니 되옵니다."

고건무가 발끈하니 고성을 높였다.

"치적? 치적이라 하였는가? 그 천하에 없는 파륜자 하는 짓거리를 치적? 근위 군장은 수나라 장수인가? 어찌 감히 대고구려 태왕 폐하 안전에서 그따위 망발을 지껄이는가?"

고건무는 과거에는 나를 업신여기더니 이제는 나의 말이라면 역정부터 냈다. 전공을 세울 기회도 빼앗고, 공주도 빼앗은 나와 평강에 대한 사사로운 계심이리라. 그렇다고 함부로 무지를 수는 없었다. 그는 전장에서 공이 큰 장수이자, 배가 다르다고는 하나 원의 핏줄인 황족이었다.

보다 못한 원이 고건무를 말렸다.

"건무, 부마의 의견에도 일리가 있다. 더 들어보기로 하지."

신라와의 연이은 전투에서 승리하고 돌아온 나에 대한 원의 신망을 확인할 수 있는 대목이었다. 그러나 고건무는 여전히 불편한 심기를 역력히 드러냈다.

"하오나 폐하, 근위 군장 하는 소리를 좀 들어보십시오. 수제가 어디 제대로 된 왕입니까? 아비와 장형을 죽인 패륜아이자

전쟁 준비

계집과 향락에 미친 황음무도한 자이옵니다! 그런 자를 폐하께서 우려하시다니요? 우리에게 큰 패배를 당하기는 하였으나, 검약하고 백성을 돌볼 줄 안다 평가되었던 양견과는 사뭇 다른 자이옵니다. 일국의 황제로서 깜냥도 아니 되는 자이옵니다. 그럼에도 정히 신경 쓰이신다면 소신에게 군대를 주시옵소서. 먼저 그자의 영토를 짓밟아 천하의 주인이 고구려 태왕 폐하라는 사실을 뼛속 깊이 새기게 하겠나이다!"

고건무는 과거 전투에서의 승리를 잊지 못하고 있는 듯했다. 당시 비사성 앞 바다에서 수나라 수군을 전몰시켰던 전과를 항상 입에 달고 사는 그였다. 태풍이 부는 시기를 잘 탔다 소리 않고, 자신이 태풍을 불렀다고 허언하는 꼴이 그랬다. 양견의 아들쯤은 발가락 사이 때로도 보이지 않는다는 등의 언사를 보통으로 했다. 더욱이 여타 장수들이 신라와 백제를 상대로 승리한 모든 전과를 무시한 채, 왜를 몇 차례 오가며 왜왕을 충동질하고 신라를 뒤에서 견제한 자신의 공적이라 자랑하고 다녔다는 소문이 들렸다. 그야말로 황당할 따름이었다. 장수로서는 출중할지 모르나 부박한 성격으로 인해 세상 물계를 객관적으로 따지기 어려운 사람이었다. 그렇기에 더더욱 그의 오판으로 인해 중론이 잘못된 길로 가는 것은 막아야 했다.

"양광은 기괴망측한 성격만큼이나 범상치 않은 인물이라는 사실에 대해 말씀드린 것이옵니다. 그는 양견과 양용을 처형한데 이어 한왕 양량의 반란마저 쉽게 진압할 수 있었지만, 그것으로는 선제를 지지하던 장안과 관중 일대의 거족 세력들을 무시할 수 없다는 사실 또한 알았을 것이옵니다. 그러한 거족 세력들을 제거하기 위한 방법으로 그가 선택한 것이 바로 수도를 장안에서 낙양으로 천도하고 과거제를 실시하여 자기 사람을 뽑는 일이었사옵니다. 또한 지방의 군사력을 행사하던 총관부總管府를 폐지하고 중앙군으로 흡수하여, 황제가 병부를 거치지 않고 직접 지휘권을 행사할 수 있도록 군권을 집중시킨 것도 같은 맥락이었을 것이옵니다.

　게다가 양광은 황제의 자리에 있음에도 불구하고 직접 북방의 돌궐과 토욕혼을 비롯해 서역 정벌에 나섰고, 강도江都를 순행하는 등 많은 군사를 이끌고 천하통일을 외치며 정행한 승장이기도 하옵니다. 그런 자를 어찌 황음무도한 파륜자라고만 치부할 수 있겠사옵니까?"

　나는 그동안 간자를 통해 조사한 내용들을 상세히 설명했다. 적을 알고 나를 알아야 백번 싸워 백 번 이길 수 있다는 것이 나의 지론이었다. 미움과 증오로 평가절하하기보다는 정확한 판단이 우선 되어야 한다는 소리였다.

　"그러한 양광을 그저 계집과 향락, 사치를 위해 국고를 탕진한 파락호 정도로만 보기에는 무리가 있다는 말씀이옵니다. 그는 아비가 보낸 30만 대군이 고구려에서 쓰디쓴 패배를 당하고 온 사실을 결코 잊을 리 없사옵니다. 천하를 돌며 모두를 복속시켜도 고구려만은 절대 그 발아래 순순히 머리를 조아리지 않을 것이라는 사실 또한 알 것이옵니다. 하여 우리 고구려를 굴복시켜야지만 천하의 평정을 이룰 수 있을 것이라는 강한 욕구를 가지고 있을 것이옵니다."

"수나라가 또 우리 고구려를 노리고 있다……?"

나의 발언에 정전에 모였던 모든 대소신료가 숨을 삼켰다. 수나라가 고구려를 다시 침략할 것이라는 예측이었으니, 억탁이든 억중이든 매우 두려운 소리가 아닐 수 없었다.

그런데 여전히 고건무는 반발하였다.

"물을 자배기에 부으면 자배기 모양, 방구리에 부으면 방구리 모양. 아주 잘도 꿰어맞추는군. 아무리 대국 수나라라 할지라도 과거 30만 대군이 몰살당한 대참패를 기억하고 있다면 오히려 이쪽 방향으로는 오줌도 누기 싫지 않겠는가? 개가 모르면 모를까 상대가 범인 줄 알게 된 이상, 그 산 근처에는 얼씬도 못 하는 걸세. 왜 그동안 우리 고구려를 뺀 주변국들만 건드려 변죽만 울리고 있는 것이라 생각하는가? 무서워서가 아니라면, 자신이 없어서겠지. 그만큼 우리 고구려만큼은 감히 넘보지 못할 강국으로 생각하고 있는 게야. 그대 말대로 양견 때 몸소 체득한 사실 아닌가. 우리 고구려군은 일당백이라네. 자부심을 가지시게, 근위 군장. 그대는 대고구려의 하나뿐인 부마가 아닌가?"

고건무는 전에 없이 '부마'라 칭하면서까지 비아냥거렸다. 논쟁 상대가 되지 않음을 알지만, 원을 움직이기 위해서는 어쩔 수 없이 대신들을, 특히 고건무를 설득해야 했다.

"태제 전하, 여러 차례 신라와 백제가 구걸하듯 수나라에 고구려 침공을 청했사옵니다. 그럼에도 이를 거절하거나 반응하지 않고 묵묵부답인 이유가 무엇이라 생각하시옵니까? 진정 두려워서일까요, 자신이 없어서라고 하셨습니까? 오산이시옵니다. 그들은 사방의 이족들을 모두 복속시킴으로써 고구려를 고립시키려 하고 있사옵니다. 그래야 지난번과 같은 실수 없이 우리 고구려를 완전히 궤멸시킬 수 있다 계산한 것이옵니다."

나의 주장은 계속되었다.

"대운하를 만들어 장강 이남의 물자를 용이하게 수송할 경로를 완비한 것도, 굳이 우리의 속국인 거란의 포로 중 4만이나 되는 사내들을 모두 참하여 도발한 것도, 신라와 백제를 정벌하지 않는 대신 그들을 다독여 관계를 유지하는 이유 또한 마지막 목표를 고구려로 삼고 있다는 증거이옵니다. 간자들조차 그 위치를 정확히 찾아내지 못하였지만, 대규모 오아전선과 군선들을 건조하고 있다는 소문도 있사옵니다. 그 수가 수십, 아니 수백 척이 될 것이라는 소문이옵니다. 그만큼 양광은 그 아비 양견보다 용의주도한 자임을 잊어서는 아니 되옵니다. 용선을 타고 유람하는 따위 짓은 황음한 성정 탓이기도 하거니와, 우리 고구려를 방심시키기 위한 속임수로 이용되고 있음이옵니다. 하오니, 이에 철저한 대비가 필요하옵니다."

"허어, 참. 양광이 방귀만 뀌어도 대군이 정벌하러 오는 소리라 하겠구만."

고건무의 코웃음에 원은 인상을 찌푸렸다. 그 또한 고건무의 무례한 말씨를 불편하게 여기고 있음이 분명했다.

원은 연태조에게 하문하였다.

"동부욕살은 어찌 보는가?"

그동안 표정 없이 듣고만 있던 연태조가 답했다.

"소인 동부욕살, 근위 군장의 의견을 한낱 기우로밖에 생각지 않나이다."

"기우라 했는가?"

"그러하옵니다, 폐하. 이유인즉, 양광은 6년에 걸쳐 대운하를 건설하면서 운하 옆으로 대로를 내고 40여 개의 행궁을 짓고 버드나무와 느릅나무를 심었다 하옵니다. 그 뒤 비빈을 비롯한 왕후장상, 대소신료, 광대 등을 태운 길이 2백 척에 높이가 4층이나 되는 용선을 타고 풍악을 울리며 노닌다 하옵니다. 게다가 이를 따르는 수천 척의 화려한 배들만 무려 2백 리에 달할 지경이었다 하옵지요.

그 외에도 해체와 조립이 가능한 관풍행전觀風行殿이라는 이동 궁전을 짓게 하여 끌고 다니는가 하면, 태행산에 굴을 뚫고 20여 일 만에 장성을 쌓게 하는 등 그 사치와 수탈, 난행은 일일이 열거하기 힘들 정도입니다. 모두가 양광 자신의 놀이를 위한 난행이 아니고 무엇이겠습니까.

물론 그러한 수탈과 치람한 행태는 백성들의 고통으로 고스란히 이어졌사옵니다. 재위 7년 동안 대규모 토목 공사에 동원

된 백성들의 수만도 1억 명이 넘었으며, 사고로 죽은 자 또한 수만에 달한다 하옵니다. 더욱이 운하에 하자가 생기자 책임자와 인부 5만 명을 강가에 생매장하는 극악한 짓을 저질렀다 하옵지요. 그뿐 아니옵니다. 대운하 주변 5백 리에 주거하는 백성들은 양광이 지날 때마다 음식을 갖다 바쳐야 했는데, 떠날 때는 남은 음식들을 고스란히 구덩이에 묻고 가버렸기에, 굶어 죽고 가산을 탕진하는 백성들이 속출하는 상황이옵니다."

대신들 속에서 탄식이 흘러나왔다. 들을수록 황망함이 극에 달하니 어이가 없을 수밖에.

연태조의 주장은 계속되었다.

"즉, 양광은 승장이기는 하나 대운을 타고난 것일 뿐, 욕심이 과하고 오만하여 백성들의 시름과 고충을 전혀 돌볼 줄 모르는 광포한 자일 뿐입니다. 하오나 태자 자리에 있던 장형을 내쫓고 태자가 되었으며, 선친을 죽여 황위에 오른 자이기도 하옵니다. 그런 영악한 자가 어찌 죽은 양견의 전철을 밟겠다고 사지로 들어서는 짓 따위를 도모하겠나이까? 또한 그 나라 백성들 사이에 '복족복수'가 유행처럼 늘고 있다 하니 그의 패행으로 민심이 점차 이반하고 있는 상황에서 정복 사업으로 쌓은 부를 누리려는 수작일 뿐, 결코 고구려를 정벌할 엄두는 내지 못 하리라 사료되옵니다."

"복족복수라니?"

"말 그대로 복스러운 발과 복스러운 손이란 뜻이옵니다. 그

전쟁 준비

나라 백성들이 지나친 노역에 끌려 나가지 않기 위해 스스로의 수족을 자른다는 데에서 생긴 말이옵니다."

"허어, 노역에 끌려 나가지 않기 위해 제 발과 손을 자르다니…… 그 나라 백성들의 참상이 실로 말할 수 없는 지경이로군."

"그러하옵니다, 폐하. 민심이 그러하온데 그자 혼자 대고구려 정벌을 꿈꾼다 한들 무슨 소용이 있겠사옵니까?"

고건무의 말에는 반응하지 않던 원이었지만 연태조의 일리 있는 설명에는 혀를 끌끌 찼다. 대부분의 신료 또한 고개를 끄덕이며 맞장단을 쳤다. 양광의 같은 행동을 보고 극과 극의 해석을 내놓은 나와 연태조 중 후자의 편을 들었다.

"동부욕살의 판단이 적실한 줄 아옵니다."

"다시 전쟁이라니, 양광이 미치지 않고서야 다시 그런 짓을 벌일 리 없지 않겠사옵니까?"

어느새 분위기는 양광을 사치와 향락에 미친 황망한 군주로 낙인찍음으로써 전쟁 가능성은 없으니 염려할 것 없다는 방향으로 흘러가고 있었다. 어쩌면 다시 일어날 큰 전쟁이 두렵기도 하거니와 그 저변에는 원의 나에 대한 신망을 적이 못마땅해하는 권세가들의 암상이 도사리고 있음이 분명했다. 나와 평강을 적대하는 이들이 뭉쳐 패를 이루고 벽을 쌓은 채 논쟁에 임하고 있다는 사실이 개탄스러울 따름이었다.

그러나 국익에 반하는 질투와 계심은 옳지 않았다. 나는 적국에 보낸 간자의 보고와 양광의 성정, 국제 정세를 면밀히 분석해본 결과, 양광이 우리와의 전쟁을 준비하고 있음을 확신했다. 그럼에도 조당을 움직이지 않는 한 아무런 대비책도 준비할 수 없어 답답하기만 했다. 허울 좋은 부마 자리일 뿐, 고족대가들에게는 고샅에 돋은 사마귀만큼이나 성가신 존재일 것이 분명하니 나는 그들의 생각을 돌려야 할 이유가 있었다.

'칼이라도 물고 청해야 하는가'

고민하고 있을 때였다.

한동안 지병을 앓는 통에 모처럼 입조한 강이식이 무거운 입을 떼었다.

"신 강이식, 병치레를 이유로 군무에서 사직한 지는 오래되었사오나, 숱한 전쟁을 치르면서 고적한 경험치를 들어 아뢰겠나이다."

"강이식 장군, 허심탄회하게 말해보오."

"유비무환有備無患이라 하였사옵니다. 사방의 적을 두고 있는 이상, 군력을 증강하여 대비하는 것은 언제라도 적을 맞아 싸울 준비를 해야 하기 때문이옵니다. 또한 적에게 틈을 보이지 않아 감히 덤벼들 엄두조차 내지 못하게 한다는 방어적 의미 또한 있사옵니다. 특히 신라와 백제가 호시탐탐 우리를 노리고 수나라를 끌어들이려고 시도하고 있지 않사옵니까. 설혹 양광이 고구려를 두려워한다 할지라도 그 과만함이 사방의 충동질을 버티지 못할 것이오니, 바라옵건대 근위 군장의 의견을 받아들여 대비하심을 청하옵니다."

강이식에 이어 이문진도 뜻을 같이했다.

"소신 이문진, 돌궐 아장에서 직접 양광을 대면한 사람이옵니다. 그자는 소신과 일행을 고구려 사신이라는 이유만으로 그 자리에서 참형을 명한 바 있사옵니다. 다행히 계민과 주변 모두 만류하였기에 망정이지 자칫 무고한 죽음을 맞을 뻔하였나이다. 그만큼 양광은 우리 고구려에 악심을 품고 있사옵니다. 그런 자가 대운을 타고 주변 모두의 굴복을 받아냈음에도 단 하나의 나라가 강경하다면 이를 두고 보겠나이까? 입조를 명하나 듣지 않고 강기를 세워 더욱 고자세를 취한다 하여 눈엣가시처럼 여기고 있으니, 언제고 무너트릴 계획을 세우고 있을 것이 분명하옵니다. 그러한 이유인즉, 을지문덕 공의 판단이 십분무의 옳다 사료되옵니다. 확실한 대비책 준비를 청하옵니다."

이문진까지 나를 거들자 고건무는 몹시 불편한 기색으로 내키지 않는 듯 연신 혀를 찼고, 연태조는 이마에 내 천(川)자를 새긴 채 입만 꾹 눌러 잡고 있었다. 그예 끝나지 않을 것 같던 갑론을 박은 원의 한마디로 정리되었다.

"대비책이라면 어떤 것이 있는가?"

이문진이 다시 말했다.

"지금처럼 왜와의 관계를 돈독히 하여 그들에게 신라를 계속해서 견제하게 하시옵고, 왜왕에게도 양광의 입조 명령이 떨어진 것 같사오니 그를 부추겨 정면으로 반박하게 하시옵소서. 그들 뒤에 고구려가 버티고 있음을 확실히 주지시켜야 하옵니다."

원은 곧 승려 담징曇徵과 법정法定을 왜의 사절로 보내라 명하였다. 두 승려를 통해 채색과 종이, 먹, 연자방아 등 고구려의 선진 문물을 전달하면서 왜왕을 움직이라 하였다.

이어 내가 계책을 내었다.

"백제와 신라가 호시탐탐 우리 고구려를 노리고 있으나, 두 나라는 결코 하나가 될 수 없는 운명이옵지요. 원수지간이 된 백제 쪽에 영향력을 행사할 만한 간자를 보내시옵소서. 다시 이간하여 신라와의 전쟁을 책동하시오면 서로를 견제하느라 고구려의 등에 칼을 꽂는 짓 따위는 하지 못할 것이옵니다."

원은 나의 의견을 받아들여 장안성 최고의 절색인 선화를 백제에 있는 미려에게 간자로 보냈다. 또한 그 곁에 구변이 뛰어나고 영민한 영발이라는 자를 구종 삼아 붙였다. 좌평 혜유의 첩인 미려 또한 고구려의 간자였으니 혜유를 부추겨 선화를 부여장에게 바치도록 하였다.

"상비군을 증강시켜 수나라와의 국경 지대인 요하의 방비를 더욱 철저히 하시옵소서."

강이식의 요청에 원이 물었다.

"누가 요동으로 갈 것인가?"

아들

밤이 늦어 집으로 돌아오는 길이었다.

이화는 내가 귀가하기 전까지 절대 대문 앞의 등롱불을 끄지 못하게 했다. 그 배려 덕에 소슬 대문 아래 쪼그려 앉은 그림자가 길게 보였다.

말발굽 소리를 듣고 마중 나오던 하인 하나가 그림자에 놀라 호도깝스럽게 뒷걸음질 쳤다.

"누……누구요?"

이내 하인이 다시 소리쳤다.

"녹족부인!"

나도 놀라 말에서 펄쩍 뛰어내렸다.

"부인!"

그런데 쪼그려 앉은 가리의 꼴이 말이 아니었다. 머리를 산발

한 채 낮에는 검은 얼룩이 가득하였고, 의복도 산에서 구르기라도 한 듯 더러운 것이 검덕귀신이 따로 없었다. 그보다 눈이 퀭하여 제정신으로 보이지 않았다.

"어찌 된 일이오? 그동안 어디 계셨소?"

그제야 가리가 나를 알아보더니 다짜고짜 경열하기 시작했다.

"덕아! 제발 좀……! 우리 아정, 아정 좀 찾아줘!"

가리는 '스승의 부인' '부마'라는 관계의 가면을 벗고 나를 예전 이름으로 불렀다. 몰골도 몰골이었지만 성마르게 매달리는 꼴이 술 취한 아비가 죽어가는 것을 살려 달라 울부짖던 때와 같이 급박해 보였다. 나도 예전의 내가 되어 그녀를 대했다.

"아정이 왜? 대체 무슨 일이냐?"

"아정이……! 아정이……!"

이때, 하인의 보고를 받은 이화가 대문을 벌컥 열고 나왔다. 병기 가득한 그녀였지만 나와 마주한 가리를 번갈아 보더니 버럭 소리부터 질렀다.

"가라 하지 않았소! 어찌 지금까지 내 집 앞에 죽치고 있느냐 말이오!"

이미 가리와 이화가 대면하였다는 사실을 알 수 있었다. 난감했지만 사정이 이러하니 이화를 만류할 수밖에 없었다.

"공주, 아무리 그래도 고인이 되신 내 스승의 부인이 아니오."

이화는 나를 매섭게 쏘아보았다. 지난 사달을 떠올리는가 싶어 주춤하는 사이, 그녀는 다시 고개를 돌려 가리를 내려다보다가 조용히 화주를 불렀다.

"화주야, 부인을 안으로 뫼시어라."

화주가 가리를 데리고 안으로 들어가는 것을 지켜보던 이화는, 체념한 듯 어깨를 늘어뜨린 채 방으로 들어갔다. 나는 일단 이화를 통해 사정을 알고자 했다.

이화의 눈빛이 그 어느 때보다 차고 서름했다.

"공주, 대체 무슨 일인 게요?"

"옛 여인이 우는 것을 보니 가슴이 아프시오?"

"옛 여인이라니…… 억지는 그만하시오. 녹족부인은 스승님의 부인일 뿐이오."

"언제까지 시치미를 떼실 거요? 내가 모를 줄 아시었소?"

파리한 이화의 낯에 입술이 벌벌 떨릴 정도로 노기가 등등했다.

"오해요! 그날 일도 그렇고……! 나는 그저 위로하는 마음에서 그리했을 뿐 아무런 사심이 없었다고 말하지 않았소! 어찌 인두껍을 쓰고 스승의 부인을 탐하겠소?"

"그런데 저 여인이 왜 이곳에 와 있소? 왜 서방님을 만나러 왔느냐 이 말이오?"

"내가 묻고 싶소! 대체 녹족부인이 무슨 소리를 했기에 나를 이리 몰아치는 게요?"

이화에게 성을 내본 적이 없는 나였다. 하지만 음심을 품은 것도 아니오, 숫보기의 첫 감정조차 꽁꽁 묶어 가슴에 묻은 채 살아온 나에게 왜 이러는지 알 도리가 없어 목청을 높이고 말았다.

"아이를 잃었답디다!"

"아이를 잃다니……? 아정 말이오?"

"난 거란으로 가라고는 하지 않았소. 하필 왜 그곳에 가서 아이를 잃었는지, 그게 내 탓이오?"

"공주…… 설마……?"

"그렇소. 내가 그랬소. 멀리 가라 했소. 내 눈에 띄지 말라 했소. 하지만 전쟁통인 나라로 가라 소리한 적은 없소. 그저 당신 눈에 저 여인도, 당신 아이도 보이지 않길 바랐을 뿐이오!"

"당신…… 아이?"

이화가 멈칫했다.

"그게 대체 무슨 소리요?"

"그만하시오! 소첩을 기만하지 말란 말입니다!"

"이해가 가는 소리를 하시오! 내 아이라니! 누가?"

이화는 그제야 제 실수를 깨달은 듯 백안이 허옇게 눈만 키운 채 새파랗게 질려 있었다.

"몰랐……다는 말씀이오?"

"공주…… 대체……?"

"……"

"아정이 설마……?"

그녀는 바닥에 주저앉고 말았다. 당황한 것은 그녀뿐이 아니었다.

아들

불현듯 그날 일이 떠올랐다. 두물머리에 앉아 객쩍은 말을 주고받던 그날, 짙은 풀내음 속에서 나누었던 가리의 달달한 입술과 정신이 온전할 수 없을 정도로 뜨거웠던 순간을 어찌 잊을 수 있을까? 고난한 전장에서도 그 순간만을 떠올리며 버텨낼 수 있었건만, 돌아와 나를 떠난 그녀를 그리 원망하였건만, 그 순간을 지고 산 것은 나뿐이 아니었던 것이다. 혼례도 치르지 않은 여인이 아이를 가졌다고 욕받이가 될 것을 우려한 우경이, 죽은 줄 알았던 나를 대신하여 그녀를 받아들였던 것이다. 그리고 마지막 떠나는 날까지도 나에게 그 말을 전하지 못해 망설이다가 찾아왔지만, 이화의 방해로 끝내 입을 열지 못한 것이다.

'아아, 스승님……'

우경의 그러한 진심을 알게 된 순간, 견딜 수 없는 참회가 밀려왔다.

그리고 그 아이. 나의 아정. 그 아이는 분명 나의 어린 시절을 꼭 빼닮았다. 설마 하는 의심조차 품어보지 못했기에 애써 외면하고 있었을 뿐, 이 또한 천륜이라 나의 아들임을 아는 순간 부정할 수 없었다.

"찾아오세요. 당신의 하나뿐인 아들이잖소."

이화는 파리한 낯을 돌리며 내게 그리 말했다.

**

요동성에 도착하자마자 성주로 새로 부임한 대사자 우달소에게 원의 뜻을 전달했다.

우달소는 호협한 성품으로, 전임 성주였던 부유충에게 고용되어 고구려군들을 학살했던 도적떼들을 모조리 소탕한 장수이기도 했다. 그는 요동 전선에 주둔 중인 군사 2만에, 내가 이끌고 간 3만이 더해져 5만의 고구려군이 일대를 집중 사수할 수 있게 된 것에 몹시 기뻐했다.

요동성으로의 출행은 내가 원에게 간곡히 주청한 일이었다.

당시 거란은 고구려와 국경이 맞닿아 있는 부족 국가로, 통일 국가를 이루지 못했다. 대부분의 부족이 고구려의 여러 물자와 문화 등을 받아들이고, 지원을 통해 우리의 속국이나 매한가지였다. 그러나 수의 침략 이후, 고구려와 수 사이에서 어느 쪽에 줄을 서야 하는지 부족마다 각자 다른 눈치를 보는 형국이었다.

이런 정국을 모르는 가리가 이화의 화를 피해 멀리 간다는 것이 국경을 넘어 그 지역에까지 이르게 되었다. 하지만 마침 수나라 군사들이 쳐들어왔고 가리는 수나라 군사들에게 쫓기는 거란족 무리에 섞여 달아나야만 했다. 그리고 앗차, 하는 사이 아정의 손을 놓치고 말았다. 이후 몇 날 며칠 일대를 뒤졌지만 아정을 찾을 수 없었다. 고구려를 섬기던 거란에 대한 본보기로, 어른, 아이 할 것 없이 사내란 사내의 씨를 모두 제거하는 수나라 군사들이었으니 아정도 살아남지 못했을 거란 예측이 가능했다. 하지만 가리는 어미였다. 자식의 주검을 확인하지 않는 한

아들

그 죽음을 인정할 수 없었다. 그리하여 다시는 돌아오지 않겠다는 다짐을 저버린 채 고구려로 돌아와 나를 찾았던 것이다. 아이의 친아비인 나라면 아들을 꼭 찾아 주리라 믿었음이었다. 밝혀서도 안 되는 관계였지만 아이를 찾기 위한 방법은 그뿐이라 여겼으리라.

일단 거란 지역을 되찾아야 했다. 거란의 여러 부족을 서로 이간시키면서 이면에선 귀한 소금을 매개로 다시금 거란을 조종하려는 술책을 부렸다. 그 일의 적임자로 부관인 장호에게 20명의 수하를 붙여 거란으로 보냈다. 겸사하여 아정을 찾아보라는 지시 또한 비밀리에 내렸다. 사사로운 일이었으나 방법이 그뿐이니 별수 없었다.

요동성에 있는 동안 많은 소식이 전해졌다. 교역을 하기 위해 오가는 상인들과 간자들을 통해 수나라의 침략이 머지않았음을 확인할 수 있었다.

백제의 부여장이 국지모國智牟를 수에 사신으로 보내 군사 일정을 물었다. 이에 양광은 상서기부랑尙書起部郎 석률席律을 백제에 보내 고구려 정벌계획을 논의하도록 하였다. 이어 그동안 준비된 물적 자원들을 탁군으로 집결시키기 시작했다. 예상대로 대운하를 통해서였다. 전국적인 군병 소집 명령도 내려졌다. 양광 본인 또한 탁군의 임삭궁臨朔宮으로 행차했다. 국경 지대에 전운이 감돌았고 민심이 술렁였다.

예상했던 바였지만, 심중은 무거웠다. 내 나라, 나의 군주, 나의 어머니, 그리고 나의 아내. 점점 내가 지켜야 할 부분이 많아졌다. 아정 또한 그 한 부분일 터, 꼭 찾아내리라 다짐했다.

그러던 차에 뜻하지 않은 급보가 전해졌다. 이화가 의식을 잃고 사경을 헤매고 있다는 소식이었다. 전시를 대비해야 할 시기였으나, 돌아가지 않을 수 없었다. 원의 명이었다.

"을 공……. 을 공……."

이화의 낯은 파리했고, 생기를 잃은 눈가에 검은 그림자가 드리워져 있었다. 검게 타 버린 입술 새로 흘러나오는 소리는 오직 나를 찾는 소리뿐이었다.

"공주, 나요. 문덕이오. 정신 차리시오."

"문덕…… 문덕……. 가지 마오……"

"아무 데도 가지 않을 것이오."

먼 길 말을 달려왔음에도 사흘 동안 밤잠을 자지 않고 이화 곁을 지켰다. 평강도, 태의도, 나의 건강마저 우려하였지만 듣지 않았다.

무수한 날 중에서도 태양이 유난히 눈부시게 떠오르던 10월 어느 날 새벽이었다.

내내 기식엄엄하던 이화가 명료한 눈빛으로 나를 대했다.

"서방님."

"공주, 이제야 정신이 든 게요?"

"오래 잠이 들었던 모양이오."

"이리 맑은 표정을 보니 다행이구료. 당분간 공주 곁에 있으라 명 받아 이리 돌아올 수 있었소."

"역시…… 폐하의 명이 있어 이리 소첩의 곁에 계신 게지요. 항상 나라 걱정만 하시는 분이니……."

"폐하의 명이 아니더라도 왔을 것이오. 나라를 지켜야 폐하와 황실, 그리고 공주를 비롯한 나의 식솔들 모두를 지킬 수 있으니 나아가 싸우는 것일 뿐……."

이화의 입가에 심심한 미소가 그려졌다.

"진정이시오? 소첩 또한 지켜주시는 것이오?"

"당연하오. 공주는 나의 부인이 아니오?"

"알고 있었소. 서방님이 소첩을 진심으로 대하신다는 사실을……."

"……."

"혼자…… 혼자 투기하였소. 의심한 적 없으면서 질투하였소. 녹족부인을……."

"그럴 필요 없었소. 녹족부인은 스승님의 부인이 아니오."

"그 또한 알고 있소. 스승의 부인이지요. 아정은 전쟁을 치르기 전의 일이었고……."

말없이 그녀의 손을 꼭 잡았다. 그녀가 나의 진심을 알고 있으면서도 질투하였다는 소리가 가슴을 베었다.

"아정은 어찌 되었소?"

"아직……."

"꼭 찾으셔야 하오."

"그리하겠소. 그리니 먼저 공주가 쾌차하여야 하오."

"목이 마르오. 물을……."

"여봐라! 아니, 내 곧 가져오겠소."

벌떡 일어나는 내 손을 이화가 낚아채듯 잡았다. 아픈 사람이라고 여겨지지 않을 만큼 아귀센 힘에 깜짝 놀랄 정도였다.

"제전 때가 아니었소."

"?"

"서방님을 처음 보았던 건…… 선황 폐하의 어가를 막은 맹랑한 소년을 보았었소. 어렸지만, 그 기개에 탐복하였소. 어찌 저리 당당할까? 모두가 두려워하는 폐하 앞에서 어찌 그리도 의젓한지 그 모습을 내내 잊을 수가 없었소."

그녀는 선황이신 평원태왕의 천도 당시 일을 말하고 있었다. 온달을 보기 위해 금줄을 넘어 들어갔다가 목이 달아날 위기에 처했던 당시 상황이 떠올랐다. 그때의 인연으로 평강을 만날 수 있었고, 그녀의 도움으로 장수가 되었고, 이화와 만났고, 지금의 내가 있다. 이화는 그렇게 이미 그 오래전부터 나를 연모하고 있었음을 고백하고 있다. 그런 줄도 모르고 다른 여인을 마음에 품고 있었다는 사실이 못내 아쉬웠다.

"물을……."

"잠시, 잠시만 기다리시오. 얼른 물을 떠 오겠소."

얼른 문밖으로 나가자 화주가 다급히 물 사발을 들고 달려왔다.

"공주, 물을 가져왔소. 어서……."

돌아와 이화에게 물 사발을 내미는데 그녀는 미동도 하지 않았다. 겁먹은 듯 바짝 지릅뜬 눈에서 한줄기 눈물만 주르륵 흘러 베개를 적셨다. 나는 조용히 그녀의 눈을 감겨주고 곁에 몸을 뉘었다. 갑자기 고단함이 몰려왔다. 이제 쉬어도 될 것 같았다. 그녀 곁에서 잠시 쉬고 싶었다. 팔베개 한 그녀를 안으니 금세 잠이 몰려왔다.

어질고 착한 여인이었다. 5살 어린 나이 적부터 오직 나만 보고 살던 참으로 지극한 여인이었다. 공주로서의 부귀영화, 가능한 많은 선택을 마다하고 나를 택한 고귀한 여인이었다. 그에 비해 나는 못나고 비천하여 깜냥이 되지 못하였다. 그런 나를 품어준 그녀에게 한없이 미안할 따름이었다.

백십삼만 대군

영명사의 묵직한 종소리가 괴괴하게 울렸다. 이화가 함께 살던 가택 후원에 사당을 짓고 그녀의 시신을 안치했다. 염장이가 그녀의 낯에 허연 분칠을 하고 검은 입술에 붉은 연지를 발라 생전 고운 모습을 되살려놓았다. 마치 영면이 아닌, 잠시 낮잠을 자는 듯 눈을 뜨면 생글생글 웃을 것만 같았다.

원과 하해는 사흘 동안 매일 찾아와 곡을 하고 돌아갔다. 나흘째 되는 날엔 딸을 잃은 슬픔을 견디지 못한 하해가 그예 실신하여 몸져누웠다. 여러 황족을 비롯한 귀족들 또한 문상을 왔다. 상주는 나였지만, 객을 맞는 것은 평강이 대신했다. 아끼던 질녀의 갑작스러운 죽음에 평강 또한 슬픔이 컸음에도 객들의 조문을 받고 일일이 답례했다. 수나라와의 전쟁에서 공을 세운 장수이자, 대공주의 양자이고, 공주의 부마라 함에도, 비천한 출신 성분 탓에 언제라도 입지가 흔들릴 수 있는 나를 세우기 위한 행동임을 알았다. 그 와중에 나는 혼이 없는 목석처럼 이화의 머리맡을 지킬 뿐이었다.

그리 낙백해 있는 동안, 다시 많은 소식이 귓결을 스치고 지나갔다.

수나라에 원정 일자를 물으면서까지 고구려를 협공하겠다 약조했던 백제가 뜻밖에 신라의 가잠성假岑城을 공격하였다. 애초에 부여장의 공격 목표는 신라였지 고구려가 아니었던 것이다. 그만큼 고구려에 대한 두려움이나 적개심보다 선대 왕인 성왕을 죽인 신라에 대한 복수심이 컸다고 볼 수 있었다. 무엇보다 간자로 보낸 선화와 영발의 활약이 적중했다.

선화는 빼어난 미색과 절륜한 방중술로 부여장을 사로잡았고, 고구려 아닌, 신라에 대한 미움을 더욱 부추기는 역할을 톡톡히 해냈다. 그 사이 영발은 신라에 우호적인 대신들의 약점을 잡아 겁박하거나 암살하는 등 분위기를 몰아갔다.

이 일로 인해 수나라를 돕겠다고 고구려와의 국경 지대로 군대를 집중시켰던 신라가 큰 낭패를 보고 말았다. 결국 달포 이상 버티던 가잠성 성주 아찬 찬덕이 홰나무에 머리를 박고 자살하였다. 그렇게 가잠성을 비롯한, 소백산맥을 넘는 두 개의 통로를 백제가 장악하게 되었다. 수나라에 고개 숙여 고구려와 전쟁을 치르겠다 공언했던 두 나라 모두 수나라와 뜻을 같이하기는커녕 서로를 견제하기에 바빴으니, 결과적으로 우리 고구려군

전력을 북방으로 집중시킬 수 있게 되었다는 점은 천만다행한 일이 아닐 수 없었다.

그리고 다음 해^{612년} 정월, 드디어 나의 예측대로 양광이 탁군에 모인 대군을 움직여 고구려 정벌에 나섰다.

명분을 발하는 양광의 조詔는 길고 장황했지만, 요점은 간단했다.

거란과 말갈 등과 친하여 요서를 침범하고 짐에게 신하의 예를 다하지 않는 고구려의 왕은 백성에게 가혹하고 난상패덕한 자이니, 천의天意에 순응하고 선황의 뜻을 계승하고자 직접 군을 통솔하여 섬멸하리라

온 나라의 백성들을 동원하여 궁을 짓고, 대운하를 만들고, 국고를 탕진하여 놀이를 즐기고, 전쟁을 일삼아 백성들을 수탈하고 핍박한 자가 할 소리는 아니었기에 실소를 금치 못할 만했다. 하지만 그가 동원한 대규모의 병력은 전혀 웃음으로 넘길만한 숫자가 아니었다.

동원된 군사의 수효만 백만이 넘었고, 보급병을 포함한다면 적게는 2배 또는 3배에 달하는 수가 될 터였다. 고구려 백성의 머릿수를 다해도 그 수에 닿지 못했다. 또한 선두를 시작으로 후미까지의 길이가 960리, 첫 군단이 출발하여 마지막 군단이 발을 뗄 때까지 꼬박 40일이 걸렸다 하니 실로 어마어마한 병력, 전무후무한 규모라 할 수 있었다.

주나라 출신 우문술을 좌익위 대장군으로, 돌궐과의 전투에서 행군 원수로 공을 세운 우중문于仲文을 우익위 대장군으로 임명하여 각기 12군을 주어 진격하는 한편, 양광 본인 또한 직접 중군 6군을 이끌고 출진하였다.

양광의 명령은 또 이러했다.

"모든 군사의 움직임은 반드시 나에게 허락을 받으라. 독단적으로 움직이는 것은 용서치 않겠다."

선황의 정벌 실패를 의식한 일이기도 하겠지만, 본인만이 천하를 다스릴 수 있고 승리로 이끌 수 있다는 교만 방자함이 엿보이는 명령이 아닐 수 없었다.

그럼에도 소식을 전해 들은 고구려의 정전에 무거운 기류가 감돌았다. 대규모 병력을 준비하고 있다 알고는 있었으나, 30만도 아닌 113만 3천800명, 그것도 보급병을 제외한 수라니 기가 찰 노릇이었다. 그동안 원을 설득해 전쟁을 대비해온 나로서도 전혀 예측하지 못한 수효였다. 그러나 답은 정해져 있었다. 굴복하지 않는다. 굴복할 수 없다. 이미 천하의 주인을 자처하는 두 나라 황제의 전쟁은 예상했던바, 만전을 다해온 터였다. 그 규모가 지나치게 커졌다 뿐이지, 대고구려는 절대 이족에게 무릎 꿇지 않는다는 것이 동명성왕 대부터 이어져 온 전통이라면 전통이었다.

"양광은 미친 자이옵니다. 이미 많은 백성이 그의 수탈과 죽음에 이르는 고된 노역을 견디다 못해 장백산에 모여 고구려 원정을 반대하는 반란을 일으켰다 하옵니다. 또한 대신들조차 출사 불가를 간하였음에도 그는 양견이 쌓아놓은 국부와 천운이 닿아 이룬 정벌전의 승리에 기고만장하여 감히 우리 대고구려를 치려고 하나이다. 이렇듯 민심이 이반한 이 전쟁이 어찌 가능하겠나이까? 게다가 백만이 넘는 병력이 가당키나 하오리까? 오렴誤廉이오, 간자들을 역이용하여 과장된 수치로 우리 고구려를 겁박하고 굴복시키려는 교활한 술수라고 밖에 생각되지 않나이다. 나아가 그들에게 양견의 전례가 왜 실패로 돌아갔는지 다시 한번 확실히 주지시켜야 할 것이옵니다."

고건무는 장백산에서 거병하여 민란을 일으킨 왕박王薄의 노래 「무향요동랑사가無向遼東浪死歌」가 수나라 백성들에게 퍼져 있다는 사실 등을 들어 양광의 정벌을 겁박의 술수라 치부하고, 힘에는 힘으로 응수해야 한다는 주장을 펼쳤다.

이때 인용된 「무향요동랑사가」의 내용은 대략 이러했다.

(전략)
莫向遼東去　요동으로 가지 마라
夷兵似虎豺　고구려 병사는 범과 승냥이 같으니
長劍碎我身　장검이 내 몸을 부수고
利鏃穿我顋　날카로운 살촉이 내 뺨을 뚫으리라
性命只須臾　다만 목숨이 한순간에 사라지면

> 節俠誰悲哀　절개 있는 협객이라 한들 누가 슬퍼하겠는가
> 成功大將受上賞　공을 세워 대장 되고 큰 상을 받는다 한들
> 我獨何爲死蒿萊　홀로 죽어 어찌 잡초밭에 묻히려 하는가

즉, '요동에 가는 것은 헛된 죽음일 뿐이니, 전쟁은 불가하다'는 반전 노래였다. 그러나 고건무의 주장은 수나라 병력 동원력을 과소평가했을 뿐 아니라, 여전히 고구려에 대한 양광의 광오할 정도의 집착을 제대로 파악하지 못했다고 보는 것이 맞았다. 또한 여전히 자신의 능력을 과신하고 있음이 확실했다.

그와는 반대로 적의 침략이 확실해졌는데도 여전히 전쟁을 반대하는 입장도 있었다. 그 대표적인 인물이 연태조였다.

"폐하, 출정식을 염탐한 간자로부터 탁군의 벌판에 끝도 없이 늘어진 병력을 확인했다는 첩보를 들었나이다. 전국에서 차출된 병력의 수가 113만이 넘었다는 사실 또한 그들의 공부에서 확인하였다 하옵니다. 물론 머릿수만 늘린 오합지졸이라 볼 수도 있을 것이옵니다. 하오나 메뚜기나 개미조차 떼로 덤비면 감당할 수 없지 않사옵니까?"

원의 양미간에 깊은 골이 패었음에도 연태조는 목청을 누그러뜨리지 않았다.

"많은 나라가 수나라에 반기를 들었다가 멸하였사옵니다. 게다가 우리 고구려는 북방의 이민족뿐 아니라, 남쪽에도 호시탐탐 고구려를 노리는 백제와 신라가 버티고 있사옵니다. 그들이

사대하는 나라가 바로 수이옵니다. 지금 맞서야 할 적의 수는 113만 대군으로 끝나지 않을 수도 있다는 말씀이옵니다.

반대로 계민가한을 보시옵소서. 수나라의 힘을 빌려 서돌궐을 쳤고 그로 인해 돌궐을 통일하였나이다. 우리 고구려도 더 이상 수나라와의 반목을 그만두고 수나라의 힘을 역이용할 수 있는 방법을 찾아야 하옵니다. 더 늦기 전에 사신을 보내어 회군을 청하신 뒤, 차후의 일을 도모하심을 간곡히 청하옵나이다."

연태조는 양광이 전쟁을 준비하고 있으니 대비하자는 나의 주장에 고건무와 함께 반대하던 자였다. 그런데 전쟁이 확실시되었음에도 입장을 바꾸지 않고 전쟁의 무용함을 주장하고 나섰다. 그만큼 사태가 심각하다는 소리이기도 했다. 그러자 원의 심기를 살피느라 감히 전쟁 불가를 주장하지 못하던 계노치, 명중소 등 수문제 때 요하를 지켜낸 장수들까지 뜻을 함께하기 시작했다.

기실 누가 보아도 백만 대군을 상대하기는 불가능했다. 그 수효가 모두 고구려 땅을 밟는다면 풀 한 포기, 나무 한 그루 온전할 수 없었다. 원도 이를 모를 리 없었다. 다만, 원의 성정이 이를 받아들일 리 만무하니 모두가 범안하지 못하고 조심해 왔을 뿐이다.

"폐하, 적의 정군만 113만이 넘사옵니다. 그에 비해 우리 고구려는 밥 짓던 부녀자와 노망난 노인네, 갓 태어난 아이들까지 모두 나가 싸워야 수적으로나마 비등하다 할 수 있을 터인데 어찌 무리한 전쟁을 치르려고 하시나이까?"

"그러하옵니다. 『손자병법』에 '진불구명^{進不求名} 퇴불피죄^{退不避罪} 유인시보^{惟人是保}'라는 말이 있사옵니다. 진격함에 있어 명예를 구하지 말고 후퇴함에 죄를 피하지 말 것이며, 오직 사람의 목숨을 보전하는 것을 기준으로 하라는 말이옵니다. 나아가 싸우는 것이 최선이겠으나 불가능하다면 그보다는 살아남는 것이 최우선이 아니올는지요. 고구려 땅이 초토 되고 백성들이 모두 짓밟힌다면 고구려라는 이름을 보전하기 어려울 수도 사옵니다. 부디 성심을 내려놓으시고 전쟁으로 수많은 피를 흘려야 할 백성들을 굽어 살피시옵소서."

계노치와 명중소에 이어 반대하는 자들이 점점 목소리를 높이기 시작했다. 그예 원의 노성이 정전을 쩌렁쩌렁 울렸다.

"진정 이 나라를 양광의 발아래 갖다 바치겠다는 말인가? 이 나라엔 진심으로 구국하려는 충신이 없다는 말인가?"

원은 감히 나라의 존폐까지 입에 올리는 대신들의 망언을 두고 볼 수 없었다.

"짐이 친히 전군을 지휘하겠다! 짐이 기필코 승리하여 발칙한 양광의 목을 치고 적의 시신으로 요하를 채워 이 나라 고구려를 지켜낼 것이다! 짐을 따를 자가 있는가?"

역시나 원은 맞서 싸우려고 했다. 잠시 정전에 침묵이 흘렀다. 수나라 백만 대군이란 수효는 기망이니 나가서 짓밟고 오자 했던 고건무도 나서지 못했다. 아무도 감히 먼저 나설 수 없는 것은 두려움도 두려움이었지만 패배를 염두에 두고 출진해야 하는 전쟁이기에 그 책임을 감당할 수 없기 때문이었다.

좌중을 돌아보는 원의 눈빛이 흔들리기 시작했다.

"그들은 절대 자신들에게 가장 위협적인 이 고구려의 존재를 용납하지 않을 것이다. 짐이 막아내지 못한다면 이 나라, 나의 백성들은 결코 살아남지 못할 것이란 말이다."

그예 원은 그토록 인정하고 싶지 않았던 거대한 나라 수를 인정할 수밖에 없었다. 그 또한 두렵지 않을 리 만무했다. 그럼에도 이 나라를 지켜내야 할 막중한 자리에 임하고 있음을 알고 있었다. 그래서 결코 물러설 수 없다 말하는 것이었다.

"하오면……."

나는 이토록 위험천만하고 목숨을 장담하지 못할 전쟁에 고구려의 지존인 태왕을 앞세울 수 없었다. 그게 주군을 모시는 나의 의지였고, 죽은 이화에 대한 의리이기도 했다.

"미거하나마 소신이 폐하의 뜻을 따르겠나이다. 다만 폐하께오서는 이 나라의 국부이자, 천신의 후예. 옥체를 보존하시옵소서. 대신 소신에게 명하시옵소서. 폐하를 대신하여 요하 아니라 장안이든 낙안이든 지옥일지라도 명하시는 곳에 가서 싸우겠나이다."

이기고 돌아오겠다는 말은 하지 않았다. 나라고 백만 대군이 두렵지 않을까? 살이 떨리고 염통이 북처럼 울렸다. 그럼에도 나는 직접 짐을 져 원을 뜻을 따르고자 했다.

원이 명하였다.

"을지문덕의 관등을 올려 태대사자에 봉하고 전군을 지휘하는 대장군으로 임명한다!"

다시금 파격적인 인사, 그래서 더더욱 무겁고도 엄중한 자리가 내게 내려졌다.

문득 이 전쟁이 내게 마지막이 될지도 모른다는 생각이 들었다. 또한 마지막이어야 한다는 바람이 간절했다.

**

14년 전 수문제의 침략 때에는 강이식이 있었으나, 그는 이미 병구를 이끌고 군병을 지휘할 상태가 아니었다.

내가 그 자리를 이어 대장군이 되었음에 반대하는 이들은 분명 있었다. 전쟁 불가를 주장하였지만, 어차피 전쟁을 치러야 한다면 그들 모두 전장에 나가 싸워야 할 터. 명문 갑족 출신인 그들이 출신 성분부터 미천한 나의 명령을 받아야 한다는 사실이 적이 불쾌했으리라. 그러나 원의 단호한 결단에 더는 반대할 엄두를 내지 못하였다. 수나라의 대군을 맞아 나라의 존폐가 걸린 전쟁에 사사로운 감정으로 인사를 단행할 원이 아님을 그들 모두 알고 있었다. 다만 죽은 이화에 대한 애틋함이 이번 인사에 영향을 미쳤을지도 모른다는 다소 편벽된 생각까지 배제할 수 있을까? 당사자인 나조차도 확신할 수 없었다. 그만큼 이화의 죽음은 원에게 크나큰 상처였다. 모두가 이 사실을 알고 있기에 드러내놓고 간하는 이는 없었다.

나는 그 길로 3만의 군을 이끌고 다시 요동으로 향했다. 선두를 따르는 이는 다름 아닌, 500명의 개마무사였다. 고구려 최고의 인재들, 삼한갑족 중 귀재들로만 추려진 최강의 찰갑 부대, 어린 시절 그토록 선망했던 최고의 무사 집단을 내가 지휘하게 되었다. 감회가 남달랐다. 물론 원이 하사한 찰갑을 착용하였으며, 찰갑을 뒤집어쓴 말을 타고 위무 당당하게 그들을 지휘하고 있었으니 나 또한 개마무사였다.

미리 통고받은 요동성주 우달소가 요동성 앞 10리 길에 나와 맞이하였다.

"을지문덕 공, 대장군이 되신 것을 감축드리오!"

그러나 나는 재회의 반가움보다 전시에 과분한 환대를 나무랄 수밖에 없었다.

"성주! 지난번 방문했을 때와는 다른 상황이라는 사실을 모르는 게요? 전시에 성을 지켜야 할 성주께서 어찌 성을 비우고 이 자리까지 나와 계신 게요? 요동성이 무너지면 적들의 무리가 파죽지세로 국경을 범할 것이고, 급기야 황성으로 몰려가 폐하와 이 나라 조정, 백성들까지 위협할 것이라는 사실을 진정 모르는 게요?"

"송구하오. 그저 반가운 마음에……"

지난번 때와는 사뭇 달라진 나의 태도에 우달소는 당황하여 쩔쩔맸다. 나는 그의 변에 귀 기울이지 않았다. 대신 요동성까지 가는 길을 달리면서 명을 내렸다.

"요동성 사방 100리에 해당하는 모든 가옥과 논밭을 불태우라! 성과 성을 잇는 모든 길목에도 인가가 있어서는 아니 된다! 황성까지 이어지는 길도 마찬가지다. 군기로 쓰일 나무는 모두 베어 성안에 쌓고, 옮길 수 없는 나머지들은 불태우라! 적의 배를 채울 군량이 될 수 있는 조 한 톨, 소금 한 알 남기지 말고 모두 성안으로 옮기라! 논밭의 나락 한 알 흘리지 말고 우리가 취할 수 없다면 모두 불태우라!"

나의 명은 즉각 이행되었다. 요동성을 위시하여 북으로 개모성, 현도성, 신성 주변 50리, 남으로 백암성, 안시성, 오골성, 비사성에 이르는 주변 50리의 모든 가옥과 논밭, 산의 나무까지 모두 불태워졌다. 황성으로 이어지는 길에도 사람의 자취 그 어느 것 하나 남기지 않았다. 그 어떤 적도 이 땅에서 이 땅의 것을 취할 수 없게끔 치워버리고 백성들과 재화 모두 가까운 성으로 옮겼다.

나는 벌건 화염과 검은 연기가 넘실대는 요동성 망루에 올라 요하 너머를 노려보며 이를 악물었다.

'오라. 나의 나라를 피로 물들이려는 광포한 짐승들이여. 내 너의 피를 요하에 뿌려 설기의 넋을 달래고, 집과 세간을 잃어 통곡하는 고구려의 백성들을 위무할 것이다.'

이때, 한 군졸이 달려와 노대에 설치된 포노 몇 대가 작동하지 않는다고 보고했다. 황성의 노사가 늦게 출발한 터라 도착 전에 이를 손볼 사람이 필요했다. 손재주가 좋은 몇몇 군사들이 차출되어 왔다.

그중 한 군사가 능숙하게 포노를 만지는 것을 보고 부관인 비유에게 물었다.

"솜씨가 좋은 자로구나. 어느 부대에 있는 자인가?"

"세연당의 당주입니다."

"어비루인가?"

그런데 돌아보는 낯이 달랐다. 갑주를 걸쳤지만 못 알아볼 리 없었다.

"어찌……"

"대장군을 뵈옵니다."

가리였다.

도강

"소인보다 쇠뇌를 잘 다루는 사람은 고구려 어디에도 없지요."

가리가 그리 말하고는 다시 포노를 손보기 시작했다.

대형 쇠뇌인 포노는 한 사람이 당기고 쏘는 수노와는 달랐다. 양쪽에서 두 명의 군졸이 활차를 동시에 돌려 시위를 당겨야 했고, 또 다른 군졸이 큰 화살을 걸개에 걸어 이를 쏘게 하는 복잡한 구조였다. 화살의 크기가 큰 만큼 관통력이나 파괴력이 굉장했고 여러 개의 화살을 동시에 쏠 수 있었다. 그뿐 아니라 멀리 나간다는 장점이 있어 대인보다 대물에 해당하는 무기였다. 그런데 포노의 활차가 계절을 거듭한 비와 눈, 강에서 불어오는 습한 공기에 부식되어 작동이 원활치 않았다.

가리는 군졸들의 도움을 받아 망가진 부분을 제거하고 새로운 활차를 부착했다.

 나는 한참이나 이를 지켜보고 있었다. 왜 가리가 갑옷을 입고 전장에 나와 있는지, 여인인 그녀가 어떻게 이 자리에까지 올 수 있었는지 궁금했다.

 "어찌 된 것이오?"

 일을 끝낸 가리를 군장들의 회의실로 불렀다. 과거 강이식이 앉던 자리가 이제는 내 자리였다.

 "어비루 님이 황성 방위군을 맡게 되면서 세연당의 예비군들이 모두 전투에 투입되었습니다. 할 수 없이 남은 여섯 명의 제자들과 함께 자원하였으니 받아 주십시오."

 "아니, 아녀자인 그대가 어찌 전장에 나올 수 있었느냐는 물음이오."

 "소인은 아녀자로 이 자리에 나온 것이 아닙니다. 세연당의 전 당주 우경 장군을 이은 새 당주의 자격으로 왔습니다. 풍전등화의 나라를 지키는 데에 있어 남녀의 구별이 어디 있고, 신분의 고하가 또 어디 있습니까? 모두가 고구려의 백성인 게지요. 소인, 재주가 미천하여 임명받는 대신 자원하여 오게 되었지만, 아시다시피 간자로 훈련받은 자입니다. 절대 짐이 되지는 않을 것이니 돌려보내지만 말아 주십시오."

 그 눈빛은 단호했고 흔들림이 없었다. 말린들 들을 것 같지 않아 이유를 물었다.

 "아정 때문이오?"

"아정……."

그제야 그녀의 눈빛이 흔들리며 물기가 돌았다.

"아정이라면 계속해서 찾고 있소. 내 어떻게든 찾아보겠소. 다만, 지금은 전시 상황이니……."

"이곳이 거란과 가까우니 혹여 아정의 소식도 들을 수 있겠지요. 또한 망부를 대신하기 위함이기도 합니다. 마지막으로…… 고구려를 지키는 데 한 점 보탬이 되고자 하는 충심이라 보시면 될 것입니다. 과거 나라를 등지고 간역질을 한 자입니다. 을지문덕 공과 망부의 도움으로 다시 고국으로 돌아올 수 있었고, 폐하께서 목숨을 살려주셨지요. 배역했던 과거에 대한 죄를 벗고 은혜에 보답하고 싶습니다."

"그 뜻은 알겠소. 다만……."

"놀러 나온 것이 아닙니다. 싸우러 온 것입니다. 세연당의 제자들은 모두 이러한 나라의 전쟁을 위해 준비된 자들입니다. 부디 소인과 세연당의 제자들을 내치지 마십시오."

더 이상 말릴 명분이 없었다. 그녀의 말대로 여기 모인 모두는 싸우러 온 것이지, 유람 나온 것이 아니었다. 백만이 넘는 대군을 상대하려면 군사 한 사람 한 사람이 귀했다. 가리라면 평생 땅만 파먹다가 부역 나온 늙은 농부보다는 훨씬 쓸모가 있었다. 어설피 훈련된 군졸 서너 명 몫은 하고도 남았다. 다만 내 속이 내키지 않았을 뿐이다.

대륙에서 불어오는 찬 바람이 찰갑을 비집고 들어왔다. 그 바람을 따라 백만 대군이 오고 있었다. 곧 요하에서 맞닥뜨리리라. 다시금 적의 피로 요하를 물들이는 한이 있어도 기필코 막아내야 했다. 그것이 나에게 주어진 임무였다.

**

3월. 드디어 수나라의 선봉과 양광의 중군이 요하 건너에 도착했다. 장마 때와 달리 바짝 마른 요택이 수나라 군사들로 가득 찼음에 끝이 보이지 않았다. 요동성 망루에서 바라보는데 그 수효와 규모에 절로 몸서리가 쳐졌다.

"적이 부교를 놓고 있사옵니다."

장안성에서부터 줄곧 나를 보좌해왔던 부관 비유가 달려와 전했다. 이미 지켜보고 있는 상황이었다. 적들이 멀리서 나무를 베어와 부교를 만들고 있었다. 미리 요서의 산과 들을 일부 불태우긴 했지만, 그 멀리까지는 미치지 못했기에 아쉬움이 있었.

이윽고 세 개의 부교가 놓였다.

"달소! 강 언덕에 1만의 궁수와 1만의 보병을 배치하라. 부교를 건너오는 적의 한 놈도 요동 땅을 밟지 못하도록 척살하라!"

나의 명령에 달소가 2만의 군사를 이끌고 요하로 달려갔다. 이어 강가 언덕 위에서 적을 기다렸다.

다행히 부교의 길이가 예상보다 1길이나 짧아 요수 동안에 닿지 못했다. 적들은 부교 끝에서 물로 뛰어들어야 했다. 차가운 강물을 뚫고 헤엄쳐오거나 걸어 나오는 적들이 요하를 새까맣게 덮었다. 이를 향해 궁수들이 일제히 화살을 날렸다. 투석기로 날린 큰 바위들이 부교와 적의 머리 위로 떨어졌다. 적의 비명소리가 요동성까지 쩌렁쩌렁 울렸다. 겨우 요하를 건넌 적들은 보병들에 의해 척살 당했다. 꾸역꾸역 넘어오고 바로바로 베어졌다.

몇 날 며칠 요하를 사이에 둔 지루하고도 끈질긴 싸움이 계속되었다. 적의 시신이 모여 산처럼 쌓였다. 시신들이 요하를 타고 끊임없이 흘러 내려가다가 바위에 걸리면 그곳에 둑이 생겼다. 수심이 깊어지는 이유였다.

"방패를 들라! 무조건 올라가라! 적의 수는 우리에 전혀 미치지 못한다!"

외치며 말을 타고 부교에서 뛰어내리는 적의 장수가 보였다. 푸른색 철갑주가 빛을 난사했다.

비유가 말했다.

"좌둔위 대장군 맥철장麥鐵杖입니다."

맥철장이라면 시흥 출신으로 수나라의 맹장이었다. 원래 글을 몰라 불학무식할 뿐 아니라 도적질이나 해 먹던 자였으나, 판단이 빠르고 달리는 말을 따라잡을 만큼 재발라 진나라 진숙보에 이어 양소에게 인정을 받았다. 많은 전투에서 수훈을 세워 지금의 자리에 이르렀다.

"활을 가져오라."

하지만 사정거리가 한참이나 넘었다. 게다가 많은 적들이 방패로 그를 에워싼 채 강을 건너고 있었다. 화살이 집중되었지만 살 하나도 그를 맞추지 못했다. 맥철장이 강을 다 건널 즈음 고구려 보병들이 한꺼번에 그를 향해 달려들었다. 맥철장을 감싸고 있던 적이 하나둘씩 쓰러졌다. 그사이 요동을 밟을 수 있었던 맥철장은 껍질을 벗듯 자신을 호위하던 군사들을 뚫고 나오며 그야말로 맹수처럼 고구려 군사들을 베기 시작했다. 그의 뒤를 따라 적들이 속속 요동 땅을 밟았다.

"사정없이 베어라! 절대 한 놈도 고구려 땅에 오르지 못하게 하라!"

달소가 말을 타고 동분서주하며 군의 사기를 북돋는 사이에도 적들은 새까맣게 밀려들었다. 빗발치는 화살과 투석을 피하지 못한 적들이 무수히 쓰러져 갔지만 주검을 밟고 한 발 한 발 검질기게 전진했다. 마치 새까만 노도가 밀려드는 것 같았다.

"내가 죽더라도 절대 성문을 열지 말라!"

나는 비유에게 지휘봉을 맡긴 채 직접 오백의 개마무사를 이끌고 요동성 밖으로 나아갔다. 개마무사는 역시 용맹했다. 그 창끝에서 무수한 적들이 피를 흘리며 쓰러졌다. 그 틈에 나 또한 적을 베고 또 베면서 맥철장을 향해 다가갔다. 문제는 적의 수효가 좀체 줄지 않는다는 것이었다. 한 놈을 죽이면 두 놈이 늘어나고, 세 놈을 죽이면 또 그 배의 적이 달려들어 가로막았다. 맥철장과의 거리는 그렇게 점점 멀어졌다. 적들은 대장군인 나의 목을 베어 오라는 양광의 명령이 있었던 만큼 경쟁이라도 하듯 치열하게 달려들었다.

그런데 갑자기 나를 공격하던 적들이 멱따는 비명과 함께 후두둑 낙엽처럼 쓰러지기 시작했다. 그들의 몸에 박힌 것은 다름 아닌 각궁보다 짧은 쇠뇌살이었다. 촉급한 상황이었기에 달소에게 보낸 군사들과 내가 이끌고 나온 군사 중 쇠뇌를 쓰는 이들은 많지 않았다. 각궁이 쇠뇌보다 빨랐기 때문이다. 다만, 이렇게까지 정확하게 쇠뇌를 다룰 줄 아는 사람을 나는 알고 있었다. 그 덕에 내 앞의 길이 트였다.

그예 맥철장도 나를 발견하더니 말머리를 돌려 달려왔다. 그의 창과 나의 검이 허공에서 부딪쳤다. 그의 창은 명성대로 묵직하고 빈틈이 없었다. 힘으로라면 누구에게 지지 않는다 자부했던 나로서도 버거운 상대였다. 내 검이 창대에 휘감겨 몇 번이고 손아귀에서 떨어질 뻔했다. 그는 밀어내 거리를 두려 했고, 나는 접근하여 검이 닿는 곳에서 그를 만나길 바랐다. 오십여 합을 싸우는 동안, 주변의 다른 소리는 들리지 않았다. 오로지 그와 나 둘뿐, 그의 거친 숨소리까지 귀에 들리는 듯했다. 나의 숨소리였을 것이다.

드디어 기회가 왔다. 나의 왼쪽 어깨를 노려 달려드는 창을 피하지 않고 손으로 잡았다. 그리고 그가 창을 빼기 직전, 칼을 내리쳐 창대를 끊어버렸다. 당황한 맥철장은 창을 버리고 옆구리의 검을 빼 들려고 했다. 나는 그 검 든 손을 베어버렸다. 이어 목을 쳐버렸다.

맥철장의 목이 푸른 투구와 함께 공중에 떠올랐다. 말은 홀로 앞서가다가 맥철장의 몸뚱이가 바닥으로 뒹굴자 놀라 달아나 버렸다. 눈알을 무섭게 부릅뜬 맥철장의 목을 부러진 창대에 꿰어 쳐드니 사방에서 함성이 울렸다.

"맥철장이 죽었다! 감히 누가 요동을 밟을 것인가?"

연이어 전사웅錢士雄, 맹차孟乂 등 적장들이 개마무사들의 맹렬한 공격에 맥없이 전사하였다. 상황은 점점 고구려에 유리해졌다. 물에 뛰어들거나 뭍을 밟는 순간 칼과 창, 살과 투석이 쏟아지는 난리 속에서 진군을 지휘하던 장수들마저 죽어 나가니 적은 요동 땅을 밟을 엄두조차 내지 못하였다. 오히려 부교 위에서 뒤따르는 군에 밀려 돌아가지 못하게 된 적들은 중간에 이탈하여 물로 뛰어들거나 그대로 다시 요서로 헤엄쳐 달아나기에 바빴다.

"고구려군 만세!"

한 번 무너지기 시작한 적들이 앞다투어 도망치자 우리 군의 사기는 절로 살아났다. 화살을 쏘고, 투석을 더욱 맹렬히 날렸다. 강으로 뛰어들어 적의 뒤를 쫓기도 하였다.

요하 반대편에서 북이 둥둥 울렸다. 퇴각을 알리는 소리였다.

부교는 박살 나고 수나라군의 주검으로 요하가 다시 그 예전처럼 피바다가 되었다. 3만의 수나라군이 죽었다. 그에 비해 고구려군의 사상자는 약 200여 명.

나는 수나라군이 버리고 간 무기를 모두 거둬 요동성 안으로 끌고 들어오게 하였다. 고구려 철에 못 미치는 물건들이었지만 아쉬운 대로 사용 가능한 것들이었다. 주인 잃고 날뛰는 말들도 모두 끌고 들어왔다. 고구려군의 사상자들도 성안으로 옮겼다. 죽은 자 중 요동 출신에 한해 일일이 가족들에게 확인시키고 전염병을 막기 위해 소각했다. 그 외에는 도리 없이 이름을 확인하여 전사자 명단에 올리고 소각하였다.

성안의 여인들도 할 일은 많았다. 밥을 지어 군사들을 먹였다. 전투에 나섰던 군사들이 먼저 먹고 이어 남은 모두가 먹었다. 당분간 양식은 충분했다. 삶과 죽음이 끊임없이 반복되는 전장이지만 밥을 굶는 이가 있어서는 아니 되었다.

요동성 광장에서는 요하 전선을 지켜내다가 먼저 죽은 영웅들이 검은 그을음을 내며 타오르고 있었다. 사납게 일어나는 불길이 그들의 억울한 아우성처럼 서럽게 용트림했다.

지금까지는 잘 막아내고 있지만 진짜 싸움은 이제 시작일 뿐이었다. 요하가 피바다가 되었어도 살아있는 적의 수효에 비하면 새 발의 피였다. 언제까지 요하를, 요동 전선을 지켜낼 수 있을지 장담할 수 없었다. 최선을 다할 뿐이었다. 만감이 교차했다.

멀리서 나와 같이 불길을 지켜보고 있는 이가 있었다. 가리였다. 무엇이 분한지 이맛살을 잔뜩 찌푸린 채였다. 그러다 급하게 몸을 돌려세웠는데 내 가슴에 얼굴을 처박고 말았다. 어느새 내가 그녀 곁에 와 있었다.

"소, 송구합니다, 대장군."

그녀가 얼른 자리를 피해 달아나려고 했다. 불식간에 그녀의 손목을 낚아챘다. 그녀의 시선이 나에게 와 닿았다. 벌건 불빛에 그녀의 눈가가 붉게 빛났다. 낯은 초췌했고 음울했다. 항시 전쟁을 치르는 이라 할지라도 매번 죽은 자들을 대하는 것이 새삼스러운데 그녀는 오죽할까?

"전투에 참여하였소?"

"아, 아닙니다. 치를 손보고 있었습니다."

대답과는 달리 그녀의 손에는 쇠뇌가 쥐어져 있었다.

잠시 그렇게 그녀의 시선은 허공에서 정지한 듯 멈춰 있다가 곧 멀어졌다. 이어 총총히 자리를 떴다. 쫓기는 듯. 쫓는 자가 우경일 수도 이화일 수도 있겠지만, 내 곁에 있으면서 나와의 대면은 피하고 있음을 분명히 느낄 수 있었다.

달소를 불러 지시했다.

"녹족부인을 전투에 내보내지 말게. 스승님의 부인이 아니신가? 자칫 다치기라도 한다면 죽어 스승님을 뵐 낯이 없지 않겠는가?"

"알고 있습니다. 하지만 부인께서 간곡히 부탁하신 일이라……."

"무엇을 말인가?"

"대장군께서 직접 참여하시는 전투에는 꼭 참여할 수 있도록 해 달라 하셨습니다. 아무래도 스승님을 대신하여 대장군을 도와야 한다 여기시는 듯하였습니다. 물론 스승님 살아 계실 때부터 세연당에서 직접 제자들을 가르치실 정도로 뛰어난 분이셨으니 그리 염려하지 않으셔도 되지 싶습니다."

나를 우경의 대신으로 도우려 한다? 과연 그런 의미일까? 속내 착잡했다.

전투에 참여하는 이들 중 여인이 전혀 없는 것은 아니었다. 무인의 가문에서 태어나 배우고 자란 뛰어난 여랑도 있었고, 집안의 사내들이 모두 형편이 되지 않아 대신 부역 나온 이도 간혹 있었다. 그러나 가리는 굳이 그럴 필요가 없었다. 전장에서 큰 공을 세우고 죽은 장수의 가족이었기에 대신해 군역하지 않아도 될 뿐 아니라 사후 녹봉도 10년 동안 보장되었다. 그런데도 마다하고 나와 싸우고 있었다.

하긴 이 성 어디에도 편안히 쉬고 있는 사람은 없었다. 사내들은 전투에 나아가 죽음을 업고 피를 흘리거나 칼날을 갈음질하며 다음 전투를 준비해야 했고, 대부분의 여인은 매 끼니 수만 명의 밥을 준비하고 부상자들을 챙기느라 분주했다. 거동이 가능한 노인들은 시신들을 한 데 모아 불태웠으며, 아이들은 부상자들에게 일일이 밥을 가져다주었다. 그래도 고심 끝에 방법을 찾았다. 노사의 일원으로 손재주를 발휘하게 한다면 직접 전투엔 참가하지 않아도 되었다.

"녹족부인을 노사의 장으로 임명한다."

험한 전장에서 그녀가 상하는 꼴을 보고 싶지 않은 나의 진심이었다.

 요하에 해가 지고 어둠이 깔리기 시작했다. 붉게 물든 천하가 검은 그림자에 가려져 음산한 분위기로 가득했다.

 강 너머에서 다시금 북소리가 요란했다. 사기를 북돋우려는 의도인지, 남은 패장들이 문책을 당하고 있는 건지, 부교를 만드는 데 실패한 공부상서工部尙書 우문개宇文愷의 목을 날리고 있는 건지 알 수 없었으나, 양광이 분노에 떨며 노성을 지르고 있음에 틀림없었다.

 곧 그자를 만날 생각만 해도 치가 떨렸다. 목을 베어 설기의 무덤에 그 피를 뿌리고, 발아래에서 짓이겨지는 장면이 되풀이되었다. 그 사이에도 부하들의 죽음, 피로 물들 고구려 땅, 불타오르는 산야가 백성들의 통곡 소리가 되어 들리는 듯했다.

 내가 살아야 하고, 적을 이겨내야 할 이유였다.

수성

  다시 이틀 만에 적의 부교가 완성되었다. 소부감(小府監) 하조(何稠)가 우문개 일을 대신하게 되었다고 척후가 알려왔다. 적은 새로 연장된 부교 3도를 타고 도하에 성공했다. 이어 요하 서안에서 포차로 연신 바위를 날려 고구려군이 올라 있던 언덕을 반파했다. 밤사이 개모성 쪽 강을 넘은 적들까지 합세하여 노도와 같이 밀려드니, 그 위세에 말린 고구려 군사 1만이 전사하고 말았다.

  진두지휘하던 달소마저 떼로 덤비는 적의 발굽 아래 형체를 알아볼 수 없을 정도로 짓이겨져 죽었다. 그러나 슬퍼할 새도, 시신을 수습할 새도 없었다. 양광의 거가(車駕)까지 도강하니 적의 위세는 하늘을 찔렀다. 때는 5월, 적이 요서에 도착한 지 두 달 만이었다.

  나는 요동성 문을 굳게 닫고 수성에 임했다. 요동성과 이를 감싼 해자, 하늘을 뺀 나머지 부분이 새까만 적들로 가득했다. 밤이면 그들이 피워 올린 불빛이 하늘의 별처럼 땅을 가득 메웠다.

해자에는 태자하의 지류인 양수가 흐르고 있었다. 해자 너머 황금빛 거가 위에서 양광의 의기양양한 말소리가 백 명의 적군들에 의해 한목소리로 전달되었다.

"을지문덕은 들으라! 짐이 이 먼 길을 달려온 이유를 아는가? 모든 것은 너희 어리석은 왕이 백성들을 핍박하고 가렴주구하여 굶주림과 고통을 호소하니, 하늘이 이를 가엾이 여겨 아들인 짐을 보내신 것이 아니겠는가? 당장 성문을 열고 달려 나와 무릎을 꿇라! 그리하면 너와 네 처자식을 비롯해 성의 모든 백성을 용서하고 짐의 백성으로 받아들여 평안케 하겠다!"

나는 큰 소리로 웃고 말았다. 누가 누구에게 백성을 핍박한다 하는가? 누가 누구를 용서하고 평안케 한다는 것인가?

"양광아, 제 아비와 형제를 죽이고 황좌를 빼앗은 천하의 패륜아야! 네 어찌 그런 패륜을 저지르고도 중원의 천자라 참칭하느냐? 무릇 천자란, 하늘을 대신해 백성을 긍휼히 여겨야 하거늘! 전국 방방곡곡을 누비며 계집 사냥이나 하던 네가 감히 나의 폐하를 매도하니 참위僭位인 줄 모르고 설치는 꼴이 가관이로구나! 남의 처자식, 남의 백성을 걱정하기 전에 죽은 네 놈 가족에게 먼저 용서를 구하라! 스스로 수족을 잘라야 하고 생매장당하고 부역에 끌려 나가 죽었던 수많은 너의 백성들에게 용서를 구하라! 나 을지문덕은 결코 너를 용서치 않을 것이다!"

"감히…… 짐의 관대함을 조벌하다니……! 기필코 네 놈의 사지를 산 채로 찢어 젓갈을 담그고 너의 백성들 모두가 보는 앞에서 네 식솔 입에 처넣을 것이다. 또한 너의 항복으로 살릴 수 있었을 이 성의 고구려 종자 중 누구 하나 살려두지 않을 것이다! 앞으로 일어날 모든 비극은 네 놈의 그 세 치 혀 때문이라는 사실을 알라!"

분이 난 양광은 당장 해자로 흘러드는 물길을 막도록 명령했다. 그의 명령은 즉각 수행되었다. 수많은 군사가 한꺼번에 달려들어 해자로 통하는 양수를 막더니 빠져나가는 물길마저 사방으로 뚫어 물 한 방울 남기지 않고 빼 버렸다. 이틀이 채 되지 않아 해자가 바닥을 드러냈다. 이어 끌고 온 공성기들을 모두 동원하여 성을 공격하기 시작했다.

제일 먼저 적의 포차가 멀리서 성벽을 공격했다. 적의 포차는 우리네 것보다 크고 그만큼 위력이 있었다. 머리카락처럼 늘어진 수십 개의 밧줄을 당기는 데만 100명의 군사가 달라붙어 100근짜리 바위를 얹은 지렛대를 당겼고, 구령에 맞춰 이를 놓는 순간 집채만 한 바위가 성벽을 향해 날아들었다.

다행히 요동성의 성벽은 굳건했다. 겹겹이 돌을 쌓고 흙으로 단단히 메운 덕에 벽을 허물기도 어렵거니와, 뚫린다 해도 그 안에 또 하나의 벽이 든든하게 버티고 있어 쉽게 무너지지 않았다. 게다가 공병들이 계속해서 안쪽에 벽을 대고 있는지라, 제아무리 산을 갖다 부딪친다 하여도 버텨낼 만했다.

포차에 이어 수 십 대의 운제雲梯가 성벽을 향해 다가왔다. 운제는 긴 사다리가 달려 성벽을 타고 오르게끔 설계된 공성 장비다. 물론 공성전에서 운제와 포차는 기본이다. 이를 간과했을 내가 아니다. 곧 여기저기에서 비명 소리가 들렸고 운제를 끌던 적들이 바닥을 뒹굴었다. 바닥에 가득 뿌려놓은 마름쇠 때문이었다. 녹이 바짝 슨 날카로운 마름쇠에 발이 찔린 적들이 전진하지 못하고 부상자가 되어 그들의 짐이 되는 지경이었다. 당황한 적들은 마름쇠를 쓸어내며 길을 텄고, 고구려군은 지체하고 있는 적의 머리 위로 불화살을 쏘아 부었다. 불을 붙인 대형 쇠뇌와 투석기 또한 운제와 적들을 향해 일제히 발포되었다.

하지만 우리의 방어가 정연한 만큼 적의 공격도 체계적이었다.

"충파!"

끝에 뾰족한 쇠를 끼운 충차와 거대한 쇠망치를 단 당차撞車가 성문을 박살내기 위해 돌진했다.

"끓는 기름을 투하하라!"

나는 명하여 끓는 기름을 적의 머리 위로 퍼붓게 했다. 그 위로 횃불을 던지니 충차의 지붕은 삽시간에 불타 버렸다. 고스란히 노출된 적들은 펄펄 뛰며 새까맣게 타들어 갔다. 운제의 사다리를 타다가 불화살을 맞은 적들도 별똥별처럼 활활 타오르며 뚝뚝 떨어졌다. 성을 둘러싼 여기저기에서 벌건 불길과 끔찍한 비명 소리, 처절한 울부짖음, 죽이겠다는 악다구니, 부딪치고 박살 나는 소리로 아비규환이었다.

그런 극악한 상황에서도 끈질기게 오르고 또 넘어오는 것은 양광의 서슬 퍼런 명령 때문이었다.

"물러나는 놈들은 모두 죽는다! 퇴각을 종용하는 자가 있다면 삼대를 잡아다가 찢어 죽일 것이다! 후퇴는 없다! 무조건 성을 함락하라!"

그렇게 양광은 무섭게 몰아쳤다. 이에 뒷덜미를 겨눈 지휘관들의 칼날이 더 무서웠던 적들은 자기 몸이 부서지는 것도 잊은 채 동료의 발판이 되거나 성벽에 붙어 인간 사다리가 되는 것을 마다하지 않았다.

적은 다시 뒤늦게 도착한 팔륜누차八輪樓車를 조립하여 끌고 왔다. 운제와 충차를 합쳐놓은 듯한 모양새에 바퀴가 8개인 팔륜누차는 높이가 99자나 되는 요동성 성곽에 맞춰 특수 제작된 것이었다. 적은 그 위에 올라 성곽 위의 고구려군을 향해 불화살을 쏘고 쇠갈퀴를 던지고 줄사다리를 걸어 성안으로의 진입을 시도했다. 물론 이 또한 대비해놓은 상태였다. 성곽 위에 빼곡하게 박아놓은 마름쇠와 번질번질 미끄럽게 발라져 있는 기름이 적의 월성을 또 한 번 막아냈다.

땅 위에서의 공격과 동시에 땅을 파서 성 아래로 침입하려는 시도도 있었다. 투석의 사정거리 밖에서 땅을 파기 시작한 적은 부교를 잘라 기둥을 세우며 요동성 앞까지 파고들어 오는 데는 성공했다. 그런데 요동성이 이러한 지도地導에 대비하여 깊은 바닥부터 성벽을 쌓아 올린 구조였음을 알 턱이 없었다. 그들은 단단한 성벽 하단을 깨부수기 위해 애만 쓰다가 그 충격으로 기둥이 무너지면서 매몰되고 말았다.

양광은 그 와중에도 개모성, 백암성 등 요하에 임해 있는 성들에 대한 동시다발적인 공격 또한 진행했다. 우군 11군이 요동성을 포위한 채 맹공을 퍼붓는 사이 좌군 10군이 요동 전선 남은 성들을 포위했다. 다행히 우리의 방비는 완강했다. 다른 성으로 향하는 길은 모두 험지였고, 성벽은 견고했다. 어떠한 도발에도 성문은 굳게 닫혀있었고 성안의 주민들 모두 하나가 되어 방어하니, 단 하나의 성도 함락되지 않았다. 그렇게 나의 수하들과 각 성을 지키는 장수들은 공격보다 수성에 진력을 다하며 버텼다.

결국 적군 3개 군이 몰살당했다. 적은 쌓여 가는 시체들 속에서 고구려 성이 난공불락이라는 사실을 재삼 깨달아야만 했다. 물론 적이 계속 희생자를 내는 만큼 고구려군에도 사상자들이 속출했다. 포차에서 던진 바위에 깔려 죽거나 다치고, 불화살을 맞아 죽거나 다치고, 팔륜누차 위에서 던진 쇠갈퀴에 찍혀 죽는가 하면, 성벽에 매달린 적에게 덜미가 잡혀 함께 추락하는 등 용케 성벽을 넘어온 적들과의 백병전 이외에도 죽거나 중상을 입어 쓰러지는 일이 허다했다.

요동성을 공격하는 적과 지키려는 아군의 처절한 전투는 한 달여 간 계속되었다. 수많은 적들이 요동성 마른 해자에 쌓여 여기저기 둔덕이 생겼다.

다행히 아직 우리에게는 양식이 충분했고, 미리 파 놓은 우물이 마르지 않아 버틸 수 있었다. 군사들을 세 개 조로 나누어 두 조가 수성하는 동안, 한 조는 쉴 수 있도록 하였다. 야철장이들은 부러진 화살촉과 칼을 녹여 끊임없이 새 무기를 만들어냈다. 하지만 백만 대군의 수효를 무시할 수는 없었다. 성 밖을 내다보면 암담했다. 시간이 지날수록 긴장감보다는 피로감이 더했다. 적의 수효는 여전히 까마득했고, 끝나지 않을 것 같은 수성전에 점점 지쳐가고 있었다.

적들 또한 고난한 것은 매한가지였다. 불타 버린 고구려 땅에서 좁쌀 한 톨 얻지 못한 채 보급병들이 싸 짊어지고 온 식량으로만 꿋꿋이 버티고 있는 상황이었다. 그러나 백만이 넘는 대군이 국경 문턱에 걸려 한 발도 나아가지 못한 채 매일 죽어 나가는 시체만 거두고 있으니, 사기는 바닥에 떨어지고 양광에 대한 반심이 크리란 예상은 당연했다.

내가 바라는 것이 바로 그것이었다. 공성에 실패한 적들 사이에 분열이 일어 자중지란 하다가 자멸하고 패퇴하는 일. 그런데 양광은 그리 호락호락한 인물이 아니었다. 죽은 자들의 시체를 물고기 밥으로 던져주면서도 매일 수많은 병사들을 죽음의 성, 요동성으로 돌격시키는 짓을 멈추지 않았다. 그의 승리에 대한 집착이 날로 심해진다는 증거였다.

가끔 가리를 보았다. 그녀의 모습은 멀리 있기도 했고, 가까이 있기도 했다. 활을 들고 성루에서 적을 상대하는가 하면, 뜨거운 기름을 끓여 날랐고, 부상자를 도와 중성으로 이동시키는가 하면, 가끔은 적과 백병전을 벌일 때도 있었다. 노사의 장이 할 일이 아니었음에도 그녀는 내 일, 네 일을 가리지 않고 곳곳에서 자신이 할 수 있는 최선을 다했다. 노상 전투 중이었기에 대화는커녕 눈빛 한 번 주고받을 여유조차 없었다. 마음으로야 천 번도 더 안부를 묻곤 했다. 멀쩡히 살아서 눈에 띄는 것이 대답이 되었다. 그때마다 살아 있어 주어 고맙다, 무사하니 다행이다, 안심하는 것이 고작이었다.

불붙은 팔륜누차가 휘영청한 달빛보다 환하게 밤하늘을 밝히고 있던 어느 날이었다.

여전히 팔륜누차 위의 적병들은 아득바득 성벽을 넘었다. 되돌아가 죽느니 전장의 영웅이 되어 고향의 가족들이라도 먹여 살리겠다는 의지로 목숨을 걸었다. 그 처절함이 성벽을 붉은 피로 물들였고 시체에 시체가 겹겹이 쌓여도 물러날 줄 몰랐다. 양광이 군사들에게 환각제를 먹여 죽음에 대한 두려움을 잊게 한다는 소리까지 있었다. 뒷걸음질 치는 고구려군들 앞에서 미쳐 날뛰는 적을 보면 그 말이 사실일 수도 있겠다 싶었다.

나는 가장 높은 루에 올라 요동성을 감싼 수많은 적의 횃불을 기표 삼아 목이 터져라 소리를 질렀다.

"자시 방향에 병력이 움직인다! 투석을 집중시켜라!"

"우영의 2군은 이동하여 동북 제3치를 사수하라!"

"화살을 아끼지 말라! 살은 충분하다!"

"살에 불을 붙여라! 단 한 놈도 성을 넘어오게 해서는 안 된다!"

"제7 노대가 비었다! 운사! 운사는 서둘러 그 자리를 채우라!"

"사혈이 무너졌다. 사수들을 보호하라!"

이때 성벽에 붙은 팔륜누차 위로 떠오르는 가벼운 몸짓이 보였다. 마치 새처럼 날아올랐다가 착지하는 가리에 이어 여섯 명의 군사들 또한 차례로 누차 위로 뛰어올랐다. 그녀를 그림자처럼 따라다니는 세연당 제자들이었다. 그들은 아예 팔륜누차에 올라 성벽을 넘으려는 적을 차단하려 했다.

가리의 몸놀림이 불빛을 끌면서 움직이는 듯했다. 재빠르고 용맹했다. 찌르고 베고 가르는데 일격필살, 적에게 합을 나눌 여지를 주지 않았다. 그녀와 세연당 제자들의 활약으로 많은 적들이 누차 아래로 우박처럼 떨어졌다. 역시나 우경의 백두검법은 실전에서 최고의 기량을 발휘했다. 그러나 꾸역꾸역 끊임없이 누차 상부로 올라오는 적들을 계속해서 상대하기에는 체력적으로 무리가 있었다. 아무리 자객으로 훈련받은 자라 할지라도 여인은 여인이 아닌가. 빠른 몸놀림으로도 사내의 힘을 당해내기는 역부족이었다. 결국 몇 합을 나누던 거구의 적군에게 밀려 넘어지고 말았다.

나는 즉각 화살의 방향을 틀어 가리에게 칼을 휘두르는 상대의 머리를 꿰뚫어버렸다. 이어 가리 주변의 적들을 차례로 쏘면서 엄호 사격에 임했다. 어느새 그리로 달리고 있었다.

나를 본 가리가 급히 휘파람을 불었다. 세연당 제자들은 일제히 시체를 밟고 성벽 안으로 날아올랐다. 나에게 누가 될 것을 염려했으리라. 마지막으로 가리가 누차에 불을 놓은 뒤 성벽을 향해 뛰어오르려고 했다. 그런데 쓰러져 있던 적군 하나가 발목을 잡아채 그녀를 쓰러뜨렸다. 그녀가 칼을 들어 발목 잡은 적병의 손목을 끊어버렸지만 이미 누차는 불길에 휩싸여 기우뚱하는 상태였다. 그녀가 누차 가장자리로 미끄러지는 것이 보였다.

"가리야!"

순간 염통이 배 속 깊은 심연까지 툭 떨어지는 듯했다. 눈앞에 다른 무엇도 보이지 않았다. 그녀는 아슬아슬하게 난간 끝에 매달려 있었다. 나는 다짜고짜 성벽에 걸려 있는 쇠갈퀴를 끊어 그 밧줄을 타고 누차 위로 날아올랐다. 다행히 난간 끝에 매달린 그녀의 손을 잡아챌 수 있었다. 그러나 나 또한 누차 끝에 매달린 형국이었다.

"대장군!"

"내 몸을 타고 올라가라!"

"누차가 무너집니다! 어서 이 손을 놓고 가십시오!"

"어서 내 말대로 해!"

"대장군!"

누차는 더 이상 버티지 못하고 기괴한 소리를 내며 무너지기 시작했다.

"덕아!"

가리의 비명이 귀청을 찢었다. 덕아. 그녀가 나를 부르던 소리, 그리운 목소리, 가슴을 갈라놓는 안타까운 목소리. 얼마나 오랫동안 이 소리를 품어왔던가. 하지만,

'이대로 모든 것이 끝나는 건가? 전쟁은? 내가 지켜야 할 이 나라 고구려는?'

생각이 퍼뜩 드는 순간, 마치 무녀의 손에서 뿌려지는 긴 천 조각처럼 여섯 개의 밧줄이 일제히 날아왔다. 여섯 명의 세연당 제자들이 던진 밧줄이었다. 나와 가리는 사력을 다해 밧줄을 부여잡았다. 그렇게 가리와 함께 성벽 위로 올라올 수 있었다. 내가 살아 다행이었고, 더욱이 가리를 살릴 수 있어서 다행이었다. 그래서 더더욱 숨 돌린 틈도 없이 그녀의 어깨를 휘어잡으며 큰 소리로 외쳤다.

"날 죽일 생각이 아니라면 전투에서 빠져라! 알았나? 이건 명령이다!"

가리는 고개만 주억거렸을 뿐 대답하지 못했다. 나는 황망히 자리를 떠 제 자리로 돌아왔다. 그때부터 내 눈은 부러 가리를 쫓지 않았다. 다시 고구려 전군을 지휘하는 대장군이 되어 전투에 임했다. 그 어느 때보다 높은 소리를 지르고 검날을 한껏 휘두르며 분전했다.

어느새 적이 다시 물러났다. 푸르스름하게 날이 새고 있었다. 검붉은 피와 새까만 살점으로 뒤덮인 해자 자리에 죽은 허물을

물어뜯는 검은 새들이 날아들었다. 금세 다시 닥쳐올 적들이지만 잠시 나에게도 들뜬 염통을 가라앉힐 모두숨이 필요했다. 사흘 밤을 새운 나의 군사들에게도 피와 땀을 말리며 눈을 붙일 시간이 필요했다.

'언제까지 이 지난한 전쟁을 계속해야 하는가?'

이후, 가리가 전투 전면에 나타나는 일이 없었다. 전방 후방이 따로 없는 수성전이었지만 전투가 벌어질 때마다 내 눈에 띄지 않게 움직이고 있음을 알 수 있었다.

내가 지켜야 할 고구려에 가리도 있겠지만, 우선은 아니었다. 일개 군졸이라면 모를까, 나는 이 나라의 존망을 책임질 대장군이자 태왕의 부마가 아닌가. 이 나라를 지켜야 내가 있고, 가리도 있는 것이다. 누구 하나만을 살리기 위해 자리를 박차고 나간 것은 참으로 경솔한 행위였다고 스스로를 여러 차례 자책했다.

그래도 그녀가 살아 있어 다행이었다. 그렇게 내 염통은 살아났다.

**

6월 기미일^{己未日. 11일} 간자의 보고가 들어왔다. 초조해진 양광의 거가가 요동성 남쪽으로 움직였다는 내용이었다.

그곳에서 제장들을 불러 엄히 꾸짖었다.

"그대들이 구가세족임을 믿고 짐을 우습게 보는 게냐? 짐이

경도에 있을 때 이곳으로 오는 것을 좋아하지 아니하더니 이 곤패를 볼까 염려한 까닭이었나? 그대들이 지금 죽음을 두려워하여 진력치 아니한다면 내 그대들을 능히 죽이고 말리라."

제장들은 벌벌 떨며 다시금 충성을 맹세하였다고 했다.

양광은 다시 요동성 서쪽 수리^{數里}에 육합성^{六合城}이라는 행궁을 만들어 거하며 다른 계책을 모색하기에 이르렀다.

전서구 한 마리가 소식을 전해왔다.

"내호아 10만 수군, 등주성 발진"

평양도해군총관^{平壤道海軍總管} 내호아^{來護兒}가 500척의 오아전선을 포함한 1,000척의 군선에 수군 10만을 이끌고 등주성을 출발하였다는 소식이었다. 이번에야말로 그들의 공격 목표는 장안성이었다. 그리고 이를 지휘하는 내호아는 양견의 고구려 원정 때 우효위대장군^{右驍衛大將軍}으로 활약했던 맹장이었다.

"내호아는 진나라 출신으로 의를 목숨처럼 여기는 자라 알려져 있습니다. 어려서 자신을 키워준 백부의 원수를 살해하고 그 목을 백부의 무덤에 바쳤다지요. 또한 하약필 휘하에서 간자로 일한 적이 있는데 이때 양견의 눈에 들어 대도독에 임명될 정도로 무예가 출중한 자이옵니다."

비유의 설명이었다.

나는 즉시 원에게 전령을 보내 요동성의 정황을 보고했다. 500척의 오아전선을 상대로 바다 위에서 싸우는 것은 불가하다, 그렇다고 적을 뭍에 들이는 순간 장안성은 곧 함락될 수 있으니 해안을 봉쇄하고 무조건 상륙을 막아내야 한다는 전갈을 보냈다. 이에 원은 고건무를 수군 총대장으로 임명하여 적의 수군에 대비토록 하였다. 또한 나를 장안성으로 불렀다. 태왕이 거하는 장안성이 함락된다면 요동성은 큰 의미가 없었기 때문이다.

나는 급히 제장들을 불렀다.

"폐하께서 나를 장안성으로 부르셨다."

"어찌 빠져나가시렵니까?"

모두가 당황하는 눈치였다. 그도 그럴 것이 백만의 적으로 첩첩이 둘러싸인 성을 빠져나가기는 불가능해 보였다. 더욱이 척후나 전령도 아닌 대장군의 행보가 그들의 간자에게 첩보된다면 그 순간 요동성, 그리고 이 나라 전체가 위태로워질 수도 있었다.

"개모성을 내주시는 것은 어떠하겠소?"

이 지역 지리에 빤한 우달소가 말했다.

"그곳의 군사들을 포함한 백성들의 수는 약 1만 5천. 현재 잘 버티고 있다고는 하나, 이대로라면 가장 먼저 무너질 수 있는 성이오. 대장군께서 장안성으로 가기 위해 이곳의 적을 일부라도 돌려야 한다면, 개모성의 약점을 드러내 적의 본진이 그곳으로 향하도록 유인하는 방책이 있을 것이오."

나는 고개를 저었다. 나를 위해 애꿎은 1만5천 개모성의 백성들을 미끼로 삼을 수는 없었다. 또한 그곳이 그들의 거점이 된다면 다른 성이 무너지는 것도 시간문제였다. 다른 방도를 찾아야 했다.

"해자를 다시 터트리는 방법이 있습니다. 적이 막아놓은 둑을 다시 터트려 해자가 채워지게 되면 적은 분명 다시 물길을 막기 위해 군력을 움직이게 될 것입니다. 그 사이 대장군께서는 하수로를 통해 멀리 해자를 따라 빠져나가시면 됩니다."

목도루였다.

"나쁘지 않은 방법이나, 누가 해자로 유입되는 물길을 터트릴 것인가? 특별히 그곳을 지키는 적의 수효가 많은 것으로 알고 있는데 자칫 적의 눈에 띄어 죽을 수도 있다."

"소장에게 맡겨주십시오."

목도루는 결연한 표정이었다. 요동성의 전 성주였던 부유충에 의해 바우가 죽었고, 백만 적의 도하를 막기 위해 죽기로 싸우던 달소도 전사했다. 모두가 나의 세연당 동문이었고, 아끼던 수하들이었다. 목도루까지 사지로 떠다밀 수는 없었다.

"자네는 고향에 처도 없는 어린 두 아들이 노모와 함께 살고 있지 않는가?"

"두 아들 모두 세연당에 입당하기를 원합니다. 아비가 전쟁에서 공을 세웠다고 하면 몹시 자랑스러워할 것입니다."

"다른 이는 없는가?"

"소장의 발이 빠르고 은신술에 능하다는 사실은 대장군께서 누구보다 잘 아실 것입니다. 소장에게 맡겨주십시오. 절대 죽지 않고 살아 돌아올 자신이 있습니다."

이리 자신하니 그를 보내지 않을 수도 없는 노릇이었다. 많은 수는 눈에 띈다는 그의 의견에 따라 열 명의 군사만 붙여주었다. 당장 방법은 그뿐이었다.

탈출

비를 예고하듯 별빛도 달빛도 우련한 밤이었다. 양군 모두 이틀 밤낮없이 쉬지 않고 전투를 치르고 난 직후라 몹시 지쳐 있었다.

목도루가 충분히 휴식을 취한 열 명의 수하와 함께 개구멍을 통해 밖으로 나갔다. 그 사이, 나는 장호를 포함한 몸이 날래고 힘이 좋은 자원자들 열 명과 함께 검은 옷을 뒤집어쓴 채 물길이 터지기만을 기다렸다.

"내가 잡혀 적의 손에 목이 떨어지더라도 절대 성문을 열어서는 아니 되네. 지금부터 이 요동성은 자네가 성주를 도와 책임을 맡아야 하니 무조건 수성하여 적의 본진이 장안성으로 향하는 것을 저지하게."

요동성을 비우고 떠나는 마음 한 켠, 마치 죽을 자리를 두고 홀로 도망치는 것처럼 비겁하게 느껴졌다. 하지만 곧 황성 또한 최전선이 될 급박한 상황이었기에 요동성을 떠나야 했다. 나는 비장한 각오로 비유에게 요동성 수성 총책을 맡겼다. 우직하고 영민한 그라면 믿을 수 있었다.

갑자기 콰릉, 벼락 치는 듯한 굉음이 쩌렁쩌렁 울렸다. 잠시 후, 해자를 따라 물이 돌기 시작했다. 목도루가 해자의 물길을 트는데 성공했음이었다. 곧 적들의 횃불이 바삐 이동하는 것이 보였다.

그 사이 다로라는 노인이 우리를 안내했다. 대를 이어 성 관리를 맡아온 자로 요동성에 관해서라면 골목, 샛길, 개구멍은 물론이거니와 전 성주의 내밀한 금고 자리까지 구석구석 모르는 곳이 없는 자라 소개받았다. 목도루가 통과한 개구멍도 그만이 알고 있는 자리였고, 전령들도 그에게 길을 익혀 간다고 했다.

그가 안내한 곳은 하수로였다. 요동성에 사는 수많은 백성의 생활 하수가 모여 나가는 길이었다.

얽기 설기 길고 긴 하수로를 걷는 동안, 점점 하수의 수위가 높아졌지만, 허벅지까지 차오르자 더 이상 불지 않았다. 장마 때도 적정 수위를 넘는 일이 없다고 했다. 견고함뿐 아니라 과학적이기까지 하니 이 성이 왜 천혜의 요새, 난공불락이라 불리는지, 어떻게 그간 단 한 차례도 함락되지 않고 버텨왔는지 조금은 이해가 되었다.

하수로 끝은 해자 바닥을 통과해 그대로 강줄기로 연결되었다. 하늘이 드러나자 다로가 조용히 말했다.

"이제는 헤엄쳐 가셔야 합니다."

다로는 능숙하게 물길을 따라 헤엄쳐 갔다. 뒤따르는 이들 또한 날숨 소리, 헤엄질 소리를 죽여 가며 뒤를 따랐다. 물가에 적의 횃불이 가득했지만, 수면 위에 눈만 내놓은 우리의 검은 복색은 들키지 않았고, 오히려 그들의 횃불을 길잡이 삼아 헤쳐 나갈 수 있었다.

날이 밝아 한참 만에 당도한 곳은 물길 하류에 면해 있는 산 아래였다. 백암성이 가까웠으나 골이 깊고 산 자체가 험악하여 적의 발길이 닿지 못하는 곳이었다.

이후부터 늙은 다로는 짐이었다. 두둑하게 여비를 챙겨주어 가고자 하는 곳으로 가라 했다. 그리고 나머지 수하들과 함께 달리기 시작했다. 가끔 호랑이가 출몰하여 나무꾼이나 약초꾼들조차 꺼린다는 산을 타기도 했다. 길을 잃고 낭떠러지 앞에서 돌아서기도 했다.

폐허가 된 한 마을에 말 열 마리가 매어져 있었다. 미리 전서구를 통해 준비시켰던 말이었다.

그렇게 요동성을 빠져나온 지 열흘 만에 청하靑河에 도착할 수 있었다. 다행히 노을 진 청하에는 적의 척후도, 감시병도 보이지 않았다. 대신 강 위에 떠 있던 커다란 목선이 천천히 다가오는 것이 보였다. 깃발도 소리도 없었지만 약속된 세 번의 불빛을 통해 고구려 군선임을 알 수 있었다.

배 위에 오르니 어비루가 반가이 맞았다.

"대장군! 고생하셨소."

그런데 표정은 극히 심각했다. 상황의 긴박함이 고스란히 드러났다.

"우중문과 우문술이 지휘하는 적의 별동대 30만 5천 병력이 9일 전 인시에 요동성을 출발하여 장안성으로 향하고 있다는 보고요. 또한 내호아가 지휘하는 적의 수군 10만이 1,000척의 군선을 이끌고 이미 패수 하구와 연안까지 길게 정박하여 양광의 공격 명령을 기다리고 있소."

요동성과 같은 길목의 성을 함락하는 이유는 진군하는 뒤에서 기습, 또는 앞뒤로 협공당하는 것을 우려해서라 할 수 있었다. 그런데 대규모 원정군을 동원한 집요한 공격에도 단 하나의 성조차 함락시킬 수 없었으니 공격하는 입장에서도 난감했으리라. 더 이상 국경의 성들에 집착해야 할 이유가 없다고 여긴 양광은 과감한 선택을 했다. 국경의 성 주변에 나머지 군을 주둔시켜 후방 공격의 여지를 막고, 목표인 장안성은 별동대와 수군으로 양면 공격을 하는 것만으로도 충분하리라 판단하였던 것이다.

"수군 10만, 그리고 별동대 30만 5천이라……."

나는 깊은 시름에 잠겼다. 고건무의 군과 황성 방위군만으로 이를 모두 막아내는 것은 역부족이었다. 적의 별동대와 수군이 합세한다면 장안성의 함락은 그야말로 시간문제였다. 두 군대가 만나기 전에 그나마 수효가 적고 육지전에 약한 내호아의 수군을 먼저 괴멸시키는 방법밖에 도리가 없었다.

목선을 타고 청하를 건넌 뒤부터는 일사천리였다. 말을 타고 장안성까지 쉼 없이 달렸다. 당도하자 입시를 청하기도 전에 원이 먼저 찾았다. 이미 태왕전에 모여 있던 원과 대소신료들의 시선이 모두 나에게 집중했다.

원의 낯은 전에 없이 부쩍 수척해져 있었다. 항시 당당하고 호전적이었던 모습은 볼 수 없었다.

"폐하! 신 을지문덕, 부르심을 받고 한달음에 달려왔나이다. 하명하여 주시옵소서."

"대장군 을지문덕, 먼 길 오느라 수고가 많았소. 장군이 요동성에서 백만 적의 발을 묶어놓은 덕에 이곳에서도 많은 방비를 할 수 있었소."

이어 여러 장수가 그간의 준비 상황과 시시각각 변화하는 적의 동태를 보고했다. 준비 상황은 틀림이 없었다. 완공된 장안성은 물 샐 틈 없이 완벽하게 정비했고, 황가를 제외한 지방 네 부족의 대가들 모두 군사들을 이끌고 집결해 있었다. 하지만 한 나라의 황성은 요동성처럼 수성만으로 지켜낼 수 있는 곳이 아니었다. 태왕이 거하는 황성이 적에게 포위되어 고립되기라도 한다면 전체 지휘부가 함부로 공격할 수도, 손을 쓸 수도 없기에 무력하게 무너질 수밖에 없는 것이다.

그때부터 장수들과 대신들끼리의 격한 논쟁이 다시 시작되었다.

"소신에게 3만의 병력을 주시옵소서. 죽음을 불사하고 적의 별동대를 막아내겠나이다."

전쟁 불가를 주장했다가 지휘권에서 밀린 연태조가 작심한 듯 말했다. 원이 이를 가납하려 함에 내가 막아섰다.

"동부욕살! 적의 수군이 황성 코앞까지 밀고 들어왔음에도, 더는 움직이지 않고 있는 이유를 몰라서 하는 소리요?"

"이유가 무엇이오?"

"넉 달 동안 백만이 넘는 적이 끈질기게 달라붙어 공격하였지만 요동전선의 성 중 단 하나도 함락되지 않았소. 적은 그만큼 고구려 성이 견고하다는 사실을 충분히 인식하고 있소. 하여 협공만이 답이라 여기고 별동대를 기다리고 있는 것이오. 그런 상황에서 적의 30만 5천의 별동대를 향해 무작정 군을 이끌고 나갔다가 실패한다면 남은 병사로 어찌 장안성을 지킬 수 있다는 소리요?"

"그래서 적이 합류하는 것을 막겠다는 것 아니오"

연태조가 눈을 부릅뜨고 대갈했다. 나 또한 굽히지 않았다.

"적의 수군을 먼저 격퇴해야 별동대도 막아낼 수 있다는 소리요!"

고건무가 탁자를 내리치며 소리쳤다.

"답답한 소리! 합류 전까지는 절대 움직이지 않겠다는 적의 수군을 어떻게 끌어낸다는 소리요? 이치에 맞는 소리를 하시오!

요동전선을 지켜냈다고 이제는 세상 모든 것이 내 바라는 수순대로 움직여줄 것이라 생각하는가?"

마침 숨찬 척후병 하나가 달려와 급박한 소식을 알렸다.

"폐하, 오골성에 주둔해 있던 5,000의 군사들이 우중문의 별동대에게 대패하였사옵니다."

"무어라?"

원의 입에서 신음에 가까운 탄식이 흘러나왔다.

"수성하라 그리 일렀건만 어찌 명을 어기고 싸움에 뛰어들었단 말인가?"

오골성이라면 요동 전선이 아닌, 청하가 멀리 내려다보이는 오골산 위의 산성이었다. 북방에서 장안성으로 향하는 길목이자 군사 작전상 필수적인 군수물품 조달의 후방 요새였다. 그러한 중요한 거점이 대파당하다니, 그것도 오골성 성주를 성 밖으로 끌어낸 것이 바로 별동대의 총사령관인 우중문의 계략이라는 소식을 접한 아군의 지휘부는 큰 충격에 휩싸였다.

우중문의 전술은 심리전으로 적실했다. 그는 성 가까이 통과하면서 부러 야윈 말과 나귀 수천 마리를 눈에 띄게 배치하였다. 험난한 지리적 특성상 오골성을 함락하는 것은 불가능하다 여겼기에 치중대인 척 속임수를 쓴 것이다. 그럼에도 이를 알지 못한 어리석은 오골성 성주는 우중문의 꾀에 넘어가고 말았다. 5,000의 군사를 이끌고 나간 성주는 거의 전멸하다시피 했다. 가까스로 800여 명만 거둬 달아난 성주는 성문을 굳게 걸어 달은 채 수성에 임했다. 하지만 더 이상의 전투를 치를 만한 병력이 남아 있지 않았다. 오골성 전투로 인해 우중문의 뛰어난 지략을 세상에 널리 알린 계기가 되었을 뿐 아니라, 장안성으로 향하는 적의 후방을 교란할 수 있는 유일한 군사 요충지가 무용해진 셈이었다.

"오골성이 뚫리다니……."

원은 말을 잇지 못했고 대신들은 감히 그와 눈을 마주치지 못했다. 고건무만이 분노를 터뜨렸다.

"당장 오골성 성주 해주부에게 칼을 내리소서. 이 엄중한 때 감히 폐하의 명령을 어겨 국기를 문란하게 하였나이다. 아군 병력에 엄청난 손실을 주었나이다. 그로 인해 황도가 위협받게 되었나이다. 해주부를 끌어다가 참수하시고 전군을 모아 청하에서 적의 별동대를 막도록 하시옵소서. 또한 왜에 사신을 보내 도움을 청하소서. 왜를 불러들여 수나라 수군을 막고 황성을 지키소서."

오골성 성주를 처벌하자는 의견에는 큰 이의가 없었다. 다만 왜를 끌어들이자는 소리는 범을 피해 뱀의 굴로 뛰어들자는 소리와 같았다. 순간 속에서 뜨거운 불길이 차올라왔다. 하마터면 옆구리에 차고 있던 칼을 뽑아 들 뻔했다.

"왜라 하셨습니까? 태제 전하! 하다 하다 이제는 외세를 끌어들이자는 소리까지 하시는 겁니까? 요동성에서 수많은 백성이 목숨을 바쳐 싸우는 것이 대체 무슨 이유라 생각하시는 겁니까?

내 나라, 내 가족을 내 손으로 지켜내기 위해 하나가 되어 싸우고 있는 것 아닙니까? 그런데 외적을 물리치고자 외세를 끌어들이자? 그게 이 나라 태제께서 하실 말씀입니까? 설령 그렇게 적을 물리쳤다 칩시다! 그게 어디 우리의 온전한 승리가 될 수 있습니까? 연합이 아닌 일방적인 도움이라면 그 대가를 치러야 하는 것이 국가 간 정의입니다! 수나라가 우리를 범하듯, 왜라고 그러지 말란 법이 어디 있단 말입니까?"

평시라면 결코 용서되지 않을 행위였다. 감히 태왕의 아우인 태제를 상대로 삿대질하고 격한 공박을 가하다니. 이에 고건무가 안면을 벌겋게 붉히며 대갈했다.

"뭐라? 이런 무례한 놈을 보았나? 감히 여기가 누구 안전이라고 감히 황실의 일원인 나를 모욕해! 무식하고 비루한 놈이 어찌어찌 부마가 되고 대장군 자리에 앉더니 이제는 눈에 뵈는 것이 없구나!"

"처음부터 모두들 중과부적이라 여긴 전쟁이었습니다! 허나 폐하께서 소신을 믿어 대장군의 무거운 중책을 내리신 이상, 불가능을 가능케 하는 것만이 성지에 보답하는 일입니다! 제가 총지휘관이기도 하거니와 모든 책임은 저에게 있다 소리입니다! 설마 아무런 계책도 없이 태제 전하의 주장을 막고 있다 여기시는 겁니까?"

"이놈이 그래도……!"

"그만!"

듣다 못한 원이 황좌의 팔걸이를 주먹으로 내리쳤다. 좌중이 잠잠해진 가운데 고건무의 거친 숨소리만 살기등등했다.

원이 내게 물었다.

"대장군, 불가능을 가능케 할 방책이 있다는 소리인가?"

"소신에게 방책이 있사오니 맡겨주옵소서."

"하오나, 폐하! 이 무례한 자의 말을 어찌 믿고……!"

고건무가 다시 발끈하였으나 원은 오히려 그의 경솔함을 크게 나무랐다.

"건무! 그대가 왜국에 몇 차례 다녀오더니 일왕과 야합하여 모의한 바가 있는가? 어찌 외세를 짐의 해역에 끌어들일 생각을 해?"

원 또한 외세를 끌어들이는 것에는 반대하고 있는 입장임이 분명했다.

"화, 황공하옵니다, 폐하. 그런 뜻이 아니옵고……"

고건무는 더 이상 망동을 멈추고 고개를 조아렸다.

나는 모든 신료를 물리고 원에게 독대하기를 청했다. 수적으로 밀리는 상황에서 나의 방책이 힘이 아닌, 적을 기만하기 위한 계략인 만큼 비밀리에 이행되기를 바란 이유였다.

그러나 몹시 위험천만한 일이었다. 원은 반대했다.

"무모하다. 대장군의 목숨은 전군의 사기와도 직결된다."

"소신만이 할 수 있는 일이옵니다. 소신이어야 그들을 속일 수 있나이다."

끝내 원은 나의 방책을 이해했고, 그 방법뿐이라는 것을 수긍했으며, 총지휘관으로서의 전권을 다시금 공고히 했다.

"전군은 들으라! 대장군 을지문덕의 명령을 짐의 명과 같이 알고 무조건 따르라! 짐이 명하여 총지휘관으로서의 직임을 부여하였으니 그 어떤 관등, 어떤 가문일지라도 대장군의 명을 거역한다면 군율에 의해 처벌을 받게 될 것이다!"

거짓 항복

여전히 패수 하구에 정박한 내호아의 수군은 꼼짝하지 않았다. 별동대를 기다리고 있음이 분명했다. 그래서 더욱 고구려군의 입장은 급박하고 막막했다. 별동대가 올 때까지 기다리게 놔둘 수는 없는 일이었다.

나는 다시 말을 달려 청하로 향했다. 이번에는 어비루만이 나를 따랐다.

해가 기울기 시작할 무렵 넘실거리는 청하를 건넜다. 한식경을 북으로 향하자 들녘 가득한 적의 진막들이 빼곡히 보였다. 도강을 위해 부경을 만들고 있는 공병들을 제외한 적군들이 이리저리 쓰러져 눕거나 쉬고 있었다. 나는 그들 사이를 뚫고 주저 없이 적장의 진막 쪽으로 다가갔다.

자진하여 적의 진막 한가운데로 들어온 나를, 적의 군사들은 어리둥절한 눈초리로 쳐다보았다. 복색은 고구려 장수의 찰갑인데 당당히 말까지 타고 들어오고 있으니 상당히 당황스러웠으리라. 투항하는 적장이라 여겼을 것이다.

당황하고 놀라기는 청하에서 나를 처음 발견한 적의 정찰병도 매한가지였다. 그는 나를 끌고 간 것이 아니었다. 내가 신분을 밝히고 지휘부와의 만남을 청하자 몇 번이고 훑으며 재차 확인한 뒤 안내했다. 그는 사령부의 진막 초병에게 우리를 인계했고, 초병은 안으로 들어가 나의 방문을 알렸다. 적의 사령관이 놀란 것은 말할 나위도 없었다. 장년의 적장이 진막 밖까지 쫓아 나와 나를 살폈고 동반한 자가 한 사람뿐임에 더욱 놀라는 눈치였다.

"진정 을지문덕인가?"

"그렇다. 내가 바로 고구려 전군 총지휘관이자, 요동성에서 그대들의 병력을 막아냈던 바로 그 을지문덕이다."

그들은 요동성에 있어야 할 내가 적진인 이곳에 와 있음에 몹시 당황했다.

"그것을 어찌 믿는가?"

적장은 그다지 크지 않은 체구에 긴 수염이 가슴께까지 내려오는 외모로 장수라기보다 명공자다운 풍모를 지닌 자였다. 대신 쳐진 눈꼬리에 눈빛만은 신랄하게 살아 있어 지혜가 번득였다. 여전히 나를 믿지 않는 눈치였다.

"우중문 장군, 요동성을 지키고 있을 당시 그대를 본 적이 있다. 지금 입고 있는 갑옷 말고 은빛 투구와 갑옷 차림이었고, 앞장서 싸우기보다는 뒤에서 소리쳐 독려하고 지휘하지 않았는가? 저기 보이는 오골성 앞에서 그대가 뛰어난 지략으로 우리 군을 격퇴한 전투에 대해서는 이미 들어 잘 알고 있다. 적이지만 훌륭한 계략이었다고 인정하는 바이다."

적장은 다름 아닌 우익위 대장군 우중문이었다.

나는 이미 우중문의 태생, 공적, 장점, 성품 등에 대해 면밀히 조사해 알고 있었다. 우중문은 지략이 뛰어난 장수였다. 자는 차무(次武)로 주나라 시절 하남군 낙양에서 태어났다. 어려서부터 총명하고 배움을 중히 여겼으며, 강자에게 굴하지 않는 판결을 내리니, 많은 이들의 칭찬을 받았다. 상주총관(相州總管) 촉국공(蜀國公) 울지형(尉遲逈)이 난을 일으켰을 때 뛰어난 지략으로 여러 차례 승리하여 하남을 평정하였다. 수나라 건국 후로도 행군 원수로 임명되어 돌궐을 대파하는 등 공이 컸다. 그런 연유로 양견과 양광 2대에 걸쳐 높은 신임을 받은 자였다.

그런 그였으니 적장의 돌발적인 방문에 의심부터 하는 것은 당연했다. 그런 그였기에 나의 뜻밖의 담대함에 비겁한 모습으로 응대하고 싶지도 않았을 것이다. 기습을 우려한 초병들이 내게 창을 겨누자 이를 치우게 했고, 정중히 안으로 안내하기까지 했다. 대신 나와 어비루의 칼은 초병이 끌러 갔다.

드디어 적장과 커다란 탁자를 사이에 두고 마주 앉게 되었다. 적들이 고구려군을 섬멸하기 위한 계획을 짜던 바로 그 자리였

거짓 항복

다. 좌익위 대장군 우문술과 상서우승^{尚書右丞} 유사룡^{劉士龍} 등 십여 명의 적장들이 포진하여 나를 무섭게 노려보고 있었다. 적진 한 가운데였고, 내 측에는 금강역사처럼 굳건히 서 있기는 하나 홀로 따라온 어비루뿐이니 몹시 불리한, 죽을 수도 있는 자리임에 틀림없었다.

"적장이 적진으로 단신 찾아오는 경우 보통은 투항이라 보는데, 맞는가?"

우중문이 먼저 입을 뗐다.

"그렇다. 나는 나의 주군이신 태왕 폐하를 대신하여 그대들 황제의 의사를 타진하러 왔다."

"그토록 격렬히 항전하더니 이제 와 항복하려는 이유가 무엇인가?"

"궁지에 몰리면 쥐도 고양이를 무는 법. 그대의 황제가 처음부터 나의 폐하께 형제의 예를 청하였다면 격에 맞는 응대를 하였을 테지만, 그렇지 않았으니 대를 이어 오해가 있었던 것이 아닌가. 이 전쟁도 그런 오해에서 비롯된 것이라 본다. 허나 전쟁이 일어나면 두 나라 백성 모두 피로한 법. 화해하여 평화로울 수 있다면 이보다 더한 조화가 어디 있겠는가? 나는 이를 풀고자 죽을 자리인 것을 알고도 직접 찾아온 것이다."

그제야 우중문은 고개를 끄덕였다. 다소 무리한 점이 없지 않았지만, 소이를 따져도 나의 말에 이로가 맞다 여기는 눈치였다. 더욱이 가장 골치 아픈 적장이 제 발로 찾아와 투항 의사를 전하니 이보다 더 좋은 일이 어디 있을까? 병법에도 싸우지 않고 이기는 것이 상책이라 하였다. 긴 원정길, 많은 희생이 따랐지만 이쯤 하여 항복을 받아낼 수만 있다면 백만 대군을 몰고 온 자신의 황제 앞에서도 충분히 면이 서리라. 그럼에도 수많은 전장에서 산전수전 다 겪은 노장은 쉽게 마음을 놓지 않았다.

"충분히 이해했다. 다행히 대 수국 황제 폐하께서는 덕이 있고 너그러운 분이시다. 그동안 많은 전쟁을 친히 수행하시면서도 항복하는 자들은 포용하고, 반면 끝까지 항거하는 적들은 무참히 짓밟아 버리셨다. 이번 고구려 원정도 마찬가지다. 많은 병력과 물자를 움직이기 위해 엄청난 희생이 따르기는 했지만, 이는 그대의 왕이 황제 폐하의 명을 어기고 반목한 것에 대한 응징일 뿐, 사사로운 감정에서 비롯된 전쟁은 아니다. 다행히 적장인 그대가 그대 왕을 대신하여 항복의 뜻을 밝히니 우리도 황제 폐하께 최선을 다해 그대 왕의 투항 의사를 전달하고 재가를 얻어 보도록 노력하겠다."

그 말에 나는 자리에서 일어났다. 의사를 전달했으니 돌아가겠다는 몸짓이었다.

"그럼 내 소임은 다했다. 다음에는 전장이 아닌 사석에서 술 한잔 나누며 좋은 우정 나누길 바란다."

그런데 그동안 곰곰이 지켜보고만 있던 우문술이 칼을 빼 들어 나를 겨눴다. 선비족 출신으로, 자는 백통(伯通), 체구가 크고 타고난 강골이라 매우 민첩하고 뛰어난 맹장으로 알려진 자였다.

다만 탐욕스럽고 의심이 많아 인망이 높거나 지략이 뛰어나다고 볼 수 없는 자였으니, 내가 우려한 것도 이 자의 반발이었다.

"우정이라면 지금부터가 어떤가? 기왕지사 어려운 곳에 왔는데 함께 술 한잔 기울이면서 황제 폐하의 처분을 기다리는 것도 좋을 것이다."

나를 볼모로 삼겠다는 소리였다.

어비루가 놀라 내 앞을 막아서려고 했다. 나는 손을 들어 이를 제지했다. 이미 세간의 평가만으로도 우문술의 반응쯤 예상했던 일이고, 적진에 들어온 순간 목은 떼어놓을 각오를 하였으니 놀랄 것도, 두려울 것도 없었다. 다만 목적한 바가 아니었기에 덤덤한 척 상대했다.

"좌익위 대장군 우문술 장군이 아닌가? 그대의 용맹함과 충성심은 적인 우리도 충분히 탄복하고도 남음이 있다. 적이 아니었다면 그대와 의형제를 맺어 사내의 웅지를 함께 나누고자 했을 것이다. 다만, 촌각을 다투어야 하는 일 아닌가. 먼 길 원정 온 그대 황제와 장수들의 오랜 피로를 생각하라. 여러 나라를 아우른 대제국이 되었으니 이제는 백성들 또한 편히 쉬게 하여야 하지 않겠는가? 나의 폐하께서는 더 이상의 반목보다는 화평을 원하신다. 폐하를 직접 모시고 그대들의 황제를 만나러 갈 날을 조율할 것이니, 투항하고자 온 사신을 잡아두었다가 두 나라 천자 모두의 심기를 건드리는 우를 범하지 말라. 황제에게 이 뜻을 잘 전달하여 두 나라 간 전에 없는 우의를 다질 수 있도록 해주기를 바란다."

내 말에 우문술이 대꾸했다.

"그대의 말을 어찌 믿는가? 혹 그대가 진정인들, 그대 왕의 변덕을 그대가 감당할 수 있겠는가? 서신을 보내 그대의 왕을 부르라. 자고로 항복이란 패전국의 왕이 직접 승전국의 왕을 찾아와 고개를 조아리고, 가납될 때까지 항복을 주청하여야 하는 법. 그대는 그때까지 이곳에서 왕을 기다리라."

나는 부러 입가에 비소를 물었다.

"내가 두려운가?"

"무어라?"

"나는 일개 장수일 뿐이다. 부마였으나 공주가 졸하였으니 끈 떨어진 관일 뿐이다. 대장군이라는 직함은 있으나 정작 황성에서 태왕 폐하를 지키는 이는 태제 전하이시니, 나는 그저 변방에서 재주를 다해 싸우는 장수에 지나지 않을 뿐이다. 나를 인질로 삼는다 하여 더 큰 요구를 바랄 수 없을 것이라는 소리다. 그러함에도 믿지 못하겠다면 이 자리에서 내 목을 쳐 황제에게 바치라. 하지만 그리된다면 대국을 자처하는 그대 황제의 입장이 무엇이 되겠는가? 세상 사람들은 무어라 하겠는가? 적장을 두려워한 나머지 항복 사신으로 온 자리에서 목을 벤 비겁한 자라 하지 않겠는가?"

발끈하던 우문술의 낯에 당혹스러움이 비쳤다.

이때, 양광의 명에 의해 위무사로 와 있던 유사룡이 우문술을 말렸다.

"좌익위 대장군, 을지문덕 장군의 말이 맞소. 어느 나라 법도에도 항복을 청하러 온 사신을 해하는 일은 없소."

"상서우승, 폐하의 제칙을 잊었소? 을지문덕이나 고구려의 왕을 보면 반드시 생포하라고 하지 않았소?"

"을지문덕 장군은 지금 전투하러 온 것이 아니지 않소. 항복하러 왔다는 말이오. 고구려 왕을 대신하여 항복 의사를 전하러 온 사신을 붙잡아 두었다가는 장군의 말처럼 세간의 비난을 면치 못할 것이오. 또한 웅숭깊기로 둘째가라면 서러워할 대 수나라 황제 폐하의 위명에 누가 되지 않을까 그것이 두렵소."

둘이 옥신각신하고 있는 것을 듣고 있던 우중문이 결론을 내렸다. 좌군과 우군을 나누어 수나라 군사를 통솔하는 두 명의 총지휘관이었지만 아무래도 우중문에 대한 양광의 신임이 우문술에 비해 더욱 두터웠다. 더욱이 관직이 높았으며 특별히 별동대를 선출하여 두 장수를 보내면서도 총지휘권은 우중문에게 주어졌으니 가능한 일이었다.

"을지문덕 장군은 들으라. 사내대장부의 약속은 금과옥조와 같다 하였다. 내 그대를 믿어 돌려보낼 테니 반드시 정식으로 황제 폐하께 사신을 보내 허락을 청하는 절차를 밟은 뒤, 기일에 맞춰 그대의 왕을 데려오라."

"여부가 있겠는가? 고구려의 태왕 폐하께서는 백성을 자식처럼 아끼는 분이시라 더 이상의 희생을 막고자 하심이다."

우문술이 끝까지 나를 돌려보내지 않으려 했으나 좌장의 뜻을 꺾을 수는 없었다.

**

말머리를 나란히 한 채 적의 진막 앞까지 나와서야 어비루를 돌아볼 여유가 생겼다. 그의 낯색은 잿빛에 온통 땀으로 번질거리고 있었다.

"어찌 낯빛이 좋지 않구나."

"이곳까지 나오는 시간이 백 년은 되는 줄 알았소."

"허허, 두려웠던 게로구나."

"두려웠다기보다 억울해서 그렇소."

"무에 그리 억울했느냐?"

"우문술이 끝끝내 뜻을 굽히지 않았다면 대장군이나 소인 모두 다시는 고향 땅을 밟지 못하고 목이 달아났을 것 아니오?"

"각오한 바 아니었는가?"

"각오하였으니 두려움은 없었으나 억울하다 했던 것이오. 사내가 태어나 장부가 된다는 것에는 처자식을 거느려 대를 이어야 한다는 이유도 있소. 그런데 소인은 아직 자식은커녕 토끼 같은 내자조차 거느려 보지 못한 총각인데 이대로 죽는다 생각하니 어찌 억울하지 않겠소?"

"총각? 자네 스스로 숫보기라 말하는 겐가? 누구보다 자네를

거짓 항복 251

잘 아는 내 앞에서 말일세."

"혼례를 치르지 않았으면 다 총각이라 우기는 게요. 누가 알겠소? 소인이 열다섯 때부터 유곽을 드나들었다는 사실은 소인을 낳은 어미조차 모르는 일이오. 제일 친한 동문 하나만 입 다문다면 세상을 다 속일 수 있는 법이지요."

제일 친한 동문이라면 나를 두고 하는 말이었다.

"틀린 말도 아니구나. 혼례를 치르지 않았으니 자네 머리에 없은 건상투가 부끄러울 따름이지. 하하하하하."

나의 너털웃음에 그제야 어비루의 표정이 풀어졌다. 어느새 잘 익은 석류처럼 붉은 노을이 그의 숫된 낯에서 일렁였다.

두 사람은 청하를 향해 달리기 시작했다. 우중문이 나를 보내주기로 약속하였다 하지만, 언제 마음이 바뀔지 모를 일이었다. 우문술이 우중문의 명을 어기고 나를 잡아놓으려 할지도 몰랐다. 말을 모는 속도를 늦출 수 없는 이유였다.

아니나 다를까, 돌아보니 멀리서 떼를 지어 달려오는 적의 인마가 보였다. 분명 나를 다시 잡아들이려는 우문술의 누르지 못한 반발심이었으리라. 엎친 데 덮친 격으로 강가에 붙들어 매두었던 범선마저 보이지 않았다.

"배가…… 어찌 된 일인가?"

바람이 심하더니 떠밀려갔는지, 누군가 훔쳐 갔는지, 적들이 치워버렸는지 알 수가 없었다. 그 사이 적의 인마가 점점 가까워지고 있었다. 이대로라면 금세 붙잡힐 것이 뻔했다.

"대장군, 소인이 막고 있을 테니 일단 이곳을 빠져나가십시오."

"그럴 수는 없네."

나는 강을 등지고 칼을 빼 들었다. 사지에 단신 오겠다 했을 때 선뜻 따라나선 그였다. 만류해도 듣지 않은 것은 나와의 오랜 우정과 돈독한 충심 때문이었다. 그런 그를, 나를 대신한 칼받이로 버려두고 혼자 살겠다고 도망칠 수는 없었다. 살아도 함께 살고, 죽어도 함께 죽어야 한다는 것이 세연당에서 우경이 우리에게 가르쳐준 전우애였다.

"대장군, 제발……."

"저들이 노리는 것은 나지 자네가 아닐세. 둘이 갈라진다면 나를 쫓겠나, 자네를 쫓겠나?"

이때, 등 뒤에서 고함 소리가 들렸다.

"대장군을 뫼시러 왔습니다."

귀에 익은 목소리였다.

돌아보니 작은 범선 하나가 다가오고 있었다. 고구려군 갑옷 차림으로 중무장한 가리와 여섯 명의 세연당 제자들이었다. 나와 어비루가 오르자 배는 고물이 이물이 되어 빠른 속도로 강 중앙을 향해 움직이기 시작했다.

"어찌 된 일이오?"

요동성에 있어야 할 가리를 청하에서, 그것도 절체절명의 순간에 만났다는 사실에 놀라지 않을 수 없었다. 그런데 대답을 들을 사이도 없이 강가에 나타난 적들을 확인할 수 있었다. 낭패한 적들이 강변에서 우왕좌왕하는데 역시나 그 선두에 우문술, 그리고 우중문이 있었다. 아무래도 미심쩍다고 여긴 우문술이 추동하고, 우중문 또한 의심스러워 따랐을 것이다.

나는 큰 소리로 외쳤다.

"배웅하러 온 겐가? 그렇다면 미안하게 되었네. 급히 폐하께서 찾으신다는 전갈을 받고 가는 길이라 배를 돌릴 수가 없다네. 그대들이 보여준 호의에 감사하네. 곧 연락을 취함세."

끝끝내 시치미를 떼니 우중문과 우문술도 도리가 없었다. 나를 도로 잡아갈 명분이 없다는 사실을 깨달은 듯 포기하고 말머리를 돌렸다.

이렇듯 잠시 별동대의 행군을 멈출 수 있는 시간을 번 셈이었다.

"어비루, 태제 전하께······"

어비루가 배 위에서 두 개의 횃불을 흔들었다. 이어 멀리 산 정상에 불꽃이 피어오르는 것이 보였다. 신호는 봉화에 봉화를 따라 금세 장안성에 전달될 것이다. 고건무에게 다음 작전을 이행하라는 신호였다.

어비루는 앞서 강가에 매어두었던 말을 타고 세연당 제자들과 함께 장안성으로 향했다. 나의 무사함과 다음 지시를 전달하기 위함이었다.

그제야 한숨이 놓였다. 두려운 것이 어비루뿐이었을까? 아니다. 나 또한 등골을 타고 내리는 식은땀에 몸서리를 참느라 마른침을 삼키고 주먹을 불끈 쥔 것이 수차. 내 목을 치겠다고 벼르고 있는 30만 5천의 적군을 단신 상대하는 것이 쉬울 리 만무했다. 다만 별동대의 행군을 막을 방법이 오로지 이 방법뿐이었기에 목숨을 걸었을 뿐이다. 태왕의 명을 사칭하였지만 태왕의 명이 아니어야 했고, 그럼에도 적으로 하여금 그 말을 믿게 할 수 있는 단 한 사람이 고구려 대장군인 나였기 때문이다. 그리고 이제는 계획대로 별동대에 앞서 적의 수군이 움직여주기만 하면 되었다.

'과연……'

골몰하고 있는데 문득 누군가의 시선이 따갑게 느껴졌다. 돌아보는 순간, 그녀의 시선이 오래되었다는 사실을 깨달았다. 눈이 마주치자 당황한 그녀가 내 눈을 피해 돌아섰다. 놓칠세라 얼른 그녀의 팔을 잡아 돌려세웠다. 그런데 서름한 그녀의 안광이 번쩍이는 것이 아닌가. 어느새 강가에 희끄무레한 어둠이 내리기 시작했고 안광에 어린 물빛이 출렁였다.

이어지는 그녀의 목소리에 왠지 노기가 차 있었다.

"무모하신 겁니까, 아둔하신 겁니까?"

"……?"

"대장군은 목숨이 두 개라도 되신답니까?"

"부인……"

나는 그녀의 분노를 이해하지 못했다.

"어떻게 이리 무모할 수가 있습니까? 단신으로 적진에 뛰어들다니요! 100만 적군이 대장군의 목을 노리고 있다는 사실을 알면서도 어찌……."

그녀의 노성이 몹시도 떨렸다. 그제야 이유를 알 수 있었다. 적진에 제 발로 들어간 나의 행동을 나무라고 있었다.

"부인, 나는 나의 도리를 한 것뿐이오. 다시 시간을 되돌아간다 해도 이 선택을 할 수밖에 없소."

그녀 또한 이해할 수밖에 없다는 듯 더 이상 야단부리지 않았다. 나는 조용히 그녀를 지켜보고 있다가 물었다.

"걱정했던 게요?"

"……."

"부인, 나는……."

"알고 있습니다. 백척간두의 고구려를 오롯이 두 어깨에 짊어진 대장군이시지요. 돌아가신 이화 공주님의 부군이자 태왕 폐하의 부마시지요. 대공주 마마의 양자로 황족의 일원이 되셨고, 태왕 폐하의 신임 받는 총신이시지요. 하지만…… 하지만 아정은요. 아정을 찾아주실 분은 당신뿐인데……."

그예 그녀의 흐느낌이 주변의 어둠 속에 부서져 내렸다. 강물에 비친 달빛이 어른어른 그녀의 낯 위에서 흔들렸다. 나는 그녀를 가슴 가득 품고 말았다.

이제야 알 것 같았다. 내가 아정의 아비이기 때문에 꼭 살아야 한다는 의미였지만, 그것만이 이유가 아니었다. 그 진심을 이제는 분명히 알았다. 그녀는 그동안 쌓인 감정을 주체하지 못하고 눈물로 쏟아내고 있었다. 입에 담지 못하고 정의 내리지 못해도 그것은 분명 연모의 마음이었다. 그래서 아정에게 아비 없는 자식이라는 조롱을 겪게 하지 않고자 우경과 혼인을 하였다. 그 험한 요동성 전장으로 찾아와 나를 지척에서 지켜내려 했다. 나를 지키기 위해 앞에서 싸웠고, 나의 짐이 되지 않기 위해 보이지 않는 곳에서 싸웠다. 그 정성이 가상해서가 아니라 나 또한 그녀의 마음과 같다는 사실을 깨달았기에 느낄 수 있었다. 오랜 세월 가슴에 품었음에도 단 한 순간도, 한구석도 마모하지 않은 순정을, 그 옛날 햇살 가득한 두물머리 언덕에서 나누었던 서로의 마음을 정녕 잊은 적이 없었다.

나는 그녀의 울음소리가 그칠 때까지 기다렸다가 조용히 그녀의 입술에 입을 맞추었다. 그 예전처럼 뜨거운 입술이 갈 길을 잃지 않도록 온전히 품었다. 찔레꽃 향은 나지 않았지만 나는 듯했다.

"걱정 마시오. 내가 꼭 찾을 테니······."

잠시 후, 그녀의 숨소리는 잠든 아기처럼 온순해졌다. 목소리도 평온을 되찾았다.

"대장군께서 비밀리에 장안성으로 떠나셨다는 소식을 전해 듣고 비유 장군께 청하였습니다. 소인들은 대장군의 사람들이니 대장군께 보내 달라 하였지요. 하지만 장안성에 도착했을 때에는 대장군의 행방이 묘연하여 할 수 없이 사람들을 쓸 수밖에 없었습니다."

"사람들?"

"세연당에는 난국에 고구려를 위해 전장에 나가 싸워야 하는 무사들만 있는 것이 아닙니다. 고구려 내 모든 정보를 수집하는 자와 적국에 잠입시킬 세작까지 모두 태왕 폐하의 눈과 귀와 든든한 호위, 충성스러운 수족이 되기 위해 비밀리에 길러지고 있지요. 또한 그들은 모두 대공주 전하께 무조건 복종해야 합니다."

비밀스러운 원의 사람들이 세연당에서 키워지고 있었다니, 나 또한 세연당의 사람이었음에도 금시초문이었다. 나중에 안 일이지만 세연당의 배후에는 평강이 있었다. 표면적으로는 나라에 필요한 인재를 양성하는 경당의 역할을 하는 세연당 내부 깊숙이에서, 원을 위해 쓰일 평강의 비밀스러운 정보책들이 우경에 의해 암암리에 키워지고 있었다. 그래서 내가 신라에 쇠뇌 기술을 훔치러 가겠다 자청했을 때 의심 없이 받아들여졌던 것이다. 그리고 작금의 세연당 당주인 가리가 그들을 통해 천하의 정보나 소식을 얻는 것이 결코 어려운 일이 아니라는 사실 또한 알게 되었다.

물론 그런 비사는 중요하지 않았다. 그녀가 나를 찾기 위해 세연당의 정보책을 이용하였고, 그로 인해 위험천만한 상황에서 나의 목숨 줄이 붙어 있다는 사실이었다.

"고맙소."

다만 한 가지, 그런 천하의 정보책을 이용할 수 있는 그녀조차 아정을 찾지 못하고 있다는 사실이 불안했다. 설마 아정은 죽은 것인가?

살수대첩

　원의 낯은 여전히 밝지 않았고 점점 지쳐 보였다. 전장에 몸소 나아가 싸우지 않아도 한 나라의 군주로서 견뎌야 할 압박감을, 나는 그의 수척해진 낯과 그늘진 눈빛으로 알 수 있었다. 하나뿐인 딸을 잃은 슬픔, 사방 적들과의 끊임없는 전투, 그리고 이어진 전대미문의 대규모 전쟁까지. 그럼에도 마냥 슬퍼하거나 자리를 박차고 도망치지 못하는 그 심경을 그의 떨리는 손끝에서 느낄 수 있었다.

　나는 굳이 그의 심기를 건드리고 싶지 않았다. 그득 차서 누르기만 해도 터져 버릴 것 같은 울분을 보고 싶지 않았다.

　"우중문과 우문술의 별동대를 잠시 청하 이북에 잡아두긴 했으나 내호아의 수군이 움직인다는 소식이 전해지면 저들도 다시 움직일 수밖에 없을 것이옵니다."

"그럴 테지."

"하오나 그들도 이곳까지 내려왔다가 내호아의 수군을 만나지 못한다면 진군을 철회할 수밖에 없을 것이옵니다."

"어째서인가?"

나는 별동대의 진중 한가운데에서 확인했던 사실들을 떠올렸다. 적은 오랜 전투로 피로가 쌓일 대로 쌓였다. 최소한의 끼니조차 챙기지 못하고 행군에 행군만 거듭해야 했다. 땔감을 때고 밥을 해 먹고 있는 군사들보다 나무뿌리를 씹고 있는 군사들의 수가 더 많았다. 그러한 사실은 간자를 통해서도 확인된 바였다.

"양광의 욕심 때문이옵니다. 그들이 지나온 길에 진막을 쳤던 자리를 파 본 결과, 엄청난 양의 군량미가 나왔다 하옵니다. 보급병을 따로 두지 않고 30만 5천 군사들의 어깨에 100일 치 식량과 군장을 짊어지고 걸으라 했으니 얼마나 행군이 더디고 어려웠겠사옵니까? 발각되면 죽음을 면치 못할 거라는 사실을 알면서도 그리 어깨를 덜 수밖에 없었던 게지요. 하오나 그들의 길에 모든 인가를 태우고 먹을 것이라고는 콩 한 쪽 남기지 않았으니 곧 허기와 오랜 행군의 고달픔이 더 큰 장애가 될 것이옵니다. 결과적으로 별동대가 수군을 만나지 못한다면 보급도, 전투도 이어 나가기 힘드니 퇴각이 답일 수밖에 없음이옵니다."

"성질 급한 내호아에, 보급병이 따르지 않는 별동대라⋯⋯ 양광이 악수에 악수를 두었군."

태왕전에서 원을 독대하고 있는 이때, 환관 하나가 달려와 급보를 알렸다.

"드디어 내호아가 지휘하는 적의 수군이 하선하여 태제 전하와 우리 군을 공격하기 시작했사옵니다."

고대하던 소식에 자리를 박차고 일어섰다.

그동안 내호아는 양광의 명을 지키느라 패수 하구에 오아전선을 정박시킨 채 버티고만 있었다. 고건무가 기름을 붓고 불을 붙인 목선을 띄우는가 하면 불화살을 쏘며 적의 함선들을 연일 공격했음에도 요지부동이었다.

이에 고건무는 공격의 수위를 높였다. 물리적 공격에 욕설과 조롱, 급기야 내호아 처자식의 추문을 깃발에 그려 흔들어대기까지 하였다. 그예 견디다 못한 내호아가 부총관 주법상周法尚의 만류에도 불구하고 4만의 군사를 이끌고 상륙하고야 말았다. 별동대가 장안성 인근에 도착할 때까지 기다렸다가 보급품을 전달하고 협공하라는 양광의 명령을 거역한 셈이다.

밀물처럼 쏟아져 나오는 내호아의 수군을 맞아 싸우던 고건무는 패퇴에 패퇴를 거듭했다. 적을 진두지휘하는 내호아는 신이 나서 공격에 박차를 가했다.

"눈앞에 적의 왕이 사는 장안성이 있다! 당장 적의 왕을 끌어내어 승전보를 울려라! 분내 풍기는 황족 여인들을 맘껏 품을 수 있는 절호의 기회가 아닌가! 승리한 모두에게 그에 상응하는 포상이 있을 것이다!"

나는 장안성으로 향하는 대동교를 제외한 모든 다리를 끊고 고건무를 기다렸다. 대동교로 진입하는 고건무의 군을 확인하자 즉시 고리문을 활짝 열어 그들의 입성을 도왔다. 이때다 싶은 내호아는 더욱 박차를 가해 고구려군의 뒤를 바짝 쫓았고, 고구려군의 후진이 짓밟히기까지 했다. 그예 성문을 닫을 새도 없이 4만의 적병들이 장안성 안으로 들이닥치고 말았다.

"보이는 족족 모두 불태우고 한 놈 남김없이 격살하라!"

내호아의 명이 떨어지자 4만의 적은 미친 듯이 외성을 들쑤시고 다니며 불집을 놓았다. 만하의 외성 안은 금세 매캐한 연기와 화염에 휩싸여 걷잡을 수 없이 뜨거워졌다.

만면에 웃음을 띤 내호아는 승리에 도취하여 부하들의 광기를 만족스럽게 지켜보고 있었다. 그러나 그것도 잠시, 곧 그의 낯에 웃음기가 사라졌다. 약탈을 기대하고 부경에 들어간 부하들이 빈손으로 나오는 것을 보면서 고개를 갸우뚱했다.

"어찌 된 것인가?"

"부경이 모두 비었습니다!"

"그뿐 아닙니다. 사람이…… 인가에 사람이 하나도 없습니다!"

적이 쳐들어온다는 소식에 모두들 중성으로 도망쳤겠거니, 싶었지만 황성 내 그 많은 부경을 모두 비우고 달아났다? 게다가 그리도 철벽같은 고구려 성이, 그것도 태왕이 사는 황성이 이리 쉽게 함락되다니……!

내호아는 자신이 통과해 들어온 고리문을 돌아보았다. 이미 성문은 굳게 닫혀있었다.

"앗!"

그제야 무언가를 깨달았다면 이미 늦었다. 그들의 머리 위로 하늘을 가릴 만큼 새까만 그림자가 덮치고 있었으니 이를 깨달은 순간의 공포스러움이란 설명할 필요도 없었으리라. 그것은 바로 굵은 빗줄기처럼 한꺼번에 쏟아지는 화살비였다.

고구려군은 백발백중의 실력을 갖춘 고주몽의 후예. 성곽 위고 나무 위고 할 것 없이 꼭꼭 몸을 숨기고 있던 고구려군들이 일제히 모습을 드러냈다. 이어 화살 하나 낭비 없이 적의 몸을 꿰뚫었다.

"복병이다!"

한동안 화살비는 계속되었다. 순식간에 적의 상당수가 사살되었다.

잠시 후 도망친 줄 알았던 고건무와 황성 방위를 맡고 있던 연태조를 비롯한 여러 장수가 일제히 군사들을 이끌고 나와 살아있는 적들을 일일이 베기 시작했다. 이 지경이 되니 전세는 역전, 적들은 싸울 엄두도 내지 못한 채 뿔뿔이 흩어져 달아나기에 바빴다. 그러나 그들이 숨을 곳은 없었다. 불탄 가옥들은 모두 그들의 짓이었고, 사지가 떨어지고 살점이 찢겨나가는 살육의 현장 한가운데 무방비로 죽어 나갔다.

"내호아를 잡아라! 내호아를 잡는 자에게 황금 50량을 하사하겠다!"

고건무는 내호아의 목에 현상금까지 내걸며 군을 독려했다. 이에 고무된 고구려군들은 진력을 다해 적을 척살했다. 장군의 투구만 보면, 잡는 족족 올무에 목을 걸어 끌고 다녔다.

성곽 위에서 이를 지켜보고 있던 원이 그제야 흡족한 표정을 지어 보였다.

"역시 이번에도 그대의 작전이 적중했군."

이 모든 것이 나의 계략이었다. 우중문과 우문술을 만나고 돌아오는 길에 청하의 범선 위에서 고건무에게 보낸 신호가 바로 이 작전을 이행하라는 신호였다.

시간이 없다. 별동대가 움직이기 전에 무조건 내호아를 끌어내라. 그리고 장안성으로 유인하라. 그곳에서 적을 섬멸한다!

고건무에게 패퇴를 거듭하여 유인하라 명했던 이도 나였고, 외성으로 진입하는 다리 중 하나만 남긴 채 모두 끊으라 했던 이도 나였으며, 성문을 활짝 열어 적을 끌어들이라 명한 이도 나였다.

처음에는 나의 지시에 반발하던 고건무였다. 그러나 내가 단신 적진에 들어가 별동대의 발을 묶어놓고 오는 데 성공하자 불문곡직 따랐다. 그리고 이어진 내호아 유인 작전도 성공적이었다. 내호아는 겨우 살아남은 기백여 명의 병사들과 함께 성문을 넘어 달아날 수 있었다. 그리고 오아전선 대장선에 오른 이후로는 배를 연안에서 멀찍이 떼어놓고 옴짝달싹도 하지 않았다. 양광의 명을 어기고 공격을 감행하였으며, 그로 인해 수만의 병사들을 잃었으니 그 죄는 목숨으로도 상쇄할 수 없는 대역죄였다.

그 와중에 내호아의 경거망동을 전해 들은 우중문의 별동대도 뒤늦게 청하를 건너 황성으로 향하고 있었다. 청하 남쪽에서 이를 기다리고 있던 안유와 2만의 군사들이 그들을 막기로 되어 있었다. 그러나 30만 5천의 병력을 맞은 안유의 군사들 또한 싸움 한 번 제대로 하지 못하고 패퇴하였다. 일곱 번 싸워 일곱 번 패했다. 이 또한 시간을 벌기 위한 유인책이었으니 적이 의심치 않도록 장안성까지 오는 길을 요리조리 돌고 돌아 끌고 온 것이 장안성 30리 밖이다.

나는 그 길로 다시 3만의 군사를 이끌고 안유를 구원하기 위해 달려갔다.

안유에게서 지휘권을 인계받은 다음, 우중문에게 서신 하나를 보냈다.

神策究天文(신책구천문)

신기한 계책은 하늘의 이치를 다했고

妙算窮地理(묘산궁지리)

오묘한 계획은 땅의 이치를 다했다.

戰勝功旣高(전승공기고)

전투마다 이겨 공이 높음은 이미 알고 있으니

知足願云止(지족원운지)

분수를 알고 그만두기를 바라노라.

얼마 후, 서신을 들고 적진으로 향했던 군사의 목이 적의 선두에 걸렸다. 그제야 나의 계략에 놀아났다는 사실을 알게 된 우중문의 분노였다. 표현은 정중했으나 글줄이나 읽은 누구라도 행간에 담긴 조롱과 비웃음을 알아볼 수 있을 만한 한시였으니 말이다.

나는 적의 총공격에 대비하여 진막을 거두고 기다렸다. 그러나 적은 더 이상 공격하지 않았다. 내호아의 수군이 대패하였다는 소식은 적에게도 적지 않은 충격이었을 것이다. 보급은커녕 자신들 또한 그들과 똑같은 유인 작전에 이끌려 이곳까지 정신없이 내달렸다는 사실에 오금이 당기고 소름이 돋았을 것이다. 눈앞에 어떤 함정이 기다리고 있을지 모르니 더욱 두려웠으리라.

드디어 양광의 퇴각 명령이 떨어졌다.

※※

적의 별동대는 뜨거운 여름 볕 속을 뚫고 퇴각하기 시작했다. 뒤따르는 고구려군의 기습에 대비해 열에서 벗어나는 일이 없도록 중군 지휘관을 중심으로 방진을 치고 퇴각했다. 도주하는 병사들에게 싸울 의지가 있을 리 만무했다. 그래도 고구려군의 급습이 있을 때마다 후진이 흩어졌다가 뭉쳤다가를 반복하며 저항했다. 또한 대기하고 있던 수비군들이 군사들의 퇴각을 돕기 위해 고구려군을 막아내곤 하였다. 그러나 그뿐이었다. 간혹 굶주림과 오랜 행군에 지친 적 중 일부러 뒤처져 투항하는 이들도 있었다. 고향에 돌아가기도 전에 죽을 것을 두려워한 나머지 산속으로 숨어드는 이들도 있었다. 그럼에도 여전히 그 많은 수효를 모두 괴멸시키기에는 역부족이었다.

나의 입장은 확고했다. 내 나라의 영토를 짓밟고 후퇴하는 적을 멀쩡히 살려 보낼 생각이 추호도 없었다.

방법은 단 하나, 일거에 쓸어버리는 것.

나는 이 전쟁에 참여한 적장 모두를 나의 살생부에 올렸다. 양광은 살생부 맨 윗자리였으나 요동에 있는 그자와 맞닥트릴 기회는 요원하니 피가 거꾸로 솟구칠 만큼 아쉬울 따름이었다. 요동성에 있을 때 끝까지 밀고 나가 목을 끊어놓았어야 했다. 아니, 설기를 죽음에 이르게 했던 그 자리에서 목숨이 다하는 일이 있어도 숨통에 칼을 꽂지 못한 것이 천추의 한이 되었다.

나는 이 전투가 마지막이 되길 바라는 일념으로, 준비하고 있던 계략을 철저히 비밀에 부쳤다. 그리고 적당한 거리를 두고 적을 추적하기 시작했다. 더 이상 감질나는 전투로 자극하지 않았다. 살겠다고 감발을 꽁꽁 동여맨 채 달아나는 적의 긴장감을 극대화시켜야 극한 상황에서 내 원하는 바대로 몰이가 가능할 것이기에 바짝 붙었다가 늦췄다가를 반복할 뿐이었다. 그렇게 적들은 내가 구상한 우리 속으로 향하고 있었고 나는 적당한 시기에 멈춰 살쾡이처럼 적의 동태를 살피곤 했다.

"적의 선두가 살수薩水 앞에 멈춰 섰습니다!"

드디어 살수다! 이대로 적을 몰면 될 것이다. 이곳이 그들의 무덤이 되리라. 기대에 찬 나머지 주먹을 불끈 쥐었다. 자아, 전군 돌격……?

그런데 예상치 못한 일이 벌어졌다. 살수에서 멈춰선 적들이 더 이상 전진하지 않았다. 오히려 일제히 몸을 틀어 돌아서는 것이 아닌가. 강을 건너기는커녕 강을 등진 채 전열을 가다듬고 전투를 준비했다.

"우리가 밀고 들어간다면 그들이 갈 곳은 강뿐인 것을!"

"적은 지금 배수의 진을 치고 있소. 죽자고 덤비겠다 소리요. 더 이상 물러설 수 없는 적, 그것도 우리보다 수효가 많은 적이란 말이오. 어찌 싸우겠다는 소리요?"

30만 5천의 별동대를 상대하여 최소한의 희생으로 7전 7패하며 적을 유인하였던 안유가 기세등등하여 말했다. 그의 생각이 틀리지 않았기에 나는 답하지 않았다.

적들은 언제 후진이 밟힐지 모르는 상황에서 부교를 대는 것도 위험했거니와 그냥 헤엄쳐 가기에도 그 깊이를 알 수 없어 주춤하고 있는 것이 분명했다. 어차피 강물에 빠져 죽느니 싸우다가 죽겠다는 결연한 자세로 돌아섰으리라. 쥐 떼에게 달아날 구멍조차 없다면 고양이를 무는 법, 그래서 구멍 하나를 뚫어놓았는데 그곳을 마다하고 그대로 죽자고 덤빈다면? 이런 경우, 공

살수대첩

격하는 아군이 치명상을 입거나 오히려 전세를 역전당해 반격의 계기가 될 수도 있었다. 적의 사기는 바닥에 떨어졌어도 그 수는 아직도 30만이 넘었다.

나는 전군을 적의 가시거리 밖에 멈추게 했다. 이어 살수와 주변 상황을 한 눈에 내려다볼 수 있는 산 위로 올라가 멀찍이 적을 살폈다. 살수를 등진 적들은 미동도 하지 않은 채 열 하나 흐트러지지 않고 누군가를 기다리는 듯한 형국이었다. 물론 그 상대는 우리 고구려군이었다.

'몰아야 하는가, 멈춰야 하는가? 달리 방도가 없는가?'

이때 가리가 독대를 청했다. 그녀가 이 전투에까지 따라왔으리라고는 전혀 예상치 못한 일이었기에 잠시 어리둥절했다.

"또 어찌 이곳까지 왔소? 정녕 내 마음을 모르는 게요?"

"대장군, 소인을 보내주십시오."

"어딜 말이오?"

"적으로 하여금 강을 건너게 하시려는 것이 아닙니까?"

일순 아연해졌다. 장수인 안유도 모르고, 일부 직임을 맡은 군사들만 아는 군사 기밀을 어찌 알고 있다는 말인가? 또 세연당 정보책의 활약인가?

"세연당의 간자들은 전쟁 중 아군의 군사 기밀까지 훔쳐내는 거요?"

전장에서, 그것도 대장군인 나의 명에 의해 비밀리에 행해지던 작전이 털렸다는 사실에 갑자기 화가 치밀었다. 이곳은 삶과 죽음이 촌각에 갈리는 아수라판이었다. 적에게 노출된 기밀인지 우리가 적에게서 빼 온 첩보인지에 따라 수천수만의 죽음이 아군이 될 수도, 혹은 적군이 될 수 있었다.

그런데 알고 있는 자가 있었다. 설마 이 나라, 이 자리에 사방의 간자들이 득실거리고 있다면 적의 간자도 내 속통을 들여다보고 있다는 소리인가? 그래서 적은 강을 건너지 않고 있는 것인가? 설마 밤잠을 설치며 전쟁을 승리로 이끌고자 꾀한 나의 계략이 얄팍한 술수처럼 누구에게라도 빤히 보이고 있다는 말인가?

이런 나의 반응에 가리는 담담히 대꾸했다.

"오해는 마십시오. 간자로, 자객으로, 살수로 살다 보니 남들보다 눈이 빠르고 귀가 밝을 뿐, 이 작전은 여전히 기밀이고 몰라야 할 자는 아무도 모르는 일입니다."

나는 여전히 화가 죽지 않아 거칠게 말을 내뱉었다. 국가의 존망이 걸린 중대한 사안인 만큼 촉급하니 감정이 앞섰다.

"눈도 빠르고 귀도 밝은 그대라면 이 상황이 어떠한지 빤히 보일 텐데 아녀자인 그대가 이 상황에 뭘 어찌하겠다는 것이오?"

"소인이 적을 유인해 보겠습니다."

"뭐요?"

"소인이 그들 앞에서 강을 건너 적을 유인하겠습니다."

귀를 의심했다. 이제는 그녀가 이 모든 기밀을 알고 있다는 것보다 자청하여 일을 수습하겠다는 것에 당황하지 않을 수 없었다.

"불허하오."

"허하여 주십시오."

"불허한다 했소!"

그녀는 누가 들을세라 조용히 말했다. 그러나 어조는 그 어느 때보다 강했다.

"대장군께서 이 전투를 어찌 생각하고 계신지 알고 있습니다. 이 나라 이 땅을 짓밟은 저 간악무도한 종족을 일거에 쓸어버릴 생각이신 것 아닙니까? 그리하려면 저들로 하여 저 강을 건너게 하여야 하는데 그 앞에서 배수의 진을 치고 싸우겠다 하니, 30만 대군을 몰아쳤다가 어떤 결과가 터질지 두려운 것이 아닌지요? 저들이 살아서는 절대 이 땅을 벗어날 수 없는 지경으로 만들고자 했던 계책이 역전하여, 수많은 우리 목숨을 살하고 더 나아가 이 나라가 다시금 전쟁의 화염 속에 빠지게 될 것을 우려하고 계신 것이 아니온지요?"

그녀는 내 속에 들어왔다가 빠져나간 것처럼 모든 상황을 정확히 꿰뚫고 있었다. 게다가 나의 분노를 읽고 나의 두려움을 살펴 자신이 희생을 감수하겠다 하고 있었다. 하지만 역시 불가했다. 내가 목숨을 바쳐 싸우는 이유에 그녀 또한 포함되어 있음을 그녀는 정녕 모르는 걸까?

"이는 대장군인 나의 일이고 내가 결정할 일이오. 그대는 무관하니 신경 쓰지 마시오. 더 이상 관여하지 마시오."

"고구려의 국운이 달린 이 일이 어찌 소인과 무관한 일입니까? 대장군과 전군의 생사가 달린 일인데 어찌 소인에게 관여하지 말라 하십니까? 누가 해도 해야 할 일이라면 누구보다 적임자인 소인이 하겠다는 말씀입니다."

"굳이 적을 유인해야 한다면 내가 적임이오! 그대는 안 된다는 소리요!"

"대장군께서는 지난번 우중문에게 거짓 항복하여 그들을 속인 일이 있지 않습니까? 그들이 또 한 번 속아 줄 것이라 여기시는 겁니까? 간계라 알고 반대로 움직일 것입니다."

"그만하시오! 그대 눈에는 이 전쟁이 일개 아녀자의 말 한마디에 좌지우지될 만큼 가벼운 파적거리 정도로만 보이는 게요?"

나는 타이르는 대신, 마음을 상하게 해서라도 그녀의 고집을 꺾으려고 했다. 어쩌면 심중의 치부가 드러나는 것을 무엇보다 두려워했는지도 몰랐다.

그런데 다음 순간, 그녀의 눈빛이 싸늘하게 번뜩였다. 그 빛이 나의 심중을 베었다. 그녀의 손에는 어느새 단검이 들려 있었고, 이내 자신의 머리채를 잡더니 그대로 끊어버렸다.

"가리!"

그녀의 탐스럽고 긴 머리카락이 어깨 위로 후두둑, 새끼줄처럼 꼬인 머리채가 발치에 툭 떨어졌다. 그녀는 멈추지 않았다.

그예 잘 갈음질한 칼날을 뉘어 자신의 이마에서 정수리까지의 머리카락을 또 밀어버렸다. 그녀의 행동은 30만 적중에서도 눈 하나 깜빡하지 않았던 나를 꼼짝 못 하게 만들었다.

하긴 언제 그녀가 나의 만류를 들었던가. 나에게 그녀를 말릴 명분이 있었던가? 굳이 가겠다고 했을 때는 그만한 이유가 있을 것이다. 어렴풋이 이유를 짐작할 수 있었다. 고인이 된 우경을 대신해 세연당 제자들을 이끌고 전쟁에 참여한 그녀였다. 부군에 대한 의리뿐 아니라, 배신하였던 나라에 죄를 씻고 태왕의 호생지덕에 보은하고자 진력을 다하였다. 그러니 이번 전투를 마지막으로 모든 빚을 정리하고 다시 아정을 찾으러 가려는 것이리라.

"절대 저들을 저대로 보내서는 아니 됩니다."

결연하고 확고한 그녀의 의지였다.

**

어느 틈에 적의 등 뒤로 일곱 명의 무리가 움직이는 것이 보였다. 그들은 적의 관심을 끌려는 듯 부러 첨벙첨벙 소리를 내며 살수를 건너고 있었다. 모두가 장삼을 걸친 승려들 모습이었다.

예상대로 적들은 소리에 이끌려 돌아보았다가, 눈을 떼지 못하고 있었다.

가뭄이 심해 마른 장마로 끝나가는 여름이었다. 그래서인지

강 한복판에 닿아서도 강물은 승려들의 허벅지께 이상을 넘지 않았다.

나는 홀로 들숨을 짧게, 다시 날숨을 조용히 내쉬며 움켜쥔 주먹에 거듭 힘을 주었다.

'가리, 너는 어찌 네 목숨이 그리 가벼운 게냐? 어찌 아비를 위해 희생하고, 아정을 위해 희생하고, 이제는 이 나라를 위해 희생하는 것에 그리 확고한 게냐? 아무런 두려움도 없는 게냐? 너는 그리 너를 희생하여 너의 의지를 다하는구나.'

혹여 적이 승려 행색을 한 가리 일행을 막아설까, 시비하여 끌어낼까, 끌어다가 목을 벨까, 염려하기를 한참. 다행히 적은, 굳이 행색이 초라한 승려 몇이 강을 건너는 길을 막지 않고 지켜보고만 있었다. 그들의 도강을 통해 강물의 깊이를 확인하고 있음이 분명했다.

잠시 후, 수나라 군사들 속에서 혼란이 일었다. 30만이 술렁이는 소리는 멀리서부터 휘몰아치는 모래바람처럼 웅웅대며 대기를 흔들었다. 열에서 빠져나와 강가로 움직이는 군사들이 하나둘, 급기야 많은 수의 군사가 목마른 짐승처럼 떼를 지어 움직이기까지 했다.

패전의 책임 따위는 장수의 몫이지 군사들이 생각할 일이 아니었다. 허기지고 지친 군사들은 싸움보다 도강하기를 간절히 바라고 있었다. 한시라도 빨리 이 지긋지긋한 고구려 땅을 벗어나 안온한 고향에서 그리운 가족들과 해후하는 것만이 당장의 바람이리라. 굳이 이 자리를 죽을 자리 삼아 싸우느니 도강할 수 있을 때 가자, 가자 하는 모양새였다. 가리가 꿰뚫은 것이 바로 그러한 군사들의 심리였다.

아무리 상명하복이 철저한 집단이라 할지라도 분위기라는 것이 있고, 대세라는 것이 있는 법. 뒤미처 상황을 깨달은 우중문은 드디어 전군에게 도강을 명했다.

그가 생각한 것은 배수의 진을 쳐서라도 죽을힘을 다해 고구려군을 막아내겠다는 강의가 아닌, 도강 중 뒤에서 치는 고구려군에게 죽어 몰살되는 참담한 상황을 우려했던 것이 확실해진 셈이다. 그리고 이제는 배수의 진을 치고 마지막 격전을 치르기보다 쉽게 강을 건너 한시라도 빨리 이 나라를 벗어날 수 있다는 것이 오히려 반가웠던 게다. 수나라 별동대의 총사령관인 그의 복심 또한 군사들과 별반 다르지 않았던 것이다.

그렇다고 뒤에서 공격해 올 적을 완전히 배제할 수는 없는 법. 별동대는 방어할 후진을 세운 채 군열에 맞춰 빠르게 도강하기 시작했다.

1군, 2군, 3군, 4군……

그 속도는 점차 빨라지고 규모는 커졌다.

이미 고구려군은 그들 뒤에 바짝 다가가 있었다. 나는 적당한 때를 보아 북을 울리면서 우리의 등장을 알렸다. 이 전투가 마지막이 되게 하겠다는 일념으로 분연히 소리쳤다.

"감히 더러운 흙발로 나의 부모, 자식들의 땅을 짓밟은 짐승들이다! 소중한 나의 형제들이 저들의 손에 피를 흘리며 죽어가야 했다! 저들은 사람도, 적도 아니다! 그저 반드시 죽여야 할 혈수, 인두겁을 쓴 짐승일 뿐이다! 그러니 손속에 인정을 두지 마라! 단 한 놈도 남기지 말고 모두 척살하라!"

당황한 적의 별동대는 전열이고 나발이고 누가 먼저랄 것 없이 살수에 뛰어들기 시작했다.

"맞아 싸우라! 이곳에서 무너지면 절대 돌아가지 못한다!"

우문술이 애써 지휘하려 했지만 이미 흐트러진 전열은 수습되지 않았다. 당황한 우중문은 우둔위장군 신세웅辛世雄에게 명했다.

"적을 막아라! 우리 군이 무사히 도강할 수 있도록 목숨을 걸고 막아라!"

신세웅은 신속하게 좌 제8군 현도도군을 후진에 다시 배치하여 고구려군을 맞았다. 나는 선두에 선 개마무사들을 이끌고 신세웅의 군을 향해 돌진했다. 그들도 필사적이었지만, 나 또한 극렬하게 분노한 상태였다. 그들은 나의 나라에 멋대로 쳐들어와 백성들이 일궈야 할 땅을 짓밟고 자신들의 오물을 뿌린 자들이었다. 오만방자하여 남의 왕의 권위를 흔들고 남의 나라를 집어삼키기 위해 살귀들을 몰고 쳐들어온 원수들이었다. 그러하니 나의 창에 찔리고 개마에게 짓밟힌 적의 몸에서 흐르는 피에 한 푼의 동정도 가지 않은 것은 당연했다. 그저 망종한 양광의 수족이며 개일 뿐이었다.

적들은 종횡무진 휘둘러지는 나의 칼 아래 살이 찢기고 뼈가 끊어져 뒹굴었다. 나를 알아보고 달려들었던 신세웅마저 내 창에 찔려 말과 함께 고꾸라졌다.

신세웅의 현도도군들이 괴멸해가고 있을 즈음, 나는 고개를 들어 살수를 바라보았다. 드디어 적의 선두가 일부 도강에 성공했고, 남은 적들은 살수를 가득 메운 채 벌떼처럼 강을 건너고 있었다.

'이때다!'

나는 팔을 들어 수신호를 보냈다. 기다리고 있던 나팔수가 길게 나팔을 불었다. 잠시 후, 강 상류 쪽에서 천지를 가르는 천둥소리가 우렁우렁 울렸다. 소리는 하늘에 닿아 무너지고 땅을 불러일으키는 듯한 어마어마한 울림이 되어 점차 빠르게 몰려왔다. 그 와중에도 적들은 힘차게 물을 가르며 뛰고 있을 뿐이었다. 다행히 물가에 있던 자들은 수족을 급히 놀려 그 자리를 벗어날 수 있었다. 그러나 강물에 갇혀, 동료들에 에워싸인 채 앞으로도 뒤로도 오도 가도 못 하는 대부분의 적은 우왕좌왕하다가 거대하게 몸을 일으킨 성난 파도와 맞닥뜨려야 했다. 폭풍을 탄 성난 해일처럼 일어난 물살은 순식간에 적들을 집어삼켰다.

나는 이미 살수 상류에 2만의 군사를 보내 흙을 채운 주머니로 둑을 쌓게 했다. 적은 당연히 몰라야 했지만, 아군도 알아서는 아니 되기에 모든 것은 비밀로 행해졌다. 줄을 잇는 군사들 따로, 자루에 흙을 채우는 군사들 따로, 물줄기마다 물막이하는 군사들을 따로 불러서 서로가 서로의 일을 모르게 작업시켰다. 이중 삼중으로 비밀에 비밀을 엄수토록 직접 장급들을 불러 지시했다.

이를 알 리 없는 적은 살수 앞에서 고구려군을 막아내야 돌아갈 수 있다고 여겼다가 곧 승려 몇이 안전하게 도강하는 모습을 보고서야 살길이라 확신했다. 그렇게 적이 안심하고 도강하는 사이 물을 가둬두었던 둑을 터뜨려 도강하는 적을 피 한 방울 흘리지 않고 물귀신으로 만들려고 한 것이 바로 나의 작전이었다.

적들은 몸과 몸이 뒤엉켜 순식간에 격류와 함께 휩쓸려 떠내려갔다. 비명과 아우성조차 격류가 삼켜버려 들리지 않았다. 이미 도강한 적들은 황망히 이를 지켜만 볼 뿐, 달리 손 쓸 방도가 없었다. 귀신이라도 본 양 그들은 넋을 놓고 있어야 했다.

부상당한 채 이를 지켜보던 신세웅이 칼을 들어 제 목을 찌르려 했다. 나는 틈을 주지 않고 그의 목을 베어버렸다. 적은 내 앞에서 자결할 자격조차 없었다. 남은 그의 부하들은 산산이 부서진 바위처럼 쪼개져 달아나다가 아군의 칼에 하릴없이 베어졌다.

적의 사체가 살수 하구로 떠밀려가 곳곳에 산을 이루었다. 산 자와 죽은 자의 경계는 물과 밖에 있었다. 아니, 물 안에서도 죽고 밖에서도 죽어 나갔다.

우중문과 우문술의 30만 5천의 별동대 중, 살아 돌아간 수는 고작 2천7백에 불과했다. 양광은 더 이상 싸울 의지를 잃고 요동에 주둔해 있던 전군을 퇴각시킬 수밖에 없었다.

　우중문과 우문술은 패전의 책임을 져야 했다. 퇴각하는 내내 철쇄에 묶여 비참한 모습으로 끌려갔다. 거짓 항복을 청하러 갔던 나를 놓아주라 강권했던 유사룡은 모두가 보는 앞에서 목이 날아갔다.

　요동에 가서 개죽음당하지 말라던 노랫소리가 수나라 말고 고구려 땅에도 아이들의 입을 통해 전해졌다. 감히 대고구려를 넘본 양광은, 제 아비의 치욕스러운 참패를 보았음에도 더 큰 재앙을 부른 군주라며 손가락질당했다. 다만 내 손으로 그 양광을 죽이지 못한 것이 한스러웠다.

　더불어 이 전쟁의 승리는 각자의 하나뿐인 목숨을 걸고 굳건히 버텨준 고구려의 모든 백성과 군사들, 또한 대국의 겁박에도 굴하지 않고 강의를 지켜낸 태왕의 몫이었다. 그리고 무엇보다 온전히 고구려인으로 돌아온 가리의 승리이기도 했다.

거상 居喪

 오래 앓던 어머니가 죽었다. 내가 전장에 나가 있는 동안 매일 정화수를 떠 놓고 무사 귀환을 빌던 어머니였다. 내호아의 침입에 대비하여 장안성 중성으로 도피해 있다가 집으로 돌아온 지 얼마 되지 않아서였다.

 임종 당시 상황을 들을 수 있었다. 새벽이슬에 젖은 채로 마당에 쓰러져 있는 어머니를 발견한 것은 연 의원이었다. 조석으로 어머니의 병세를 살피기 위해 오가던 와중이었다.

 어머니를 방안으로 옮긴 연 의원이 처치를 준비하려 하자 그의 손을 잡은 어머니가 유유한 눈빛으로 물었다.

"전쟁은?"

"문덕이 살수에서 적을 섬멸하였다 하오. 수제는 죽은 제장들의 수급조차 챙기지 못한 채 퇴각하였소."

"드디어…… 끝났구료."

"문덕도 이제 돌아올 것이오. 그러니 어서 털고 일어나시오. 개선장군이 되어 돌아오는 아들을 맞아야 할 것 아니오."

그러나 연 의원은 어머니가 다시는 일어나지 못하리라는 것을 알았다. 객혈이 오래되고 검게 죽은 살이 내리고 종종 의식을 놓을 때도 있어, 오늘이 될지 내일이 될지 항상 조마조마했다. 날이 저물 때까지 곁을 지키고 있다가 어머니의 마지막 말을 들었다.

"연 의원……."

"말해보오."

"고마웠소."

"나도…… 당신이 있어 행복했소."

연 의원은 어머니의 임종이 평화로웠다고 했다. 젊은 나이에 서방을 잃고 객지로 도망 나와 무작스런 고생만이 목숨을 연명할 수 있는 방법이었던 한 여인의 삶은 결코 녹록지 않았다. 그래도 유복자로 태어난 아들을 고구려 최고의 무인으로 키워 그 영광을 보았으니 더 바랄 나위는 없었을 것이라 연의원은 위로했다.

나는 개선장군으로 돌아오긴 했으나, 승리를 축하하고 공을 치하하는 자리에 참석하지 않았다. 설기의 묘 윗자리에 어머니 묘를 만들어 장례를 치르고 그 자리를 지켰다. 승전의 주인공이 되어 돌아온 나에게 줄을 대려는 자들이 출상하는 자리에 참석하려고 몰렸다. 그러나 누구의 출입도 마다했다. 평강 또한 나의 의지를 알아 장례를 도와줄 노복들과 장례용품을 살뜰히 챙겨 보냈을 뿐, 참석하지 않았다. 원에게도 그 뜻을 전했다.

원은 나의 관등을 태대형으로 올린다는 관등첩과 함께 식읍 4,000호와 노비 50구, 말 50마리를 내렸다. 공을 세운 모든 장수에게도 골고루 상을 내렸고, 노고를 치하하였다. 나는 관등첩을 제외한 나머지 재물들을 모두 세연당에 보내 전쟁에 나가 싸운 이들과 전사한 이의 가족들이 골고루 나누도록 하였다. 우경도, 가리도 없는 세연당이었지만, 스승의 뜻이 면면히 이어지기를 바라는 이유였다.

누군가 어두운 새벽녘이면 몰래 어머니 묘에 들러 꽃과 술을 올리고 있다는 사실을 알았다. 예상대로 연 의원이었다. 평생 남의 병증만 고쳐주던 그였지만 이제는 노쇠하여 제 걸음조차 버거워 보였다. 그럼에도 하루 빠짐없이 어머니의 묘를 찾았다. 어머니가 죽자 더욱 쇠잔해진 듯했다.

"대장군……."

"그리 부르지 마시오. 어르신은 나의 평생의 은인이 아니오?"

"그래, 문덕아. 고맙다. 큰 사람이 되라 했더니 더 큰 사람이 되어 나와의 약조를 지켜내지 않았느냐?"

"모두 어르신 덕분이오."

"그게 어디 내 덕이냐? 네 어미의 노고지."

"어머니……."

"네 어미도 참 독한 사람이었다."

"……."

"그 어려운 시절을 보내면서도 단 한 번 나의 손을 빌리려 들지 않더구나. 은혜를 갚아야 한다면서 때마다 의복을 챙겨 보내고, 찬을 해 보내면서도 말이다."

"어머니의 목숨을 살린 분이 어르신이지 않소."

"그 소리가 아니다. 내가 네 어미에게 같이 살자 한 적이 있었는데도 그러더란 말이다. 장성한 아들의 앞길에 누가 되어서는 안 된다고 말이다."

금시초문이라 연 의원을 돌아보니 그의 눈에는 아득한 그리움이 촉촉이 젖어 있었다.

"내 어머니를 연모하셨소?"

"어찌 연모하지 않을 수 있었겠나? 그 발끈하는 결기에 가끔은 뒷걸음질 치기도 했지만……. 강강하기만 한 그 성품이 모질게 느껴지면서도 그리로 향하는 마음을 막을 수가 없더구나."

"어머니도 연 의원을 마음에 품고 계셨소."

"정말이냐? 어찌 그리 생각하느냐?"

"항상 연 의원께 은혜를 갚아야 한다, 좋은 일이 있을 때마다 연 의원께 인사드리고 오너라, 좋은 물건이 들어오면 연 의원께 갖다 드려라…… 별거한 부친을 대하듯, 그리하라 하셨소."

"아아……."

연 의원의 입가가 가늘게 떨리더니 긴 탄식이 터져 나왔다. 다행이다 안도하는 듯도, 아쉽다 한탄하는 듯도 했다.

"가리가 아정을 회임하고 날 찾아온 적이 있었다."

"!"

"남에게 손가락질당하는 아이로 키워서는 안 되는데 어찌하면 좋은지…… 처녀가 임신하였으니 욕이 되지 않겠느냐면서 말이다."

내가 기억을 잃고 설기와 함께 수나라에 숨어 지낼 당시의 일을 연 의원은 말하고 있었다.

"타태를 원하느냐 물으니 절대 안 된다고 거절하고 돌아갔다."

"……."

"이후, 우경 선인의 부인이 되었다고 들었을 때 내심 다행이구나 싶었다. 나 또한 우경 선인의 실심을 잘 알고 있었으니 그러했지. 물론 죽은 줄 알았던 네가 살아 돌아오고, 공주 전하와 혼례를 치른 다음부터는 아정과의 관계가 황실에 알려져 사달이라도 날까 노심초사했지만 말이다."

가리가 홀로 복중에 태아를 품고 얼마나 마음고생하였을지 이제야 알 수 있었다. 미련스럽게 아이를 고집하지만 않았어도 되었을 것을 왜 그리 억척을 부렸는지 또한 알 것 같았다.

며칠 후, 장호가 나를 찾아왔다. 그는 내 지시로 아정을 찾기 위해 거란에 다녀온 바 있었다. 당시 심어놓은 간자로부터의 소식을 전했다.

"토호진수吐護眞水 주변에서 아정과 비슷한 또래의 고구려 아이를 보았다는 이가 있다 합니다."

가리가 그곳 어디에서 아정을 찾고 있을 것이 분명했다. 다음 날로 가벼운 봇짐만을 꾸려 거란으로 향했다. 그것만이 나의 아이를 낳고 나를 마음에만 품고 살았을 가리와, 친부를 두고도 양부를 아비라 부르고 살아야 했던 가엾은 아들에 대한 도리라 여겼다.

모함

"을지문덕! 정녕 네가 반역을 꾀하려 했다는 것이 사실이냐?"
원의 목청에 살기가 등등했다.
"당치 않사옵니다, 폐하! 소신이 어찌 감히 그런 배은망덕한 짓을 저지르겠나이까?"
"그럼 대체 이것은 무엇이냐?"
원이 집어던진 비단 두루마리를 근위군 하나가 집어 들어 내 앞에 펼쳐 보였다. 두루마리에 쓰인 글귀를 본 나는 입을 떡 벌린 채 말을 잇지 못했다.
"이래도 아니라 하는 게냐?"
"폐하!"
"이 글씨가 대체 누구의 글씨란 말이냐? 대공주, 그대가 말해 보라! 이 글씨는 누구의 것인가?"

평강조차 대꾸하지 못했다. 그 글씨체는 분명 나의 것이었다. 종종 평강에게 안부 서신을 보내왔던 터라 그녀 또한 이를 모를 리 없었다. 그러나 분명 나는 이런 내용의 글을 쓴 기억이 없다. 아니, 분명히 나의 글씨체였으나 내가 쓴 것이 아니라는 것 또한 분명했다. 이렇듯 부정하는 이유는 우중문과 내통했다는 그 서신의 내용 때문이었다.

"을지문덕, 그대가 우중문에게 장안성으로 오는 첩경을 일러주었다. 아군이 쫓겨갈 것이나 그들이 인도하는 길은 장안성 길이 아닐 것이니 곧이곧대로 따라가지 말라 알렸다. 장군 안유는 당시 상황을 이실직고하라."

이에 안유가 쩔쩔매며 아뢰었다.

"당시 대장군의 말인즉, '태제 전하께서 수군을 끌어내 전투를 마칠 때까지 시간을 끌어 달라, 그들의 목표가 장안성인 만큼 너무 멀리 가면 따라오지 않을 수 있으니 눈치껏 돌고 돌아 시간을 끌라' 하였사옵니다. 하오나 우중문의 군사들이 소신의 군사를 그대로 쫓지 않아 이를 유인하기 위해 일곱 번이나 달려들어 싸움을 걸고 다시 일곱 번이나 패퇴하는 짓을 반복해야 했나이다."

원이 무섭게 치를 떨며 대갈했다.

"이래도 네 죄를 부정하는 게냐?"

나는 이마를 땅에 붙이고 목청을 다해 읍소했다.

"폐하! 첩경이라니오? 천부당만부당한 말씀이옵니다! 치고 빠지는 것을 거듭하는 것은 적을 유인하는 계책의 기본이옵니다! 양량의 30만 대군을 임유관에서 끌어낼 당시에도 그리 거듭 패퇴하여 되돌아가려는 적을 유인하였고 결국 요택에서 대승을 이룰 수 있었사옵니다. 이는 수적 열세의 상황에서 복병을 두고 준비할 수 있는 최선의 방법임을 누구나 다 아는 사실이옵니다! 물론 이 서신이 소신의 글씨체와 다르지 않음을 부정할 수는 없사옵니다! 다만 소신이 저런 배역한 내용의 서신을 보낼 이유는 결코 없나이다! 이는 양광이 패전에 대한 분심을 품고 간자를 통해 소신을 모함하려는 술수가 분명하옵니다! 통촉하여 주시옵소서!"

필사적으로 스스로를 변호하는 동안, 증인으로 나온 군졸 몇은 사실만을 적시했다.

"을지문덕이 우중문에게 서신을 보낸 것이 사실이냐?"

"그 자리에 있었던 모든 이들이 보았나이다."

국문장에는 내 측근들이 없었고, 소속도 알 수 없는 낯 모르는 이들뿐이었다. 다만 내가 우중문을 놀리는 서신을 품고 적진으로 갔던 군사의 목이 잘려 효시된 사건을 모르는 이가 없었다. 하여 그 내용까지 알 리 없는 군졸들은 나를 위해 변호할 입장이 되지 못했다.

다만, 원의 진노를 각오한 이문진이 엎드려 극간하였다.

"폐하! 을지문덕이 누구이옵니까? 양견의 침략 때도 큰 공을 세웠을 뿐 아니라, 그 아들 양광의 백만 대군조차 궤멸시킨 고구려의 영웅이옵니다! 그런 그가 어찌 적과 내통할 수 있겠사옵니까? 그가 있어 요동성을 지켜낼 수 있었고, 적을 유인하여 황성을 지킬 수 있었사옵니다! 그가 있어 살수에서 수많은 적을 초멸하면서 이번 전쟁을 승리로 이끌게 되었다는 사실에 이견을 다는 이는 결코 없을 것이옵니다! 그의 말대로 모함이 분명할진대 어찌 적이 박장대소하며 환호할 일을 만드시나이까? 부디 성심을 가라앉히시고 그의 충량한 성품과 공적을 헤아리시옵소서. 이 모든 일의 배후를 찾아내어 벌하심이 옳은 줄로 아옵니다!"

그러나 원의 태도는 전혀 누그러들지 않았다.

"네가 친모의 장례를 치르느라 전승을 치하하고 노고를 위무하는 자리에 단 한 차례도 참석지 않은 것을 짐은 너그러이 이해하려고 했다. 전쟁을 치르느라 친모의 임종도 지키지 못한 것을 가긍히 여겨 모든 짐을 내려놓고 거상하라 이른 것이다. 그런데 너는 어찌하였느냐? 듣기로는 상중임에도 거란의 땅에 갔다 왔다는데 그게 사실이냐?"

"폐하! 그것은……!"

"사실이냐 물었다!"

"……사실이옵니다."

"이유가 무엇이냐?"

"……"

"어찌 대답을 못 하느냐? 상중에 유랑은 아닐 테고, 적과 내통하기 위함도 아니라면 어찌 이런 시국에 적국과 상통하는 그곳에 갔단 말이냐?"

더는 답을 낼 수 없었다.

곧 국문장에 형틀이 준비되었다. 원은 그 자리를 속히 떠났다. 대신하여 두 명의 사령이 고건무와 몇몇 대신들 앞에서 나의 정강이 안쪽으로 주릿대를 걸었다. 근본 없는 같은 질문이 반복되었다. 나는 대답하지 않았다. 정강이가 으스러지는 듯한 고통에 악문 이 사이로 끓는 신음이 흘러나왔다. 역시 대답할 수 없었다.

결국 목에 칼을 차고 옥에 갇히는 신세가 되었다. 나의 필적을 훔쳐 쓴 가짜 서신과, 상중에 거란에 다녀온 상황까지, 빼도 박도 못할 증좌에 대해 변할 방도가 없었다. 중형이 내려진다 해도 피할 도리가 없었다. 다만 이것이 열과 성을 다해 충성한 대가인가 싶어 분하고 억울할 따름이었다. 양광의 모함이야 그렇다 쳐도 믿어 마지않았던 주군의 나에 대한 신뢰가 이 정도에 무너질 만큼 경미하다는 사실에 피가 거꾸로 솟을 지경이었다.

**

늦은 밤, 평강이 옥사로 찾아왔다. 여전히 곱고 아름다웠지만, 세월을 거스르는 장사 없다고, 웃음기 없는 낯에 그득한 잔주름이 갈라진 붓끝으로 그린 그림처럼 선명했다.

"몸은 괜찮은 게냐?"

"어머님 덕분에 사령들의 손 속에 힘이 빠져 있었나이다."

사실이 그랬다. 지금쯤 정강이뼈는 부서지고 살은 문드러져 있어야 맞았다. 온전히 걷기는커녕 숨넘어간 개돼지처럼 끌려 나왔어야 했다. 그럼에도 나는 내 발로 일어섰고, 걸어서 옥사에 들어왔다. 평강이 사령들에게 손을 썼으리라는 것을 짐작할 수 있었다. 인정하듯 평강이 고개를 가볍게 주억거렸다.

"거란에는 어찌 간 것이냐?"

"……."

"아정을 찾기 위함이었느냐?"

평강은 모든 사실을 다 알고 있는 듯했다. 아마도 살아생전 이화가 울화를 참지 못하고 읍소했으리라. 그 속내 분출할 곳이 없어 내 편이고 제 편이기도 한 그녀에게 토설했으리라. 나를 믿어 모두의 반대를 무릅쓰고 남분한 자리에 올린 평강에게까지 숨길 수가 없어 사실대로 아뢰었다.

방대한 초원과 파란 하늘만이 시야 가득한 요서 북쪽의 한 마을에 도착한 것은 아정을 찾기 위해 장안성을 떠난 지 달포가 지난 후였다. 요하의 지류인 토호진수가 흐르는 지역으로 유목민족인 거란인들이 모여 상거래를 하면서 자연스럽게 형성된 마을이었다. 수나라의 침략 이후, 수의 지배를 받게 된 거란의 타지역과는 달리 여전히 고구려의 영향 아래 있는 곳이기도 했다.

그곳에서 고구려 사내아이에 대한 소문을 쫓아다녔다. 한 번은 쇠사슬에 목이 매여 끌려다니는 아이가 있다 하여 한달음에 달려가 보았다. 온몸에 채찍 맞은 자국이 선명한 아이는 불행인지 다행인지 아정이 아니었다. 객잔에서 먹을 것을 훔쳐 먹다 걸린 좀도둑이었다.

또 한 번은 장거리에서 구걸하는 고구려 아이가 있다 하였는데, 이 또한 아니었다. 와중에 그 자리를 먼저 밟고 간 자가 있음을 들었다. 고구려 여인이라 하기에 가리인 것을 알았다. 석 달을 그리 헤매다녔지만 아정은커녕 가리조차 만나지 못했다.

아비를 아비라 부르지 못하고 떠나야 했던 서러운 아들을 떠올릴 때마다 억장이 무너졌다. 생이별한 아들을 찾아 헤매는 가리의 심통은 또 오죽하랴. 그녀라도 만난다면 다독여 위로할 수 있으련만.

그러다가 나를 찾아온 고구려 군사들을 만나게 되었다. 실인즉, 나를 추포하러 온 근위군 소속 군관들이었다. 영문을 몰랐지만, 폐하의 명이라는 소리에 순순히 오라를 받고 압송되었던 것이다.

"송구하옵니다. 모든 일은 소인의 실수였나이다. 소인이 부덕하여 일을 이리 키웠나이다."

"너의 부덕이 무엇이냐? 너는 풍전등화의 고구려를 구한 고구려의 대장군이 아니더냐? 폐하와 내게 단 한 번이라도 충의를 저버린 적이 있었느냐? 선황 폐하와의 약조를 지키고도 남음이 있어 십만이 아니라 백만의 적을 막아내지 않았느냐? 부덕이라면 나에게서 찾아야 할 것이다. 너를 통해 온달 대장군의 유의를 잇기 위해 이화와의 혼례를 강행했다. 네 속내 다른 이를 품고 있다는 사실을 알면서도 눈을 감았다. 내가 자식을 낳아본 바 없어 그 마음을 몰랐던 게다."

"송구하옵니다. 이 어찌 어머님의 부덕이오리까?"

나는 고개를 들지 못했고, 평강은 그런 나의 두 손을 부여잡고 눈시울을 붉혔다. 진심으로 나를 아들로 대하는 평강을 어찌 마주해야 좋을지 몸 둘 바를 몰랐다.

"나는 너를 아들 삼아 장군의 유의를 세우고, 황실을 호위하고, 차후에 황좌에 오를 황자를 보필토록 하여, 국난이 거듭되는 이 나라를 지켜내고자 했다. 허나 전장에서 쌓은 너의 위명을 질시하는 사특한 자들이 있음을 깨닫지 못했구나. 그자들은 혹여 황자마저 저해하려는 목적이 분명할 터."

양광의 모략이 아니라는 소리였다. 이번 전쟁으로 온 백성의 영웅이 된 나를 질시하고 눈엣가시로 여기는 자가 고구려 내에 있다는 소리였다. 우중문을 놀리는 서신을 보냈다는 것을 알고 나의 서체를 훔쳐 가짜 서신을 만든 자, 나를 감시하여 상중임에도 거란에 다녀온 사실을 아는 자. 누군가 부러 사실을 왜곡하고 말거리를 만들어 고변하였으니 국문을 당하게 된 것이라는 소리였다.

평강은 그자를 짐작하는 듯했다. 하지만 끝내 그 간특한 이름을 입에 올리지 않았다. 어렴풋이 떠오르는 이름이 있었으나, 나 또한 거론하지 않았다. 이 나라 고구려에서 태왕 다음가는 위상을 떨치고 있는 자, 이 전쟁에서 큰 공을 세워 그 자리를 공고히 한 자, 내가 공을 세운 것이 못마땅한 자, 아아, 황자가 변고를 당하면 대신하여 황좌에 오를 수 있는 위치에 있는 자.

그가 왜? 설마하니 황좌를 탐하는가?

또 한 사람, 나를 미워할 만한 충분한 이유가 있는 자의 낯이 떠올랐다. 이 또한 내게 많은 것을 빼앗겼다 생각하고 있을 것이다. 부마 자리도, 대장군의 자리도, 그리고 무사로서의 겨룸에서도 패하여 그 분심이 매우 컸을 자.

"비록 네게 죄가 없다 하나, 무죄를 밝히자고 녹족부인과 아정을 입에 올리겠느냐? 그랬다가는 너뿐 아니라 그 두 사람, 심지어 이를 알고도 너를 이화와 혼인시킨 내 목숨조차 무사치 못할 것이다. 그러하니…… 내가 내 모든 것을 걸고 구명할 것이니……."

떨리는 그녀의 음성은 더 이상 이어지지 않았다. 그제야 평강이 하고자 하는 말의 의미를 알 것 같았다. 드러난 혐의만으로도 더 이상 태왕을 설득할 명분이 없다, 그렇다고 관련자들을 모두 엮어 가느니 너 하나 죄를 업고 가면 모두가 무사하다, 그 뜻이리라. 그 소리를 그녀가 직접 구언하는 것을 나는 더 이상 바라지 않았다.

"성의와 같사옵니까?"

그래도 다른 사람 아닌 태왕만큼은 나를 믿어주어야 하지 않는가? 나는 장안성에서의 모든 전술을 설명했고, 그는 이해하여 내게 주어진 전권을 공고히 하였다. 그리고 나는 아무도 예상치 못한 전쟁에서 대승을 거두었다. 백척간두의 이 나라 고구려를 구해냈다. 그런데 이제 와서 다른 이의 모략에 나를 의심한다? 그럴 리가 없다. 무슨 연유가 있겠지?

그러나 평강은 고개를 끄덕여 나의 믿음을 송두리째 날려 버렸다. 그리고 마지막으로 쐐기를 박았다.

"그자는 그간의 너의 일거수일투족을 감시하였을 것이다. 너의 행적 속에 녹족부인이 있음을 충분히 인지하였을 것이다. 네가 굴하지 않으면 녹족부인과의 관계를 폐하께 고할 수도 있다. 어쩌면……어쩌면 폐하도 이미 알고 계실지도 모른다."

나는 모든 것을 내려놓기로 했다.

"상중에 거란에 다녀온 것은 그리움 때문이었나이다. 친모를 잃은 상심을 달래려고 어머니의 고향인 요동 지역을 돌다가 무심히 발길이 닿았던 것이옵니다. 또한 우중문에게 서신을 보낸 것은 사실이나, 패장을 우롱해보려는 교심으로 행한 일이옵니다. 하오나 이로 인해 성심을 상하게 하였고, 군장의 필적을 흘려 적이 도용하는 것을 막지 못하였으니 이 어찌 죄라 하지 않을 수 있겠사옵니까? 사려 깊지 못하였나이다. 아니, 망사지죄를 인정하나이다. 그 벌을 달게 받겠나이다. 다만 결단코 폐하와 황실, 이 나라에 배은한 마음을 품은 적은 단 한 번도 없사옵니다."

나는 칼을 쓴 목을 늘려 나의 죄 아닌 죄를 인정했다. 이를 지켜보는 평강의 주름진 눈에서 굵은 눈물방울이 떨어져 나의 손등을 연신 적셨다.

평강은 내게 어머니의 맛과 같은 국밥을 사식으로 넣어주었고, 다 먹을 때까지 기다렸다가 조용히 물러났다. 그것이 그녀를 본 마지막 모습이었다. 나의 스승이었고, 벗바리였고, 어머니였던 그녀였다.

다음날, 나에 대한 처분이 떨어졌다. 매우 신속하고 단호한 조치였다.

"을지문덕이 작죄를 일부 인정하는 바, 이는 중죄에 해당하나 전쟁에서의 공이 크고 그 행동이 역심을 품었다 볼 수 없다. 그럼에도 만인의 귀감이 되어야 할 군의 수장이자, 나라의 부마된 자로서 적절치 않은 행동을 행함에 이 같은 처결을 내린다. 그에게 내려진 모든 관등과 관직을 삭탈하되, 전공에 따라 하사한 식읍과 노비는 세연당에 기부되었다 하니 이를 몰수하지는 않을 것이다. 대신 멀리 청진으로의 유배를 명한다."

나는 황성을 향해 세 번 절하고 두 명의 공인을 따라 유배길에 올랐다. 원 재위 24년 정월의 일이었다.

양광이 또다시 탁군에 병력을 집결시키고 있다는 소문이 바람결에 들려왔다.

＊＊

　청진의 작은 마을에 이른 것은 장안성을 떠난 지 두 달하고도 이레가 지난 묘월卯月 중 하루였다.
　압송한 두 공인은 장안성을 벗어난 이후부터 내 목의 칼을 풀어주었다. 그뿐 아니라 공이라 깍듯이 존대하였고 객주에 들어 식사할 때도 겸상을 송구히 여기며 각별하게 대했다. 평강의 뇌사 덕이기도 하겠지만, 무엇보다 나를 공경하는 마음이 언행에 묻어났다.
　유배지는 바닷가 작은 마을이었다. 늙은 촌장이 공인에게서 나를 인계받았다. 그 또한, 신임 관리를 신연하듯 나를 맞았다. 미리 준비한 고기와 음식을 대접하는가 하면 직접 유배살이할 집으로 안내했다. 지난해 겪은 국난을 이겨낸 것은 모두 뛰어난 지략으로 고구려군을 이끌어 준 대장군의 덕이라며 나의 공적을 칭송하기도 했다.
　해안 길을 따라 걷는 동안 차가운 바닷바람이 거센 너울을 타고 몰아쳤다.
　"어디 그뿐입니까? 대장군이 아니었다면 이 나라 전 국토가 이족의 발아래 처참하게 짓밟히고 모든 작물을 빼앗겨 많은 목숨이 살아남지 못했을 겁니다. 하지만 보다시피 이 마을에는 적이 얼씬도 못하였습지요. 이 모든 것이 영명하신 대장군과 존엄하신 우리 태왕 폐하의 공덕이 아니고 무엇이겠습니까?"

그의 말처럼 바닷가 마을은 조용하고 온전했다. 눈이 쌓인 산마다 나무들이 온전했고, 들에는 지난해 소출을 거둔 흔적이 있었으며, 집들은 낡고 오래되어 누구도 건들지 않은 것처럼 세월이 지덕지덕했다.

푸른 바다가 내려다보이는 언덕 위에 두 칸짜리 초가가 보였다. 바닷바람을 이겨내기 위해 새 짚단을 얹은 뒤 겹겹이 새끼줄로 꽁꽁 붙들어 맨 솜씨가 야물었다.

"경관이 그만이구료."

집 안으로 선뜻 들어서지 못하고 전망만 살피고 있는데, 안에서 나를 이끄는 소리가 있었다.

"아정! 아정! 마당은 다 소제하였느냐?"

놀라서 돌아보는 동안 촌장이 대신 설명했다.

"계시는 동안 수발들어줄 아낙입니다. 얼마 전 이주해왔는데 대장군을 뫼시겠다고 자청하여 그리하라 했습니다. 혹, 불편하시면……."

"아니오. 고맙소."

그리 대꾸하면서도 눈은 그 아낙에게서 떨어질 줄 몰랐다. 머리에 수건을 동여맨 누런 베옷 차림의 단아한 여인이 나를 발견하곤 멈칫했다. 그 눈빛이 그렁그렁하니 흔들렸다. 싸리비를 든 소년도 소리를 듣고 뒤꼍에서 달려 나오다가 우뚝 섰다. 소년은 눈가를 자빠트리며 입술을 위아래로 쩔쩔맸다. 이태 만에 체신이 곱절은 큰 것 같았다. 어린아이 같았던 볼이 홀쭉하니 제법 사내 모양으로 잡혀 있었다. 그 시절 나의 모습을 많이 닮아 있었다.

어느새 차가운 볼을 타고 뜨거운 눈물이 흘러내렸다.

나를 끝까지 아들로 품어준 평강의 마지막 선물이었다.

**

당해^{613년} 4월 양광이 또다시 고구려 정벌을 시도했다. 삭탈되었던 우문술이 복관되어 양의신^{楊義臣}과 함께 장안성으로 향했다. 왕인공^{王仁恭}은 부여도로 향하는 도중 신성에서 고구려군을 격퇴했다. 양광은 요동성을 공격해 20여 일 동안 격전을 벌였다. 마침 수나라에서는 양현감^{楊玄感}이 반란을 일으켰다. 불안해진 양광은 밤에 제장을 불러 퇴각을 명했다. 양현감과 친했던 곡사정^{斛斯政}이 고구려에 투항했다.

다음 해 7월, 양광은 다시 군대를 이끌고 영주 동쪽의 회원진^{懷遠鎭}으로 향했다. 그리고 내호아에게 수군을 이끌고 요동 남단의 비사성을 공격하게 하였으며 드디어 함락에 성공했다. 그러나 수나라에서는 양현감 이후에도 고구려와의 잇따른 전쟁에 불만을 품은 세력들이 곳곳에서 반란을 일으켰다. 고구려 또한 오랜 전쟁에 지쳐 있는 상태였다. 고건무가 투항했던 곡사정을 돌려보내며 화의를 청했다. 수나라는 8월에 군대를 이끌고 돌아갔다.

이로 인해 4차례에 걸친 수나라의 고구려 정벌이 막을 내렸다.

결국 원 재위 29년^{618년}, 양광은 난을 일으킨 장군 사마덕감^{司馬德戡}과 우문술의 아들 우문화급^{宇文化及}에 의해 목 졸려 죽임을 당했다. 이로써 수나라의 짧은 역사는 끝났다. 2대에 걸쳐 중원을 비롯한 주변국들에 대한 정벌은 모두 성공했지만, 끝내 고구려를 공격하다가 국운이 다한 수나라의 마지막 모습이었다.

원은 같은 해 승하하였다. 시호는 영양태왕이었다. 그의 대를 이어 그의 이복 아우인 고건무가 제27대 고구려 태왕이 되었다. 그가 곧 영류태왕이다. 영류태왕은 수나라가 멸하고 자리를 차지한 당나라를 경계하여 천리장성을 쌓으면서도, 관계는 우호적으로 유지하려고 애썼다.

영류태왕 재위 24년 연태조의 아들 연개소문이 태왕을 시해하였다.

작가 후기

몇 년 전, 중국 땅에 현재 남아 있는 고구려 역사 유적지를 돌아볼 기회가 있었다. 목표했던 오녀산성은 보지 못했지만, 장수왕릉과 호태왕릉^{광개토태왕릉}을 비롯해 광개토태왕릉비, 환도산성, 백두산, 압록강 등을 두루 돌아볼 수 있었다. 그런데 당시 느낀 점은 참으로 중국의 행태가 비속하다는 점이었다.

동북공정을 통해 고구려 역사마저 훔치려는 그들이 우리 고구려의 위대한 역사 유산을 무책임하게 방치하고 있었기 때문이다. 광개토태왕릉비는 그 장대한 석물을 보호한답시고 유리벽을 쳐두었다. 하지만 그 안으로 관광객들을 들여보내 사람의 손길에 그대로 노출된 상태였다. 게다가 부서진 부분엔 복원은커녕 누런 본드를 발라놓기까지 했다. 더 황당한 것은 광개토태왕릉이었다. 겉쌓기 부분이 무너진 상태에서 속쌓기 한 부분만이 남아 마치 커다란 돌무더기를 연상시키는 모양새였다. 언제 무너질지 모를 정도로 방치된 릉에 돌계단까지 내어 누구든 오르내릴 수 있었다.

유적지로 공원화하긴 했지만, 전혀 아끼는 바 없이 관리조차 제대로 되고 있지 않다는 소리였다. 그 와중에 한글로 된 현수막이나 팻말을 들고는 출입조차 불가능했다. 한국어로 유적에 대한 설명을 길게 하는 것도 허용하지 않았다. 한국 학자들이 이를 조사하거나 연구하기는 거의 불가능해 보였다. 근래 방문하고 돌아온 한국인들의 이야기를 들어봐도 상황이 별반 달라지진 않은 것 같았다.

내 나라 역사를 지키지 못한다면 내 뿌리를 잃는 것이오, 미래도 없다는 것은 상식이다. 중국에 사대하고 굴욕당했던 조선의 역사조차 포용해야 하는 것은, 반성하여 반복을 막기 위함이니, 이 또한 우리의 역사다. 어느 나라에도 굴하지 않고 독보적인 대제국을 구가했던 고구려 역사라면 말할 나위가 없다. 우리 몸속에 면면히 흐르는 고구려인의 기백과 호방한 천성을 떠올린다면 지금이라도 내 나라 역사를 되찾기 위해 고구려를 더 크게 외치고, 발해를 노래하며, 고조선이 어떤 이념으로 탄생하였는지 더욱 적극적으로 알려야 한다. 개마를 타고 삼족오 깃발을 휘날리며 만주와 중원을 누비던 한민족의 역사 고구려를 기억하고 완전한 우리의 것으로 만들기 위한 작업이 필요하다. 그래서 많은 역사 인물 중에 누구보다 을지문덕이어야 했고, 그를 숭앙하는 마음으로 이 작업을 해냈다.

"을지문덕의 스승은 우경 선인이다. 우경의 부인은 녹족부인이었다."

을지문덕의 이야기를 준비하면서 가장 눈길을 끈 것이 바로 이 두 문장이었다. 대체 녹족부인이 누구일까? 사내 못지않은 그녀의 활약상에 흥미를 느끼기 시작했다. 스승의 부인이면서 을지문덕의 연인으로 그려야 했던 필연적인 이유다.

물론 을지문덕에 대한 사료는 지극히 적다. 녹족부인 이야기도 야담이다. 전설로 구전되었던 것이 기록으로 남아 있을 뿐, 역사서에 등장하는 이야기가 아니다. 게다가 녹족부인의 이야기가 수나라의 침략 당시 고구려에만 국한된 것이 아니다. 당나라와 싸우던 시절 고구려에도, 심지어 인도를 배경으로 한 설화에서도, 비슷한 내용으로 전해지고 있다고 한다. 전설로 내려오는 이야기가 여러 시대를 타고 흐르다가 을지문덕 시대에 정착되었다고도 볼 수 있다.

이유야 어찌 되었든, 그렇게 시작한 영웅의 로맨스지만 결코 헐후하게 다룰 수가 없었다. 사료가 적은 만큼 상상력을 다해 관계를 설정했고, 발칙한 불륜으로 그려내서는 아니 되기에 충분한 타당성을 주었다. 녹족부인의 아이가 을지문덕의 아이일 수밖에 없었던 이유가 또한 그것이다.

살수대첩이 '수공'이라 한 것에 대한 의견 또한 분분하다. 『삼국사기』, 『수서』, 『자치통감』, 『잡아함경』 등 어느 옛 역사서에서도 볼 수 없는 내용이기 때문이다. 옛 역사서에서는 지치고 굶주린 수나라 군사들이 살수를 건너며 방심한 틈을 타 대파했다고만 되어 있다. 다만, 신채호 선생의 『조선 상고사』는 달랐다. 살수 상류에 모래주머니를 쌓아 터트린 '수공'이 이때 등장한다. 이 이야기가 정설보다 더 많이 알려져 여러 위인전에 인용되다 보니 이 부분만 콕 집어 오류라 비판하는 이들이 많다.

그들 대부분이 현대 기술로도 단기간 내 상류에 둑을 쌓는 일은 불가능하다고 보았다. 하지만 나는 오히려 수공이기에 가능하다고 생각했다. 적이 살수를 건너는 와중에 대파했다는 것까지는 동감하면서도 그 방법이 수공은 아닐 것이다? 고작 몇만의 수로 30만 5천을 백병전만으로? 그것도 그 짧은 시간에? 나는 고개를 저었다. 그래서 더더욱 수공이 최선이라 여겼고, 다른 해석 없이 이를 따랐다.

그렇게 살수대첩으로 마무리를 지었던 제2차 고수 전쟁은 그만큼 기적적인 대승이었다(신채호 선생이 살수대첩 직후 오열홀 전투를 언급한 바 있으나, 차용하지 않았다).

수나라 정병만 113만 3천800명. 보급병까지 하면 2배 혹은 3배였다. 그에 비해 고구려 군사는 줄잡아 10만 정도. 신채호 선생은 20만 혹은 30만으로 추정하였으나, 옛 기록이 없으니 그 숫자도 모호하다. 전자든 후자든 머릿수만으로도 중과부적인 싸움이었다. 그럼에도 요동성은 버텨냈고, 평양성에서는 수나라 수군을 도륙냈다. 패주하는 30만 5천의 수나라 별동대를 대파해 고작 2,700여 명만 보내줬다. 이러한 전쟁이 가능하다고 보는가? 전방위적으로 불가능한 전쟁을 모두 승리로 이끈 것이다.

그러하니 을지문덕이 등장할 때마다 살이 떨리고 가슴이 두근거릴 수밖에. 하지만 그런 흥분을 품고 시작한 작업은 지난했다. 내게 많은 일들이 일어났고, 먹고 살기 위한 고단한 전투가 수차례나 이 작업에서 멀어지게 했다. 그럼에도 돌아오면 그들이 있었다. 녹족부인이 손짓했고, 을지문덕이 나를 불러 앉혔다. 이 이야기를 끝내지 않는다면 다른 어떤 이야기도 집중할 수 없을 것 같았다.

여행을 다니거나, 좋은 사람들과 소소한 안주에 술 한잔 나누면서 즐겁게 살고 싶다. 무엇보다 내 손끝에서 풀어지는 이야기들이 많은 사람에게 읽혀 즐거울 수 있다면 더없이 행복하리라.

2022년 가을이 짙은 날
윤선미

살수의 꽃 2
위대한 고구려의 전쟁

초판 1쇄 발행 2022년 11월 10일

지 은 이 | 윤선미
펴 낸 이 | 윤중목
펴 낸 곳 | ㈜도서출판 목선재

책임편집 | 김수현
디 자 인 | 신유민

등   록 | 제2014-000192호 (2014년 12월 26일)
주   소 | 서울시 중구 필동2가 25 중앙빌딩 401호
         문화법인 목선재
전   화 | 02-2266-2296
팩   스 | 02-6499-2209
홈페이지 | www.msj.kr

ISBN   979-11-976611-7-4   04810
        979-11-976611-5-0   04810 (세트)

* 이 책의 판권은 ㈜도서출판 목선재에 있습니다.
* 본사의 허락이나 동의 없이 무단 전재 및 복제를 금합니다.
* 잘못 만들어진 책은 바꾸어 드립니다.